Henryk Grynberg

Kinder Zions

BIBLIOTHEK DER POLNISCHEN HOLOCAUSTLITERATUR

Band 3

Bereits erschienen

1. Bogdan Wojdowski, *Brot für die Toten*
2. Bogdan Wojdowski, *Ein kleines Menschlein, ein stummes Vögelchen, ein Käfig und die Welt*
3. Henryk Grynberg, *Kinder Zions*

In Vorbereitung

4. Leopold Buczkowski, *Der schwarze Bach*
5. Adina Blady-Szwajger, *Erinnerungen einer Ärztin*
6. Arnold Mostowicz, *Der blinde Max oder Passierschein durch den Styx*
7. Adolf Rudnicki, *Erzählungen*
8. Stanisław Wygodzki, *Erzählungen*
9. Kazimierz Brandys, *Samson*
10. Mina Tomkiewicz, *Bomben und Mäuse*

Henryk Grynberg

Kinder Zions

Dokumentarische Erzählung

Herausgegeben von Ewa Czerwiakowski,
Sascha Feuchert und Lothar Quinkenstein

Mit einem Nachwort von
Ewa Czerwiakowski und Lothar Quinkenstein

Aus dem Polnischen von
Roswitha Matwin-Buschmann

WALLSTEIN VERLAG

Zum Gedenken an die Väter, Mütter und Kinder,
deren Gebeine Wege und Stationen des Leids
in den unmenschlichen Gefilden
Osteuropas, Sibiriens und Mittelasiens bezeichnen.

Es ging uns nicht schlecht

Mein Vater kaufte in den Dörfern Heu auf, das er nach Warschau und in andere Städte fuhr. Wir hatten ein eigenes Haus, und es ging uns gut.

Mein Vater hatte Obstgärten in der Gegend von Czerniaków gepachtet, und er verkaufte das Obst nach Warschau.

Mein Vater handelte mit Vieh. Seine Kunden waren Gutsbesitzer und Bauern.

Mein Vater war Viehhändler, wir wohnten in unserem eigenen Häuschen, und es ging uns nicht schlecht.

Mein Vater hatte eine Molkerei in Czarny Dunajec, wo hundert jüdische Familien lebten, und alle verdienten gut.

Mein Vater war Besitzer einer Mühle.

Mein Vater war Bracker, seine Arbeit bestand darin, Wald zu begutachten.

Mein Vater war Forstverwalter. Wir hatten ein dreistöckiges Mietshaus in Biłgoraj gegenüber dem Kloster.

Mein Vater hatte ein Landgut bei Łuniniec, achtzehntausend Hektar mit einem Sägewerk und einer Tischlerei, aber wir wohnten in Warschau.

Mein Vater war Schuster und hatte zwei Lehrlinge. Seine Kundschaft bestand aus reichen Gutsbesitzern und Beamten.

Mein Vater hatte eine Schuhfabrik, wo zwanzig Arbeiter arbeiteten.

Mein Vater war Besitzer einer Textilfabrik, die sich in der Piotrkowska-Straße 220 befand und über hundert Arbeiter beschäftigte. Wir wohnten in Łódź.

Mein Vater war Besitzer einer Kerzenfabrik und eines Großhandelslagers für Lebensmittel. Wir wohnten in Różan.

Mein Vater führte gemeinsam mit meinem Onkel eine Brauerei im Fabrikviertel von Tarnów, neben der unser Haus stand.

Mein Vater war ein wohlhabender Mann. Wir hatten in Wieliczka ein Mietshaus und ein Großhandelslager für Mehl.

Mein Vater hatte in Jarosław ein Papierlager, das einzige in der ganzen Gegend.

Mein Vater hatte Rohwollelager, und wir gehörten zu den wohlhabendsten Juden in Majdan.

Vater war Besitzer einer Schenke, und meine Eltern haben nie geklagt, dass es ihnen schlecht geht.

Vater war Besitzer eines Autobusses, der zwischen Stoczek und Łuków verkehrte.

Vater war Chauffeur.

Vater hatte einen kleinen Laden, wir wohnten in unserem eigenen Haus, und es ging uns nicht schlecht.

Vater hatte eine Maschine zur Herstellung von Trikotagen. Meine Schwester und mein älterer Bruder halfen ihm, und ich ging zur Schule.

Vater war Kassierer in der Fabrik. Meine Schwestern, die sechzehn Jahre alte Helka und die fünfzehn Jahre alte Irka, gingen zur Schule, um eine gute Stelle zu bekommen, denn der Verdienst meines Vaters reichte nicht aus.

Vater arbeitete im Büro der Firma »Stock«. Ich und meine ältere Schwester Gerda gingen aufs Gymnasium.

Vater war Buchhalter in der Landeskonservenfabrik.

Vater war Schächter, und wir hatten eine Fleischerei mit koscherem Fleisch. Die größeren Kinder arbeiteten nicht, sondern gingen zur Schule.

Vater war Schächter, und wir hatten ein eigenes Häuschen. Wir waren fünf Kinder, wir gingen alle zur Schule, und es fehlte uns an nichts.

Mein Vater, ein bekannter Rabbiner, hatte in Siedlce viele Anhänger, die ihm ein Haus kauften. Darin befand sich das Bet ha-Midrasch voller wertvoller Bücher und unsere private Wohnung.

Mein Großvater war Rabbiner in Leżajsk. Weil er sehr alt war und nicht mehr allen seinen Pflichten nachkommen konnte, vertrat ihn mein Vater.

Mein Vater war ein frommer Mann und Besitzer einer Bonbonfabrik. Er gehörte zu den geachtetsten Bürgern von Jarosław.

Mein Vater war ein schwächlicher Mann, er war herzkrank, und er tat nichts, sondern lernte nur den ganzen Tag. Wir lebten von der Unterstützung, die uns unsere Verwandten aus Amerika zukommen ließen.

Vater war Stiefelmacher. Er hatte eine Werkstatt, in der mehrere Arbeiter arbeiteten, und es ging uns nicht schlecht.

Mein Vater war Hutmacher, und es ging uns nicht schlecht.

Wir hatten eine Bude auf dem Basar und zu Hause eine Werkstatt, wo Vater Mützen und Hüte machte.

Mein Vater war Gerber, und er verdiente gut.

Mein Vater stellte Bürsten her, wir waren nie reich.

Mein Vater war Tischler, und wir wohnten in unserem eigenen Häuschen bei Leżajsk.

Mein Vater war Tischler. Meine Mutter starb, als ich drei Jahre alt war, und mein Vater heiratete zum zweiten Mal, aber meine Stiefmutter war gut zu mir wie eine Mutter.

Meine Eltern hatten ein Konfektionsgeschäft. Wir wohnten in Warschau.

Mein Vater war Bäcker, und wir wohnten in Oświęcim. Wir hatten eine eigene Bäckerei und einen Brotladen am Markt, und wir führten ein ruhiges Leben.

Mein Vater war Besitzer eines Galanteriewarengeschäfts in Krakau. Ein Jahr vor dem Krieg zogen wir nach Rozwadów, weil wir dort nach Großvaters Tod eine Erbschaft machten.

Wir hatten ein Galanteriewarengeschäft in Köln. 1938 siedelten uns die Deutschen aus, und wir waren in einem Lager bei Zbąszyn. Mein Vater starb dort, und ich fuhr mit meiner Mutter nach Rozwadów, wo wir Verwandte hatten.

1939 wohnte ich in Warschau im Internat der Jeschiwa, wo ich Unterricht nahm.

Mein Vater war Buchhalter, verstand sich auf Politik und sah voraus, dass es Krieg mit den Deutschen geben würde.

Wir wohnten in der Kościuszko-Straße in Bielsko-Biała. Vater arbeitete bei einem Rechtsanwalt. Er war Oberst der Reserve, und jedes Jahr wurde er zu Übungen geholt. Zwei Wochen vor Kriegsausbruch ging er ins Büro und fand dort den sofortigen Einberufungsbefehl vor. Er hatte nicht einmal Zeit, sich von uns zu verabschieden.

Zwei Wochen vor Kriegsausbruch schickten mich meine Eltern aus Krakau nach Przemyśl, weil sie das Eintreffen der Deutschen voraussahen.

Zehn Tage vor Kriegsausbruch wurde die Evakuierung der Bevölkerung von Bielsko befohlen. Es war nicht erlaubt, größeres Gepäck in den Zug mitzunehmen, und wir kamen fast ohne Sachen in Lwów an. Wir bekamen eine Wohnung in der 3.-Mai-Straße, aber Vater wusste nicht, was er weiter tun sollte, weil wir keine großen Ersparnisse hatten.

Eine Woche vor Kriegsausbruch verließen wir Nowy Sącz, das nicht weit von der Grenze entfernt lag, und fuhren zu Großvater nach Rozwadów.

Wir flüchteten aus Przasnysz nach Pułtusk, weil mein Vater den Ausbruch des Krieges voraussah und meine Stiefmutter kurz vor der Entbindung stand.

Die Juden flohen aus Pułtusk, aber wir blieben, weil Mama nicht bei Kräften war und Vater sich fürchtete, mit den kleinen Kindern von daheim aufzubrechen.

Eines Tages, als ich mit den Kindern spielte, bemerkte ich, dass sie Zettel an die Hauswände klebten. Ich konnte noch nicht lesen und rannte zu Mama, damit sie nachsah, was das ist. Als Mama hinkam, standen schon viele Leute dort, und es hieß, es gibt Krieg. Vater kam aufgeregt aus dem Büro heim. Er sagte, dass alle flüchten und er nicht weiß, ob wir ein Fuhrwerk bekommen.

Bevor der Krieg ausbrach, fuhr Vater nach Łuck zu seinem Bruder, und Mama verkaufte die Kleider aus dem Laden.

Einige Tage vor Kriegsausbruch hieß es im Städtchen, die Gefahr rücke näher, und Vater fuhr über die Dörfer wegen dem Geld, das ihm für das Vieh zustand, aber kaum einer bezahlte, und Vater stand fast mit leeren Händen da.

Ich war acht Jahre alt und ging in die Volksschule in Kałuszyn. Mein Vater floh nach Brześć.

Zwei Tage vor Kriegsausbruch verließen wir Bielsko und fuhren zu Großvater nach Grzymałów.

Bielsko lag an der Grenze, viele Deutsche wohnten bei uns und drohten den Juden dauernd, also packte Mama die Sachen, und wir flüchteten. Mein ältester Bruder Abram war damals fünfzehn Jahre alt, und meine jüngeren Schwestern Marta und Róża waren zehn und acht.

In Różan wurden Truppen konzentriert, und man ordnete die Evakuierung der Zivilbevölkerung an, also flüchtete meine Familie nach Długosiodło, wo wir Verwandte hatten.

Als die Evakuierung von Różan angeordnet wurde, flüchteten wir nach Długosiodło, wo wir Juden aus vielen anderen Grenzstädtchen trafen.

Als die Evakuierung angeordnet wurde, flüchteten wir nach Ostrów Mazowiecka, wo ein Cousin von uns wohnte.

Als der Krieg ausbrach

Als die Bekanntmachungen geklebt wurden, dass die Deutschen Polen überfallen haben, entstand im Städtchen Panik, und die Leute begannen zu flüchten, aber Vater wollte das Haus nicht im Stich lassen.

Am Freitag, dem 1. September, bombardierten die deutschen Flugzeuge Oświęcim. Neben uns schlug eine Bombe ein, und es gab drei Tote. Die Leute flüchteten. Vor unserm Haus stand schon ein mit zwei Pferden bespannter Wagen, aber in der Stadt waren Truppen stationiert, für die Brot gebacken werden musste. Die Soldaten sagten, sie würden sich vor der Stadt verteidigen, und es gäbe keinen Grund zur Flucht.

Am Freitag, dem 1. September, brach eine Panik aus. Polen, Juden, jeder, der konnte, flüchtete in Richtung Lwów. Vater wollte nicht fliehen, wie soll man sich auch mit sechs Kindern und ohne Geld auf die Wanderschaft machen? Außerdem glaubte er, das polnische Militär werde erfolgreich Widerstand leisten. Aber als es hieß, die Deutschen stehen schon in Podhajce und der letzte Zug geht ab, änderte Vater seinen Entschluss. Im Zug war ein schreckliches Gedrängel, man konnte weder sitzen noch stehen, man lief über Leute hinweg, trampelte auf Kindern herum. Auf jeder Station kamen neue Passagiere dazu, und es gab Schlachten zwischen den Hinzugekommenen und denen, die vorher da waren. Immer wenn Flugzeuge auftauchten, hielt der Zug an, und die Leute trampelten sich gegenseitig nieder und sprangen heraus, um in den Gräben in Deckung zu gehen. Wenn ein Angriff vorbei war, drängte man sich wieder in den Zug, man verlor seine Familie und seine Sachen. Die ganze Zeit hörte man das Geschrei von Bestohlenen, das Weinen von Kindern und Rufe. Auf diese Weise fuhren wir zwei Tage und zwei Nächte nach Lwów. Es hieß, Lwów wird verteidigt, hier findet eine große Schlacht statt. Sie hoben Gräben aus, selbst alte Juden mit Schläfenlocken hoben mit aus.

Am Tag, als der Krieg ausbrach, rannten die Leute hin und her und wussten nicht, was sie anfangen sollten. Der Rabbi war so aufgeregt, dass er uns nach Hause schickte, doch am Sonntag ging ich wie sonst in den Cheder. Es kamen nicht sehr viele Kameraden, aber der Unterricht fand statt. Plötzlich ertönten fürchterliche Schläge, und wir sahen, dass die Zimmerdecke brannte. Der Lehrer befahl uns, aus dem Fenster zu springen, einer nach dem andern. Wir wollten nach Hause laufen, aber der Rabbi erlaubte es nicht, weil der Himmel schwarz war vor Flugzeugen, und er führte uns in ein Steinhaus, wo sich ein Luftschutzkeller befand. An diesem Tag brannte unser Haus mit allen Sachen ab, und Vater sagte, wozu unser Leben in der Stadt aufs Spiel setzen, verstecken wir uns lieber auf dem Land. Wir kamen bei einem Bauern in der Scheune unter. Er baute aus ein paar Ziegelsteinen einen Herd für uns, auf dem Mama Kartoffeln kochte, aber vor Rosch ha-Schana schickte man nach Vater, weil die Stadt ohne Schächter war, also kehrten wir nach Tomaszów zurück und wohnten bei Verwandten.

Am Freitag, dem 1. September, flohen die Schüler der Jeschiwa zu ihren Familien, aber ich konnte nicht weg, weil die Bahnverbindung nach Różan unterbrochen war.

Als Schüsse ertönten, packten wir die Sachen und versteckten uns im Luftschutzkeller. Einige Stunden später gaben die polnischen Behörden Befehl, das Städtchen zu verlassen, aber die Bahnstation war zerbombt, und wir mussten zu Fuß nach Nowy Targ gehen. Sie bombardierten den Zug, und wir kamen erst nach drei Tagen in Podhorce an, wo wir Bekannte hatten.

Als der Krieg ausbrach, war ich mit Mama in der Sommerfrische in Falenica. Als die Deutschen das Waisenhaus in Otwock bombardiert und viele Kinder getötet hatten, ließen wir alles stehen und liegen und kehrten mit der Bahn nach Warschau zurück. Die dunkle Stadt machte einen schrecklichen Eindruck, und ich hatte Angst, dass ich Mama verliere.

Als der Krieg ausbrach, befanden wir uns in einem Obstgarten bei Skolimów und kehrten zu Fuß nach Warschau zurück. Die Wohnung fanden wir aufgebrochen und geplündert vor. In unserem Viertel waren die meisten Bomben gefallen und die meisten Menschen umgekommen.

Mein Onkel war nach Warschau gefahren, um Ware zu holen,

und an dem Tag, an dem er zurückkam, brach der Krieg aus. Der Zug wurde bei Garwolin bombardiert, und der Onkel kehrte zu Fuß, mit verletztem Arm zurück. Er riet uns, aus Chełm wegzugehen, wo sich Rüstungswerke befanden. Am Sonnabendabend bestiegen wir zusammen mit Großvater, Großmutter, den Onkeln, Tanten und ihren Kindern einen Wagen, insgesamt elf Personen. Die Straße war von kaputten Autos und toten Pferden verstopft. Die deutschen Flugzeuge flogen tief und beschossen die Leute. Wir gingen in Gräben in Deckung und hörten das Wimmern der Verwundeten, für die sich keiner interessierte.

Am Sonnabend, dem 2. September, bombardierten die Deutschen Limanowa.

Am Sonnabendmorgen kam Vater sehr aufgeregt aus dem Bethaus heim und sagte, die Deutschen kommen angeblich nach Rabka. Mama ließ alles auf dem Herd stehen und packte die Kissen ein. Meinem Bruder Meir, der zwölf Jahre alt war, gab sie einen kleinen Koffer und mir ein Päckchen. Alle Juden gingen auf die Flucht, und es blieben nur ein paar alte Männer zurück, die nicht mehr reisen konnten. Unterwegs gab es so viele Menschen mit Bündeln auf dem Rücken, Pferdewagen und Autos, dass wir nur mit Mühe bis Wiśniowiec kamen. Dort mietete Vater ein Fuhrwerk, für das wir viel Geld bezahlten, aber nach ein paar Stunden sagte der Bauer, weiter fährt er nicht, und befahl uns abzusteigen. Vater flehte ihn an, er solle Mitleid mit den Kindern haben, Mama weinte, aber es half nichts, er stieß uns vom Wagen und fuhr weg. Vater hatte nicht die Kraft, das Bettzeug zu tragen, er warf es also an den Straßenrand, Mama warf den Koffer weg. Wir langten in Rzeszów an, wo wir am nächsten Tag in den Zug nach Jarosław stiegen.

Die Deutschen bombardierten Wyszków schon einen Tag nach Kriegsausbruch. Die Menschen sprangen aus den Fenstern der brennenden Häuser.

Am Sonnabend, dem zweiten Kriegstag, begann die Bombardierung von Siedlce. Die Piękna-Straße, wo sich die schönsten Geschäfte befanden und die reichen Juden wohnten, brannte vollständig ab. Auch die Kozia-Straße, die Straße der Handwerker.

Die Deutschen bombardierten Siedlce Tag für Tag. Um acht Uhr morgens kamen die Erkundungsflugzeuge und um neun Uhr die Bomber, und die Bombardierung dauerte bis elf Uhr. Ähnlich war es nach dem Mittagessen. Die Stadt brannte. Die Leute flüchteten aufs Land, legten sich auf dem Feld hin oder unter Bäume, weil die Keller zu Gräbern wurden. Im Laufe von zehn Tagen wurden zweitausendfünfhundert Tote gezählt. Am Sonnabend, dem 9. September, um neun Uhr morgens rannten wir wie die anderen aus dem Haus und suchten Deckung in den für die Verteidigung vorbereiteten Schützengräben. Als wir zurückkamen, hatten wir kein Dach mehr über dem Kopf. Unsere ganze Habe war verbrannt, zusammen mit den Büchern und den Erinnerungsstücken, die von Generation zu Generation weitergegeben worden waren. Am schlimmsten waren die von Juden bewohnten Straßen zerstört. Wir sahen flüchtendes Militär. Auch viele Zivilisten, besonders junge Leute, flohen. Wir kamen unter in einem verschont gebliebenen Haus und dachten voller Furcht an das Morgen.

Die deutschen Flugzeuge bombardierten die Eisenbahnstation in Mrozy und am nächsten Tag unsere Stadt. Eine Bombe schlug neben der Kirche ein und tötete zweiunddreißig Juden, die in der Schlange nach Brot anstanden. Unter den Toten erkannte ich den sechsjährigen Mendele. Überall brachen Brände aus. Vater nahm mich an der Hand, und wir rannten in die Eisfabrik, die aus Stein gebaut war und vor der Stadt stand, aber bald mussten wir weiter flüchten, weil auch dort das Feuer hinkam. Dann verlor ich Vater und hockte die ganze Nacht mit meinem Bruder Abram auf einem Feld. Ganz Kałuszyn brannte, und es war taghell. Die Kinder weinten vor Hunger, ein Jude rannte ins Dorf und brachte uns Brot. Er trug ein wenige Monate altes Kind auf dem Arm, dessen Mutter umgekommen war. Am dritten Tag gingen wir nachsehen, was von unserem Haus übriggeblieben war. Wir sahen schwarze Schornsteine. Es roch schrecklich, viele Pferde und Kühe waren in den Ställen lebendig verbrannt. Viele Alte und Kranke konnten nicht rechtzeitig fliehen. An dem Bach, der dort vorbeifloss, erkannten wir die Stelle, wo vorher unser Haus gestanden hatte. Wir wühlten in den Trümmern, und Abram stieß einen Freudenschrei aus, weil er die Nähmaschine entdeckt hatte. Es war eine neue Maschine, die das ganze Vermögen meines Vaters darstellte. Auch ein paar Töpfe fanden wir. Wie wir so in den Trümmern unseres Hauses herumstocherten, kam Vater verweint zu uns, weil er eben erfahren hatte, dass unser Großvater in den Flammen umgekommen war. Großvater war achtzig Jahre alt, er war blind und wohnte im Obergeschoss, in den Brandresten hatte man seinen Leichnam gefunden. Verschont geblieben waren ein paar Steinhäuser in der Warszawska-Straße und das Bethaus. Darin suchten alle Obdachlosen Zuflucht, das Gedränge war schrecklich, und die Kinder weinten unablässig.

Als unser Haus in Kałuszyn abgebrannt war, wohnten wir vor der Stadt bei einem Bauern, und dort bekam Mama ein Kind. Die Bauern brachten uns Milch, Kartoffeln und Grütze, und Mama weinte den ganzen Tag.

Die Bombardierung von Brok dauerte einen ganzen Tag, und die meisten Häuser brannten ab. In unserer Straße blieb nur unser Haus verschont.

Als sie anfingen, Goworowo zu bombardieren, flüchteten wir aufs Land und streunten mehrere Tage lang herum, aber am Sonnabend beschloss Vater, nach Hause zurückzugehen.

Die Schlacht um Różan dauerte drei Tage und drei Nächte, und das Städtchen wurde so zerstört, dass es sinnlos war, dorthin zurückzugehen.

*

In Lwów hieß es, es wird keinen Krieg geben und wir kommen mit dem Schrecken davon, als sie Alarm gaben, dachten also alle, das ist zur Probe, und ein paar tausend Menschen kamen um, ehe sie in die Luftschutzkeller gelangen konnten.

In Mielec befanden sich Flugzeug- und Munitionsfabriken, die mehrere tausend Arbeiter beschäftigten, aber nicht einen einzigen Juden. Die Arbeiter waren furchtbare Antisemiten und vergifteten die Atmosphäre in der Stadt. Die Deutschen bombardierten die Stadt mehrere Tage lang, und dann erfolgte ein konzentrierter Fliegerangriff auf die Munitionsfabrik, und es kamen siebzig Personen ums Leben. Am andern Tag wurden zwanzig Leute aus der Fabrik wegen der Weitergabe von Informationen an den Feind erschossen, darunter der Direktor und die Meister. Einen ertappte man, wie er in der Nacht auf einem Baum saß und den Flugzeugen Zeichen gab.

Als die Bombardierung des Klosters anfing, flüchteten wir an das andere Ende von Biłgoraj zum Onkel. Der stärkste Fliegerangriff erfolgte am Montag, dem 4. September. Auf die Nachricht hin, dass die Synagoge und das Bet ha-Midrasch brennen, lief Vater los, um nach unserm Haus zu sehen, und er sah es in Flammen stehen. Von mehreren hundert Häusern blieben nur zwanzig verschont.

Unser Städtchen wurde am 8. September bombardiert, vierzehn Flugzeuge nahmen an der Bombardierung teil. In Nachal wohnten dreitausend Menschen.

In Izbica lebten eintausendzweihundert Juden. In der zweiten Kriegswoche begann die Bombardierung.

In Krzeszów lebten hundertundfünfzig Juden. Die Polen bezogen Stellung im nahe gelegenen Stalowa Wola und feuerten vom Frycz-Berg aus auf die Deutschen. Um sie besser sehen zu können, brannten sie unser Städtchen nieder.

Neben unserem Haus und der Brauerei befand sich die Munitionsfabrik, die Ziel der Bombenangriffe war, und die Bomben fielen auf unser Haus.

Als sie unser Haus bombardierten, zogen wir zur Tante in die Gęsia-Straße. Vor Rosch ha-Schana, als Mama in die Synagoge wollte, begann wieder ein Bombenangriff, und das Haus der Tante brannte ab. Wir gingen zu einem Cousin in die Pańska-Straße. Ums Essen stand es immer schlechter, und Mama weinte, weil sie kein Brot für uns hatte. Eines Tages kam Vater heim und brachte eine Menge Brot mit. Wir aßen drei Tage an diesem Brot.

Während der Bombardierung von Warschau saßen wir ganze Nächte und Tage lang im Keller. Mama erlaubte nicht, dass Vater wegen Essen nach draußen geht. Sie sagte, besser, die Kinder sind hungrig, als dass sie den Vater verlieren. Dann zerstörte eine Bombe die Konservenfabrik, und wir holten Büchsen mit Sprotten, Gurken und Tomaten dort heraus. Am schlimmsten war es, wenn es kein Wasser gab. Die Leute gingen an die Weichsel, und viele kamen nicht wieder.

Eine Woche nach Kriegsausbruch, als der Befehl herauskam, dass alle Männer Warschau zu verlassen haben, fuhren wir mit Pferden nach Brześć und von dort mit der Bahn nach Łuniniec. Einen Tag vor dem Einmarsch der Russen riet man uns, das Gut zu verlassen, aber Vater wusste nicht, wohin wir flüchten sollten. Die Offiziere, die zu uns kamen, waren apathisch und desorientiert, und die Züge wussten nicht, in welche Richtung sie fahren sollten. Wir fuhren auf einem Fuhrwerk nach Sarny.

Herr Bluman, der Besitzer der Firma, in der Vater arbeitete, bekam irgendwo Benzin und nahm uns in seinem Auto nach Warschau mit. Auf der von Flüchtlingen verstopften Landstraße brauchten wir eine ganze Nacht nach Lublin. Da die Regierung in Lublin war, bombardierten die Deutschen die Stadt auf schreckliche Weise, und wir mussten auf den Feldern in Deckung gehen. Zusammen mit den Truppen brachen wir zur rumänischen Grenze auf, aber wir kamen so langsam voran, dass wir es nicht schafften, sie zu überqueren.

Die Deutschen bombardierten unsere Stadt auf schreckliche Weise, also mieteten wir uns ein Fuhrwerk und fuhren los. Wir sahen eine Menge Flüchtlinge. Fuhrwerke verbauten den Weg, neue Autos standen verlassen da, weil es kein Benzin gab. Nach drei Tagen langten wir in Dubienka an, wo Mamas Vater wohnte.

Tag für Tag bombardierten sie unsere Stadt, also luden wir unsere Sachen auf ein Fuhrwerk und fuhren los, aber gleich vor der Stadt beschlagnahmten sie unser Fuhrwerk für das Militär, und wir mussten zu Fuß gehen, die Bündel auf dem Rücken. Die Soldaten vertrieben uns von der Landstraße, sie behaupteten, unsere Bündel dienten den deutschen Flugzeugen als Zeichen. Um ein Uhr nachts kamen wir endlich in Bochnia an. Am Morgen waren wieder Flugzeuge im Anflug. Sie kamen tief herunter, warfen Brandbomben und feuerten aus Maschinengewehren. Wir versteckten uns in einem eingestürzten Haus. Als es ruhiger geworden war, kaufte mein Vater ein Pferd und einen Wagen, und wir fuhren weiter, aber wir wussten nicht wohin, denn wo wir auch ankamen, gleich waren wieder Deutsche da, als würden sie uns verfolgen.

Wir konnten kein Fuhrwerk bekommen, weil alle Pferde für das Militär beschlagnahmt worden waren, aber die Soldaten waren gut und nahmen uns auf die Wagen. Der eine Wagen war so mit Lebensmitteln vollgeladen, dass er nur drei Kinder mitnehmen konnte, also setzten sie mich auf einen anderen, und Mama lief hinterher. In der Nacht bog der Wagen in einen Seitenweg ab, und am Morgen sah ich, dass ich allein war. Flugzeuge waren im Anflug. Sie flogen so tief, dass ich die Menschen darin sitzen sah. Die Soldaten zerstreuten sich in den Wald, und ich zog die Plane über mich und dachte bei mir, es wäre besser, sie töten mich, als dass ich allein bleibe. Dann rannte ich über die Landstraßen und weinte. Die Soldaten nahmen mich auf einem Fuhrwerk mit und sagten, vielleicht finde ich meine Mutter in Krakau wieder. Ich fand Mama nicht in Krakau, aber ich traf unsere Nachbarn, die auch aus Bielsko geflüchtet waren. Krakau wurde beschossen, also fuhren wir nach Wisznice. Weiter waren alle Wege abgeschnitten, und man befahl uns, uns in einem Keller zu verstecken.

Die Deutschen, die Deutschen, die Deutschen

Eine Woche nach Kriegsausbruch kam meine Tante angerannt und schrie, die Deutschen kommen. Wir erschraken, weil wir nicht vermutet hatten, dass sie so nahe sind. Mein Vater, der religiös war und einen Bart trug, fürchtete sich, im Dorf zu bleiben, und floh nach Łańcut. Einige Stunden später klopfte es an unsere Tür. Onkel Lejb machte auf, und es kamen fünf Deutsche herein. Sie fragten, wer der Besitzer ist. Der Onkel antwortete, der Besitzer ist geflohen. »Und warum seid ihr nicht geflohen?«, rief ein Deutscher und fing an, mit der Reitpeitsche auf alle einzuschlagen. Dann fragte er, wo noch Juden wohnen. Meinem Bruder gelang es, durch die Seitentür zu entwischen, er warnte die Nachbarn, und wie die Deutschen also unser Haus verließen, sahen sie die Juden über die Felder in Richtung Stadt rennen. Sie schossen, aber sie trafen niemanden. Dann gaben die Deutschen Befehl, dass bis um sechs Uhr abends kein einziger Jude mehr im Dorf zu sein hat, und wenn sie einen treffen, dann erschießen sie ihn auf der Stelle, also packten wir rasch unsere Sachen und flüchteten nach Łańcut.

Meine Mutter buk Brot, als die Bombardierung begann. Sie ließ alles stehen und liegen, und wir flüchteten in den Wald. Am andern Tag kamen die Deutschen nach Izbica – drei Tanks und viele Motorräder. Alle verkrochen sich, und es war keine Menschenseele auf der Straße, nur der Schächter Chaim Falek verschloss gerade sein Tor. Die Deutschen schossen, und sie töteten ihn. Dann riefen sie alle Männer heraus und befahlen ihnen, mit erhobenen Armen dazustehen. Nach einer Stunde kam ein Offizier, und dem fiel einer von Joseks Söhnen auf, der sehr großgewachsen war. Die ganze Familie war so groß, und sie waren im Städtchen beliebt. Der Offizier schoss und verwundete den Riesen. Man brachte ihn ins Spital nach Zamość, aber er starb. Das ganze Städtchen weinte um den schönen Jungen. Unter den Deutschen waren österreichische Offiziere, die uns trösteten, dass bald die Russen kämen.

Zuerst bombardierten deutsche Aeroplane die Bahnstation

und ein paar Tage später das jüdische Viertel, also flüchteten wir aus Łuków nach Stoczek. Sechs Tage danach fuhren die Deutschen in Stoczek ein, donnerten an die Haustüren und brüllten: »Juden heraus!« Als wir herauskamen, befahlen sie uns, uns in Reihen aufzustellen. Ein paar Juden erschossen sie auf der Stelle, und den anderen befahlen sie, das Allernotwendigste mitzunehmen und das Städtchen zu verlassen, das sie nach unserem Fortgehen niederbrannten.

Die Deutschen bombardierten Stoczek Łukowski am 7. September. Die Flugzeuge flogen sehr tief und warfen Brandbomben ab, sodass man das Feuer nicht löschen konnte. Mama flüchtete mit uns in das Dorf Gizubek, und mein Vater blieb. Am 12. September sahen wir einen riesigen Feuerschein und am nächsten Morgen Menschenmassen. Das waren Flüchtlinge aus unserem Städtchen, unter anderem unser Vater. Er erzählte, die Deutschen hätten alle Häuser in Brand gesteckt und niemandem erlaubt, seine Habe zu retten. Wir fuhren nach Łuków.

Die ganze Nacht ertönten Schüsse, und am Morgen hörten wir die Deutschen, die brüllten, alle Juden sollen aus ihrem Versteck kommen, wenn nicht, werden sie schießen. Der Mann von Frau Rachela, Herr Wolf, ging hinaus. Sie holten auch ihren Bruder Abram. Am Abend, als die anderen Männer nach Hause kamen, lief Frau Rachela, um sie zu suchen. Ich lief hinter ihr her. Wir fanden sie vor der Kirche unter den toten Juden. Es lagen dort auch tote Soldaten, es hieß, das sind jüdische Kriegsgefangene. Der Platz war rot vor Blut. Ich habe das mit eigenen Augen gesehen, und ich hörte Jammern und Weinen. Die Deutschen erlaubten nicht, die Toten von dort fortzuholen. Ein paar bekannte Juden gingen zum General und bekamen die Erlaubnis, aber die Deutschen vor der Kirche glaubten das nicht und drohten, wenn sich herausstellt, dass das nicht wahr ist, erschießen sie noch hundert Juden. Erst als es der General bestätigte, erlaubten sie, die Toten wegzuholen. Es waren nicht genug Männer da, um so viele Gräber zu schaufeln, also halfen die Frauen der Getöteten. Ich stand mit den Kindern von Herrn Wolf dabei und sah, wie ihre Mutter das Grab zuschüttete. Auf dem Friedhof waren alle Kinder aus Wisznice, deren Väter erschossen worden waren. Viele Kinder hielten Schokolade in der Hand, die ihnen die Soldaten gegeben hatten. Es hieß, das sind Österreicher, weil sie die Juden nicht schlugen, sondern nur die Waren aus den Geschäften holten. Sie riefen die Jiddisch sprechenden Jungs zu sich und unterhielten sich lachend mit ihnen. Ich sah, wie die Kinder auf dem Friedhof die Schokolade wegwarfen. Ich kehrte mit Frau Rachela, ihrer Schwägerin und Frau Masza, deren Mann sie auch in Wisznice umgebracht hatten, nach Bielsko zurück. Uns schloss sich ein Junge an, der nicht wie ein Jude aussah und gut Deutsch sprach. Er hielt deutsche Soldaten an und bekam Brot und Konserven von ihnen, die er mit uns teilte. Einmal fragte ihn eine deutsche Patrouille, wer wir sind. Er sagte, Waisen, deren Väter sie umgebracht haben. »Wer hat sie umgebracht?« fragten die Deutschen. »Banditen«, antwortete der Junge.

*

Die Deutschen zogen am 6. September in Goworowo ein. Am nächsten Tag schossen sie grundlos auf Türen und Fenster und brannten die Synagoge nieder. Alle Männer zwischen siebzehn und vierzig Jahren holten sie zur Arbeit nach Preußen. Sie machten sich nicht die Mühe, nach denen, die sich versteckt hatten, zu suchen, sondern zündeten die Häuser an. Dabei kamen hundertundfünfzig Personen ums Leben. Mein Vater und mein großer Bruder saßen im Keller. Als uns das Essen ausging, stahlen wir uns in der Nacht nach draußen und gingen in Richtung Bug.

Die Deutschen marschierten vor dem Abend in Brok ein und befahlen allen Juden, sich in der Kirche zu versammeln. Die älteren Juden nahmen die Torarollen mit. Die Deutschen schlossen die Kirche ab und erklärten, sie würden uns mitsamt der Kirche verbrennen. Das Weinen und Wehklagen dauerte die ganze Nacht. Am nächsten Morgen holten sie die jüngeren Männer zur Arbeit, den Rest ließen sie laufen. Viele Juden, deren Häuser niedergebrannt worden waren, kamen zu uns. Dauernd kamen deutsche Soldaten herein und nahmen Sachen mit oder vernichteten sie. Einmal holten sie ein paar Kilo Mehl und verstreuten einen ganzen Sack. Dann zündeten sie in der Nacht unser Haus an, und wir schafften es gerade noch zu fliehen. Nach diesem Feuer blieb nur ein einziges jüdisches Haus übrig, das vom Schächter Szmul, und alle suchten dort Zuflucht. In der Nacht klopften die Deutschen. Man konnte nicht sofort aufmachen, weil die Menschen auf dem Fußboden schliefen. Als man öffnete, schossen sie auf den zunächst stehenden Juden. Er hieß Kapranski. Sie durchsuchten das Haus und nahmen alles mit, was irgendwie von Wert war, und dann führten sie alle Männer, darunter auch meinen Vater, zum Marktplatz und erschossen sie. Nur der Schächter und der Rabbiner konnten sich rechtzeitig verstecken, sie stahlen sich in der Nacht aus dem Städtchen, aber auf dem Weg nach Ostrów stießen sie auf ein deutsches Auto. Zwei Deutsche stiegen aus und erschossen den Schächter, den Rabbiner verwundeten sie und ließen ihn am Weg liegen. Der Rabbiner schleppte sich bis nach Ostrów, und dann schlug er sich bis nach Wilno durch. Mich und meine Mutter brachte ein Mann aus dem Dorf, den wir kannten, ans andere Flussufer, und wir blieben bei dem jüdischen Gutsbesitzer Szczeciner. Als wir erfuhren, dass die Bolschewiken Brok besetzt hatten, kehrten wir ins Städtchen zurück, aber nach vier Tagen erklärten die Bolschewiken, sie ziehen ab, also fuhren wir nach Kosów, wo mein verheirateter Bruder wohnte.

Als die Deutschen in Włodawa einmarschierten, versteckten sich die Juden in den Kellern und auf den Dachböden, weil die Deutschen die Leute zur Arbeit fortholten, wo sie sie zu Tode prügelten. Wir zitterten vor Angst, aber man durfte nicht weinen, weil die Deutschen das hören konnten. Nach mehreren Tagen zerrten die Deutschen die Männer aus den Verstecken, auch unseren Vater, und schlossen sie im Bethaus ein. Sie ließen die Frauen nicht hin und sagten, sie zünden das Bethaus an. Die Frauen standen bis zum Abend, aber dann mussten sie weggehen, denn nach Einbruch der Dunkelheit war es für Juden verboten, sich auf der Straße aufzuhalten. In dieser Nacht taten wir kein Auge zu. Mama stand am Fenster und schaute zum Bethaus hinüber, und im Morgengrauen nahm sie einen Korb mit Essen und ging mit den andern Frauen zum Bethaus. Zu Mittag wurden alle freigelassen, und die Deutschen zogen ab aus Włodawa, dafür besetzten die Russen die Stadt. Als wir nach acht Tagen erfuhren, dass die Russen abziehen, schnürten alle Juden ihr Bündel und setzten über nach Włodawka, auf die andere Seite des Bug.

Wir flüchteten aus Różan nach Włodawa, und als die Deutschen kamen und die Judenverfolgung begann, zogen wir um nach Ostrów Mazowiecka, wo unser Cousin wohnte. In Ostrów veranstalteten die Deutschen Pogrome gegen die Juden, und die Polen halfen ihnen dabei. Viele Juden flüchteten auf die sowjetische Seite. Zurück blieben die Alten, Kranken und Familien mit kleinen Kindern.

Die Deutschen hielten uns bei Ostrów fest und nahmen meinen achtzehnjährigen Bruder Chaim mit nach Komorowo, wo sich die polnischen Kasernen befanden. Drei Tage und drei Nächte befahl man ihnen, im Schlamm zu knien, und man gab ihnen kein Brot und kein Wasser, und in der Nacht schaltete man die Scheinwerfer an, und wenn sich einer vom Fleck rührte, schoss man mit Maschinengewehren. Zwei polnische Kriegsgefangene neben Chaim wurden von Kugeln getroffen, viele Menschen starben vor Erschöpfung. Dann befahl man ihnen, die Landstraße zu pflastern, und erst am fünften Tag gab man jedem ein Stückchen Brot und die Päckchen von den Familien. Als mein Bruder nach drei Wochen heimkam, erkannten wir ihn kaum wieder.

Die Deutschen besetzten Wyszków am 9. September, und eine ganze Woche lang inspizierten sie die jüdischen Wohnungen und raubten, was sie konnten. Am Sonnabend befahlen sie allen Juden, aufs Feld zu kommen. Ich versteckte mich im Keller. Ich hörte das Weinen meiner Brüder und die Bitten meiner Mutter, sie sollen uns in Ruhe lassen, wir sind arme Leute, von uns haben sie nichts. Ich lag zwei Tage und zwei Nächte im Keller, ich traute mich nicht einmal, herauszukommen, um mir ein bisschen Wasser zu holen. Ich fühlte, wie mich die Kräfte verließen, und ich bat Gott, mich zu sich zu rufen, weil ich sicher war, dass keiner von meiner Familie zurückkommt. Am Montag durchsuchten die Deutschen das ganze Haus und entdeckten mich. Sie schmissen mich auf den Boden wie einen Sack und traten mit den schweren Stiefeln nach mir. Ich schrie nicht, ich stöhnte nicht einmal, ich brachte keinen Ton heraus. Sie zerrten mich auf die Straße, wo fünfhundert andere Juden standen, die sie in Verstecken gefunden hatten. Ein paar Leute fassten mich unter. Die Deutschen führten uns aufs Feld und ließen uns mehrere Stunden stehen. Man hielt mich untergefasst, weil sie drohten, wer sich hinsetzt, der wird erschossen. Plötzlich fuhr ein Auto mit einem Maschinengewehr vor, und die Menschen fielen um wie umgemäht. Ich stürzte mit den anderen. Ich wusste nicht, bin ich tot oder lebendig. Es war schon ganz dunkel, als ich einen Tritt in der Seite spürte. Ich dachte vor Schreck, dass die Toten auferstehen. Nach dem zweiten Tritt wandte ich den Kopf und erblickte Herrn Stański. Er half mir hoch und schleifte mich in den Wald. Er sagte, sofort als die Schüsse ertönten, habe er sich fallen lassen und sich totgestellt. Er habe geprüft, ob noch jemand am Leben sei, aber außer mir habe sich keiner bewegt. Die Nacht war so dunkel, dass wir einander nicht sehen konnten, und ich verlor Herrn Stański im Wald, aber ich fürchtete mich, nach ihm zu rufen, damit es die Deutschen nicht hörten. Ich legte mich hin und schlief ein. Am Morgen erreichte ich das Dorf, aber die ersten Menschen, die ich erblickte, waren Deutsche mit einem riesigen Hund. Sie hetzten ihn auf mich und lachten, als er mich ins Bein biss. Ich brachte das Blut mit Schlamm zum Stehen und schleppte mich bis nach Wilk, wo mehrere jüdische Familien wohnten. Sie nahmen mich auf, verbanden meine Wunde und gaben mir zu essen. Ich passte auf ihre Kühe auf, aber ich fand keine Ruhe in meinem Herzen, und nach drei Tagen zog ich los, um meine Familie zu suchen. Die Brücke war zerstört, eine Frau brachte mich mit dem Boot ans andere Flussufer. Ich übernachtete bei ihr, und am andern Tag ging ich in Richtung Wyszków und erblickte auf dem Weg meine Mutter und meine beiden Brüder. Sie erzählten, die Deutschen hätten sie auf dem Feld festgehalten und sie einen ganzen Tag und eine ganze Nacht knien lassen. Die Kinder weinten, die alten Leute wurden ohnmächtig, die Frauen verzweifelten, wie sie so das Leid ihrer Familien mitansahen. Die Deutschen erlaubten ihnen nicht einmal, ihre Notdurft zu verrichten, und sie redeten laut miteinander, bald käme das Todesauto und bringe sie alle um wie die Hunde. Am Morgen befahl man ihnen, sich in Reihen aufzustellen. Sie konnten sich nicht aufrichten, und man drosch mit den Gewehrkolben auf ihre Köpfe ein. Dann befahl man ihnen zu rennen. Wenn jemand zu langsam lief, schossen sie. In der folgenden Nacht ließ man sie wieder knien, und dann hetzte man sie wieder, und so vier Tage lang. Am fünften Tag verlud man die Männer auf Autos, die Frauen mit den Kindern ließ man frei. Meine Mutter und meine Brüder waren nach Wyszków zurückgekehrt, aber dort war alles geplündert, also gingen sie jetzt in Richtung Pułtusk, um auf die russische Seite zu gelangen.

Als wir hörten, dass die Deutschen schon kurz vor Pułtusk standen, beschlossen wir, nach Wyszków zu flüchten, aber die Stadt brannte, und wir mussten weiter. Die deutschen Flugzeuge feuerten auf uns, also versteckten wir uns tagsüber im Wald, und nachtsüber gingen wir. Wir erreichten Węgrów, und Vater mietete zusammen mit dem Onkel, der Tante und ihrem Sohn, die mit uns geflüchtet waren, eine Wohnung. Am selben Tag, als die Deutschen Węgrów einnahmen, bekam meine Stiefmutter ein Mädchen. Mein Vater musste sich verstecken, weil die Deutschen Juden zur Arbeit einfingen, sie schlugen und ihnen die Bärte samt ganzen Gesichtsstücken abschnitten. Eines Tages kamen sie in unsere Wohnung. Mein Vater versteckte sich im Bett, das ich sorgfältig abdeckte. Sie suchten überall, aber ans Bett gingen sie nicht, weil neben ihm, bleich vor Entsetzen, die Wöchnerin lag. Als sie weg waren, riefen wir den Arzt, der sagte, wenn er nur fünf Minuten später gekommen wäre, hätte er sie nicht retten können. Zu Jom Kippur erschossen die Deutschen den Rabbiner, weil die Juden am Feiertag nicht arbeiten wollten. Sie kamen, als er die Gebete abhielt, und sie erschossen ihn auf der Stelle. Alle in der Stadt weinten. Nach diesem Vorfall wollte der Onkel mit seiner Familie zurück nach Przasnysz, aber sie wurden dort nicht eingelassen, und sie kamen wieder zu uns. In Węgrów wurde es immer schlimmer. Die Deutschen schafften Leute weg, die nie mehr wiederkamen. Vater hatte Angst, das Haus zu verlassen, und verdiente nichts. Wir fürchteten, wir würden nichts zum Leben haben, so nahm die Stiefmutter das Kind, als es einen vollen Monat alt war, auf den Arm, und Vater, mein kleiner Bruder und ich schulterten die Bündel, und wir zogen zur russischen Grenze.

In Pułtusk hatten die Juden Angst, auf die Straße zu gehen, weil die Deutschen sie schlugen, töteten, ihnen die Bärte ausrissen. Meine Schwester hatte auch Angst, weil sie den Mädchen befahlen, sich auszuziehen und mit ihrer Unterwäsche den Fußboden aufzuwischen.

Sie gingen von Haus zu Haus, schlugen, nahmen das Geld weg und holten zur Arbeit fort. Viele Wohnungen und Läden wurden vollständig ausgeraubt.

In die Werkstatt meines Vaters kamen ein Offizier und noch zwei Deutsche, und sie verlangten, innerhalb einer Nacht drei Paar Stiefel für sie zu machen. Als Vater ihnen erklärte, das ist unmöglich, drohten sie, wenn die Stiefel nicht fertig sind, dann knallen sie ihn ab wie einen Hund. Vater arbeitete mit den Gesellen die ganze Nacht. Am Morgen kamen die Deutschen, zogen die Stiefel an und bezahlten nicht einen einzigen Groschen. Von da an kamen sie dauernd und bestellten Stiefel, ohne zu bezahlen. Einmal kam ein sehr dicker Offizier und nahm Vater mit, damit er anderen Offizieren Maß nahm für Stiefel.

Zum Sattler, unserem Bekannten, kamen Deutsche und nahmen ihm alle Stricke ab, und mir befahlen sie, sie zum Befestigen der Balken, die nach der Bombardierung locker waren, auf die Brücke zu bringen. Da sah ich Reihen von Juden und Polen am Fluss. Die Deutschen schossen auf sie, und sie fielen ins Wasser. Halbtot vor Angst rannte ich nach Hause zurück.

Zwei Wochen nach Kriegsausbruch marschierten die Deutschen in Pułtusk ein und begannen sofort mit der Judenverfolgung. Viele holten sie fort in die Lager, und fünfzig Juden verbrannten sie hinter der Brücke. Einer musste den anderen mit Benzin übergießen, und dann zündeten sie sie an. Unter ihnen befand sich mein Onkel Icchak mit seiner Frau und fünf Kindern.

Die Deutschen marschierten am 11. September in Siedlce ein, und schon am dritten Tag begannen sie mit der Judenverfolgung.

Sie zerrten alle Männer aus den Häusern und steckten sie ins Gefängnis. Sie hielten sie achtundvierzig Stunden ohne Essen und Trinken fest, zwanzig bis dreißig in jeder Zelle, rissen ihnen die Kleider vom Leib und schlugen sie. Ein paar Tage später wurde eine Anordnung erlassen, alle Männer sollen sich auf dem Platz versammeln, denn wen sie in einem Haus antreffen, den erschießen sie, und sie wurden nach Węgrów getrieben. Mein Vater, ein älterer, herzkranker Mann, wusste, dass er es nicht bis Węgrów schafft und dass ihn eine deutsche Kugel erwartet, irgendwo vor der Stadt, wo er nicht einmal begraben wird; wenn sie ihn jedoch in Siedlce umbringen, dann kann er darauf hoffen, dass die Juden ihm ein ordentliches Begräbnis bereiten. Als sie sich in einer engen Gasse befanden, rannte mein Vater in ein Haustor. Ein Deutscher schoss hinter ihm her, aber er traf nicht. Zu Jom Kippur beteten die wenigen Männer, denen es gelungen war, in der Stadt zu bleiben, in unserer Wohnung.

Als die Deutschen in Siedlce einmarschierten, versteckten wir uns im Garten. In unseren Hof kam ein Deutscher und fragte die Nachbarin, ob sie Jüdin ist. Sie antwortete, nein. Die konnten das nicht unterscheiden, aber polnische Jungs und polnische Frauen rannten hinter ihnen her und zeigten ihnen die jüdischen Geschäfte, wofür sie so viele Waren bekamen, wie sie wollten. Die Deutschen nahmen nur die Schokolade, die Polen Schuhe, Galanteriewaren, Manufakturwaren, ganze Fuhren von Ware transportierten sie ab. Die Deutschen trieben sogar achtzigjährige Juden zur Arbeit. Wenn sie für sie nichts zu tun hatten, ließen sie sie stundenlang mit erhobenen Armen stehen und fotografierten sie. Meinen Vater schafften sie ins Arbeitslager nach Węgrów. Als wir erfuhren, dass der Aufseher dort Schmiergelder nimmt, fuhren meine Schwester Rachela und ich hin und kauften meinen Vater für zehn Złoty frei. Sein Bart war ausgerissen, und er sah aus wie der Tod, so hatte man sie hungern lassen und gequält. Einmal schickte mich meine Mutter mit einer Schüssel Essen für einen Verrückten, um den sie sich kümmerte, in das Bet ha-Midrasch. Als ich hinkam, sah ich, dass die Deutschen die heiligen Bücher hinauswarfen und darauf herumtrampelten, und ich rannte entsetzt nach Hause. Dann wurden aus anderen

Städten vertriebene Juden in dem Bet ha-Midrasch untergebracht. Sie bettelten in den Straßen und sangen in den Höfen, die meisten waren aus Kalisz. Sie verpflegten sich in der Küche, die die jüdische Gemeinde für sie eingerichtet hatte. Eines Tages erfuhren wir, dass die Deutschen abziehen und die Bolschewiken einmarschieren. An dem Morgen, als wir die großen russischen Tanks sahen, herrschte große Freude in der Stadt. Die Juden machten ihre Läden auf und boten feil, was sie nur konnten, denn nach den deutschen Plünderungen war nicht mehr viel übrig. Wir hatten nur Zigaretten im Laden und ein paar Fässer Heringe. Die russischen Soldaten hatten eine Menge polnisches Geld, sie feilschten nicht und kauften alles. Als wir erfuhren, dass die Russen Siedlce verlassen und wer will, mit ihnen mitfahren kann, nahm mein ältester Bruder uns vier Kleine mit, und die größeren Geschwister blieben bei meinem Vater. An den Militärzug wurden Güterwaggons angehängt, die mit Zivilisten vollgestopft waren.

Als die Deutschen in Długosiodło einmarschierten, erschossen sie den ersten Juden, den sie auf der Straße erblickten. Seinen Namen weiß ich nicht mehr, aber es war der Schwager von Paskowicz, unserem Freund. Bald kamen Tausende von Juden an, die man fast nackt und barfuß aus Wyszków getrieben hatte. In dem winzigen und armen Długosiodło war kein Platz für so viele Menschen. Es wurde eine Volksküche organisiert, aber es fehlte das Geld für alles.

Als wir in Długosiodło ankamen, war das Städtchen überfüllt mit Vertriebenen, und wir übernachteten in einem Pferdestall. Am dritten Tag warfen uns die Deutschen aus Długosiodło heraus, und als wir uns auf den Weg machten, fingen sie an zu schießen. Sie rannten hinter uns her und fingen die Männer ein und schnitten ihnen die Bärte ab. Am nächsten Tag langten wir in Ostrołęka an, und dort trafen wir unsere Tante, die Pułtusk als letzte verlassen hatte, und sie nannte uns diejenigen, die die Deutschen dort erschossen hatten. Wir weinten sehr, denn es waren Verwandte von uns darunter.

Sowie die Deutschen in Kałuszyn einmarschiert waren, gaben sie Befehl, dass sich alle Polen und Juden in der Kirche zu versammeln haben. Wir sahen, wie ein Deutscher den alten Rabbiner Naftali beim Bart packte und ihn in die Kirche stieß. In der Kirche ließen sie uns mit erhobenen Armen stehen, sie untersuchten alle und nahmen alles weg, was irgendwie von Wert war, und nach der Revision prügelten sie. Später kam der Bürgermeister, ein Pole, und er erwirkte von den Deutschen die Erlaubnis, dass Frauen und Kinder nach Hause dürfen. Dann wurden die Polen freigelassen, aber die jüdischen Männer behielten sie zur Arbeit da. Mein Vater arbeitete beim Vergraben der Getöteten. Sie luden die Leichen auf Wagen, die sie selbst ziehen mussten, und die Deutschen trieben sie mit Reitpeitschen an, damit sie schneller liefen. Die Deutschen schlugen die Juden auf der Straße und rissen ihnen die Bärte aus. Ein älterer Deutscher war gut, er kam zu unserem Nachbarn, einem Schuster, und bezahlte ihm die Reparatur seiner Stiefel.

*

Die Deutschen besetzten Łańcut acht Tage nach Kriegsausbruch. Sie gingen von Haus zu Haus, schlugen, rissen die Bärte aus und holten zur Arbeit fort, von der viele nicht wiederkamen. Sie raubten alles, was wertvoll war, und die Einheimischen folgten ihnen auf Schritt und Tritt und warteten auf die Sachen, die die Deutschen ihnen geben würden.

In Łańcut schlugen die Deutschen die Juden und raubten die jüdischen Häuser und Kramläden aus. Was sie nicht haben wollten, das verteilten sie an die einheimische Bevölkerung, die ihnen gern bei den Raubzügen half.

Drei Tage vor Rosch ha-Schana marschierten die Deutschen in Leżajsk ein und begannen ihr Werk mit dem Quälen der Juden. Sie fingen sie zur Arbeit ein, schlugen sie, rissen ihnen die Bärte mit ganzen Hautstücken aus, steckten das Bet ha-Midrasch in Brand. Sie wollten auch das Bethaus niederbrennen, aber das stand zwischen Häusern von Christen, und sie hatten Angst, dass das Feuer übergreift. Die Juden mussten die Kasernen säubern und die Tanks putzen, und die deutschen Aufseher schwangen die Reitpeitschen und sparten nicht mit Prügel.

Die Deutschen marschierten zwei Tage vor Rosch ha-Schana in Leżajsk ein. Die Leute fürchteten sich, zum Gebet zu gehen, weil die Deutschen einen alten Juden geschnappt hatten, der zur Synagoge ging, und ihm den Bart mitsamt einem Teil der Gesichtshaut abschnitten. Am zweiten Tag von Rosch ha-Schana steckten die Deutschen die Synagoge und die Talmud-Tora in Brand, und dann standen sie da und passten auf, dass keiner löscht. Für eine große Geldsumme erlaubten sie, dass die Tora gerettet wird. Zu Jom Kippur wurde bei uns im Keller gebetet, und die Kinder standen draußen und gaben acht, ob jemand kommt.

Die Deutschen besetzten Niemirów am 12. September, und tags darauf kam eine Menge ukrainischer Bauern auf Wagen, Männer und Frauen mit Säcken, und sie begannen die jüdischen Läden auszurauben. Eine Abordnung der Gemeinde begab sich zu den Deutschen und bat um Schutz, und der Kommandant, der, wie sich herausstellte, Österreicher war, schickte Patrouillen aus, damit sie die Plünderer verscheuchen. Die Österreicher warnten uns, dass bald SS kommt, und dann wird es uns schlecht ergehen. Am Sonntag, dem 17. September, kamen die richtigen Deutschen, die anfingen, die Juden zu schlagen. Zu Jom Kippur durfte nicht mehr gebetet werden, und eine Gruppe von Juden betete zusammen mit meinem Vater heimlich auf dem Dachboden, und wir Jungs standen Wache. Am nächsten Tag kam ein Offizier zu uns, ein Wiener, mit dem wir befreundet waren, und sagte, er bringt uns eine gute Nachricht, die Bolschewiken sind im Anmarsch.

Am ersten Tag nach der Einnahme von Mielec wurde keiner angehalten, also gingen die Schächter Chaim und Jasza mit dem Schwiegersohn für die Feiertage ein paar Stück Vieh schlachten. Plötzlich stürmten Deutsche herein und brüllten: »Da habt ihr sie, die jüdischen Mörder!«, und sie erschossen alle drei. Dann kamen sie in die Mikwe, die voller Leute war, denn das war einen Tag vor den Feiertagen, und sie jagten alle nackt ins Schlachthaus, wo sie vierundsechzig Juden erschossen. Einige Tage danach steckten sie das Bethaus, das Bet ha-Midrasch und das Haus in Brand, in dem der Rabbiner Hurwicz mit einem zwölf Jahre alten Waisenjungen wohnte, den er aufzog. Der Rabbiner sprang aus dem

Fenster und konnte sich retten, aber der Junge blieb bei der Flucht am Zaun hängen, und ein Deutscher tötete ihn.

Die Deutschen marschierten zu Rosch ha-Schana in Nachal ein und verteilten Zigaretten auf der Straße. Fünf Tage später nahmen die Polen das Städtchen im Sturm. Am nächsten Tag kamen die Deutschen zum zweiten Mal und steckten zur Strafe das ganze Städtchen in Brand. Der Viehhändler Nachman rannte, um seine Tiere in Sicherheit zu bringen, und wurde erschossen. Łajbisz Załkind wollte die Tora aus der Synagoge retten. Die Deutschen schlossen ihn mit mehreren anderen Juden in der Synagoge ein und verbrannten ihn mitsamt der Tora.

Die Deutschen marschierten in Tomaszów ein, als wir im Bethaus waren. Alle erschraken, aber die Gebete wurden zu Ende gesprochen, und erst dann lief jeder nach Hause. Am andern Tag zündeten die Deutschen das Bet ha-Midrasch und die Synagoge an. Die Juden hatten Angst, das Haus zu verlassen, weil jeden Tag Razzien in den Straßen stattfanden, man schnitt den Juden die Bärte ab und zwang sie zu den schmutzigsten Arbeiten, und manche kamen von der Arbeit nicht wieder. Mein Vater versteckte sich auf dem Dachboden. Die Deutschen plünderten die jüdischen Geschäfte. Sich selbst nahmen sie die teureren Sachen, die billigeren gaben sie den Trupps von Halbwüchsigen, die sie begleiteten. Dann verließen die Deutschen die Stadt, und zwei Tage lang gab es keinerlei Obrigkeit. Am ersten Tag von Sukkoth fuhren russische Tanks ein, die Juden kamen aus ihren Verstecken und atmeten auf. Die Russen kauften alles, was nicht geplündert worden war. Wir dachten, sie bleiben bis zum Ende des Kriegs. Als wir nach acht Tagen erfuhren, dass sie abziehen und die Deutschen für immer zurückkommen, wollten wir das nicht glauben. Viele Juden verließen Tomaszów, auch unsere Familie.

Die Deutschen marschierten zu Rosch ha-Schana in Tomaszów Lubelski ein, und gleich am ersten Tag töteten sie den Rabbi Nachum, Rafał Bernsztajn und einen Jungen, der Lipa hieß. Viele, die sie zur Arbeit fortholten, kamen nie wieder, unter anderem Rabbi Isar, der Leiter der Jeschiwa. Der erste Aufenthalt der Deutschen in unserer Stadt dauerte nur kurz, aber sie schafften es, alle jüdischen Geschäfte und Wohnungen zu plündern, und riefen die Polen auf, sich die restlichen Sachen zu holen. Dann marschierten die Russen ein und stürzten sich wie ausgehungert auf die Waren, die man vor den Deutschen hatte verstecken können. Am Anfang bezahlten sie, und dann plünderten sie auch. Als sie bekanntgaben, dass sie nicht in Tomaszów bleiben, und wer will, die Stadt mit ihnen verlassen kann, beschloss mein Vater, dass wir nach Choroszów fahren, wo die Großmutter und der Onkel wohnten.

Die Deutschen marschierten zu Rosch ha-Schana in Przeworsk ein und steckten vor allem die große Synagoge in Brand. Sie übergossen das Gebäude dreimal mit Benzin, und dreimal ging das Feuer aus. Sie wurden wütend, zerrten die heiligen Bücher aus der Bundeslade und trampelten darauf herum, und als die Flammen endlich das Gebäude erfassten, machten sie Fotos. Das Feuer griff auf mehrere Häuser in der Kazimierzowska-Straße über, aber das an die Synagoge angrenzende Bet ha-Midrasch blieb wie durch ein Wunder verschont, weil der Wind in die entgegengesetzte Richtung wehte. Zwei Tage nach Jom Kippur befahlen die Deutschen allen jüdischen Männern, sich im Klosterhof zu versammeln, wenn sie sich nicht stellten, drohte ihnen die Todesstrafe. Vater und mein zwanzigjähriger Bruder Efraim gingen hin. Man war auf das Schlimmste gefasst, und der Rabbiner Frenkel tröstete die Leute, die Bücher sagten die baldige Ankunft des Messias voraus. Sie befahlen ihnen, sich in Reihen aufzustellen, und der deutsche Aufseher rief: »Wo ist der Rabbiner?« Der Rabbiner hatte sich versteckt. Die Deutschen drohten, wenn er nicht erscheint, töten sie mehrere Juden. Als der Rabbiner kam, kriegten die Deutschen einen Tobsuchtsanfall – sie rissen ihm die Barthaare aus und schlugen ihn, bis er ohnmächtig wurde. Dann peitschten sie alle mit Ruten aus, ließen sie auf allen vieren kriechen. Das nannte sich »sie turnen mit den Juden«, und am meisten schlugen sie die Alten, die die Übungen nicht schafften. Als die Deutschen alle schon so geschlagen hatten, dass sie bluteten, gingen sie die Reihen ab, hielten ihre Helme hin und befahlen, das Geld, die Uhren und die Füllfederhalter hineinzuwerfen.

In Przeworsk schändeten die Deutschen den Friedhof und holten die Grabsteine zum Pflastern der Straße. Sie zündeten die Synagoge und das Bet ha-Midrasch an und erlaubten nicht, das Feuer zu löschen und die heiligen Bücher zu retten. Der Rabbiner lief hin, um die Tora zu retten, aber die Deutschen schnappten ihn, und zur Strafe verlangten sie von der Stadt eine hohe Kontribution. Die Juden von Przeworsk waren nicht imstande, soviel Geld aufzutreiben, aber die Gemeinde von Lwów eilte ihnen zu Hilfe.

Zu Rosch ha-Schana, am 13. September, besetzten die Deutschen Liski, und einige Tage erlegten sie der jüdischen Bevölkerung eine sehr hohe Kontribution auf. Die Juden in unserem Städtchen waren arm, und es blieb uns nichts anderes übrig, als nach Sokal zu flüchten, das an der Grenze beider Besatzungen lag, die Eisenbahnstation gehörte den Deutschen und der Rest den Russen. Wir ließen unsere ganze Habe bei einem ukrainischen Bauern, und er fuhr uns zum San. Die Grenze war nur schwach bewacht, und wir gelangten ohne Schwierigkeiten auf die andere Seite.

Als die Deutschen in Liski einmarschiert waren, klagten sie die Juden an, sie hätten deutsche Soldaten mit heißem Wasser übergossen, und erlegten dem Städtchen eine Kontribution von einer Million Złoty auf. Sie verhafteten vierundzwanzig Geiseln, fingen die Juden zur Arbeit ein, obwohl sich die Gemeinde verpflichtet hatte, die Arbeiter selbst zur Verfügung zu stellen, und ich sah, wie sie den Juden die Bärte ausrissen. Mit Mühe gelang es, die Million Złoty zusammenzubringen. Unter denen, die Geld gaben, befanden sich ein paar ältere Polen. Die Kontribution wurde bezahlt, aber die Deutschen ließen die Geiseln nicht frei und erklärten, sie behalten sie so lange, bis die Juden alle versteckten Waren herausgegeben haben. Täglich plünderten sie die Läden. Als sie uns unsere ganze Ware abgenommen hatten, beschlossen Mama und ich, uns nach Sokal durchzuschlagen, wo sich mein Vater befand. An der Grenze zogen uns die Deutschen ganz nackt aus und trennten unsere Kleidung auf, weil sie nach Brillanten suchten. Vierundzwanzig Stunden lang ließen sie uns hungern, und dann gaben sie uns Rizinusöl, um die Brillanten aus uns herauszukriegen, und sie schlugen uns entsetzlich dabei. Als wir auf schwankenden Beinen über die Grenze kamen, nahmen uns die Russen alles ab, was wir an Besserem auf dem Leib hatten, und wir kamen halbnackt nach Sokal.

Als wohlhabender und in der Stadt bekannter Mann fürchtete mein Vater, dass die Deutschen ihn als Geisel nehmen, also floh er zusammen mit meinem ältesten Bruder Józef nach Jarosław. Sie streiften zwei Wochen lang durch die Städtchen und Dörfer, und dann kamen sie nach Hause und sagten, ganz Polen ist besetzt, und man könne nirgendwohin fliehen, und wenn man sterben müsse, dann schon besser zu Hause.

In Jarosław plünderten die Deutschen und die Ukrainer bei den Juden, was sich nur plündern ließ. Wenn sie die Ware nicht mitnehmen konnten, dann vernichteten sie sie. Sie fingen die Menschen von den Straßen fort. Meinem Vater befahlen sie, mit den bloßen Händen Klosetts zu scheuern.

Die Deutschen marschierten am zweiten Tag von Rosch ha-Schana in Rozwadów ein, und sie befahlen unter Androhung der Todesstrafe, alle Läden zu öffnen, und als die Läden offen waren, begannen sie sie zu plündern. Zu Zysel Zylber kamen Offiziere und nahmen ihm alle Anzüge weg. Zu uns kam ein Deutscher mit dem Revolver in der Hand und verlangte die Wäsche. Mein Vater sagte, er könne sie auch ohne Revolver haben.

In Rozwadów befahlen sie den Juden, mit ihren eigenen Hemden die Fußböden und Fenster in den deutschen Wohnungen zu putzen und sie danach wieder anzuziehen. Dem Rabbiner schnitten sie den Bart ab und ließen ihn mit den bloßen Händen das Klosett scheuern. Deutsche und Polen sahen dabei zu, und alle lachten sie laut.

Als wir zum Feiertagsgebet gingen, hörten wir Gerüchte, dass die Deutschen im Anmarsch sind, also spannte Vater das Pferd an, und wir flohen aus Dubienka, und das Gebet sprachen wir unterwegs in einer Scheune. Der Rabbiner, der mit uns fuhr, hatte den Schofar bei sich, also lief die Andacht nach allen Regeln ab. Wir brachten den ganzen Tag in der Scheune zu, und dann fuhren wir die ganze Nacht, und am nächsten Tag genauso. Vater trieb das müde Pferd an, weil er Angst hatte, die Deutschen holen uns ein, und wir kamen in Kamień Koszyrski an. Wegen des Andrangs von Flüchtlingen konnten wir keine Wohnung bekommen, und wir zogen in das Bet ha-Midrasch.

Am 14. September fuhren die Deutschen mit ihren Tanks in Łaszczów ein und brachten polnische Kriegsgefangene mit. Mein Vater beugte sich aus dem Fenster, um zu sehen, wohin sie sie schaffen. Ein deutscher Soldat zielte auf ihn, aber Vater konnte sich noch rechtzeitig ducken. Dann stürzten mehrere Deutsche in unseren Laden und begannen zu plündern und riefen dabei, sie legen uns um. Am andern Tag flüchteten die Deutschen, weil nicht weit von uns, in den Wäldern um Tomaszów, eine Schlacht im Gange war, bei der die Polen siegten. Im Städtchen blieben nur ein paar Tanks, in den Straßen lagen tote deutsche Soldaten. Die sich zurückziehende polnische Armee hatte die Magazine niedergebrannt, und danach zündeten die Deutschen alles an, was sich anzünden ließ, und viele Häuser brannten ab, darunter auch das unsere, aber die Freude über die Niederlage der Deutschen war groß. Zwei Tage vor Jom Kippur besetzten sie wieder das Städtchen, aber sie wurden bis auf den letzten Mann niedergemacht von den polnischen Soldaten, die aus den Tomaszówer Wäldern kamen, und wieder freuten wir uns riesig, aber zu Jom Kippur zogen sie mit einem gewaltigen Aufgebot, mit Tanks und Kanonen ein, und sie führten große Partien Kriegsgefangene mit sich, und wir begriffen, dass die Polen nun keinen Widerstand mehr leisten. Am andern Tag wichen die Deutschen zurück, und an ihrer statt marschierten die Russen ein, aber einen Monat danach wurde das Städtchen an die Deutschen übergeben.

Die Deutschen marschierten auf der einen Seite von Biłgoraj ein, und auf der anderen Seite, in einem Wäldchen, hatten sich die Polen versteckt. Das Geschieße dauerte am Sonnabend die ganze Nacht und den ganzen Sonntag, aber am Montag begannen die Deutschen zu wirtschaften. Als sie einen bärtigen Juden sahen, steckten sie seinen Bart in Brand, rissen ihm die Mütze vom Kopf und schlugen ihn. Sie befahlen den Juden, zu singen und zu tanzen, sich gegenseitig zu schlagen und zu beschimpfen. Kleine polnische Jungs liefen mit den Deutschen herum und zeigten ihnen jüdische Wohnungen, und sie gingen hinein und holten heraus, was sie wollten. Nach den Feiertagen verließen die Deutschen Biłgoraj, und vier Tage lang war die Stadt dunklen Elementen ausgeliefert. Als die Russen einmarschierten, wurde eine Bürgermiliz organisiert, die aus Juden und Christen bestand. Die Bolschewiken waren alles in allem acht Tage in Biłgoraj, aber sie kauften alle Lebensmittel auf. Sie stopften sich die Manteltaschen mit großen Paketen mit Heringen voll, die sie offenbar lange nicht gegessen hatten, aber sie taten niemandem etwas Böses und redeten gern mit jedem auf der Straße. Als sie weg waren, erhielt bis zum erneuten Einmarsch der Deutschen die Miliz wieder die Ordnung aufrecht. Die Deutschen taten am Anfang so, als sähen sie uns nicht, aber ein paar Tage später kam die Gestapo, die durch die Wohnungen zog, plünderte, grundlos schlug und drohte, das Schlimmste komme erst noch. Um sechs Uhr morgens schossen sie in die Fenster, und als wir aus den Häusern liefen, fingen sie die Männer zum Steineklopfen auf der Landstraße ein. Sie hielten sie bis zehn Uhr abends fest, dabei durften die Juden nur bis sieben herumlaufen, also blieben sie bis zum Morgen in den Straßengräben. Mein Vater wurde auf einen großen Platz geführt, wo er den ganzen Tag Abfälle einsammelte, und als es dunkel wurde und er sagte, er will nach Hause, da schlugen sie ihn so, dass er die ganze Nacht vor Schmerzen wimmerte. Da wir sahen, dass mein Vater das nicht lange aushält, beschlossen wir, zu den Russen zu flüchten.

In Limanowa nahmen die Deutschen die wohlhabendsten Juden fest, und sie suchten nach meinem Vater. Mehrmals führten sie Geiseln aufs Feld, befahlen ihnen, Gräber zu schaufeln, und dann schafften sie sie ins Gefängnis zurück. Eines Tages befahlen sie der ganzen jüdischen Bevölkerung, sich auf dem Marktplatz zu versammeln, auf Verweigerung des Befehls stand die Todesstrafe. Als wir uns versammelt hatten, erklärte der betrunkene Gestapochef, siebzehn Geiseln sind zum Tode verurteilt, und man jagte uns alle auf den Friedhof. Manche trösteten sich, dass wir bestimmt auch diesmal mit dem Schrecken davonkommen. Die Deutschen befahlen den Geiseln, Gräber zu schaufeln, sie erlaubten niemandem, ihnen zu helfen. Als die Gräber fertig waren, begannen die Deutschen aus Maschinengewehren zu feuern. Nach diesen Erlebnissen flüchtete ich zu meinem Vater nach Tarnów. In Tarnów kamen die Deutschen in unsere Wohnung, und sie führten meinen Vater in den Friseurladen. Dort fesselten sie ihm die Hände, und einer von ihnen fing an, ihm mit dem stumpfen Bajonett den Bart abzuschneiden und verletzte ihm das Gesicht. Ich fiel ihnen zu Füßen, küsste ihre Hände, aber je mehr ich bat, um so mehr quälten sie ihn. Ich fuhr meinen ohnmächtigen Vater nach Hause, und er brachte mehrere Wochen im Bett zu. Ich habe viele solche Szenen mit angesehen, wo sie die Bärte abschnitten. Ich war auch Zeuge, wie die Deutschen die Juden in die neue Synagoge trieben und das Gebäude mit Kanonen beschossen, und die Sterbenden riefen: »Höre, Israel.«

Die Deutschen besetzten Przemyśl am 14. September, und am nächsten Tag verhafteten sie Herrn Herszfeld, bei dem ich wohnte. Nach einigen Tagen kam er malträtiert nach Hause und quälte sich noch zwei Wochen, bevor er starb. Im selben Haus wohnte ein Arzt, der lange Zeit nicht wiederkam, und dann erkannte ihn seine Familie unter den Ermordeten, weil er ein Thermometer in der Tasche hatte. Die Deutschen waren ein paar Wochen in Przemyśl. Als sie die Stadt verließen, demolierten sie die Häuser und jagten das Bet ha-Midrasch in die Luft, ich habe gesehen, wie Juden und Polen das Feuer löschten. Im Allgemeinen halfen sich Juden und Polen gegenseitig.

In Przemyśl veranstalteten die Deutschen in der Franciszkańska-Straße eine Treibjagd, und sie erschossen sechshundert gefangene Juden im Wäldchen vor der Stadt. Als die Russen kamen, ersuchte sie die jüdische Gemeinde, die Exhumierung der Toten und ihre Bestattung auf dem jüdischen Friedhof zu erlauben. Die Familien erkannten ihre Angehörigen an der Kleidung und an den Gegenständen in den Taschen. Sie wurden an einem Ehrenplatz begraben, jeder einzeln, nur diejenigen, die nicht identifiziert werden konnten, kamen in ein Gemeinschaftsgrab. Von den Grabinschriften her habe ich mir Doktor Tirkel gemerkt, einen bekannten Chirurgen, der meinen älteren Bruder operiert hatte. Es hieß, unter den Getöteten befände sich auch der Leiter des jüdischen Spitals.

Am Sonnabendabend fuhren die deutschen Tanks mit Hakenkreuzen in Krasnobród ein. Die Deutschen verteilten Schokolade und Weißbrot an die Kinder, unterhielten sich mit den Juden und schlugen niemanden. Anderntags zogen die Tanks ab, und es kamen die richtigen Deutschen, die sich die Juden sofort vornahmen. Sie jagten die Betenden aus dem Bet ha-Midrasch und befahlen ihnen, die toten Pferde zu begraben und sie in die Tallits zu wickeln. Dann begannen sie, die jüdischen Läden zu plündern, die Polen zeigten ihnen, welche jüdisch waren. Am schlimmsten war es am Donnerstag, am ersten Tag von Sukkoth, als die Deutschen das Städtchen an die Bolschewiken übergeben sollten. Sie begossen die Häuser mit Benzin und zündeten sie an, ohne den Leuten zu erlauben zu fliehen. Sie brannten das wunderschöne Bethaus nieder, das erst kurz vor dem Krieg errichtet worden war. Ein alter Jude rannte hin und bat, dass sie ihm erlauben, die Tora zu retten, da sagten sie, sie sind einverstanden, wenn er sie auf der Erde ausrollt und darauf tanzt. Man weiß nicht, wie viele Juden in den Flammen umkamen, aber ich weiß, dass der Kantor Szmul Eliezer und sein Sohn verbrannten, und am Freitag, als die Bolschewiken einzogen, gingen die Juden mit Laken umher und sammelten die verkohlten Gebeine ein, um sie nach dem Ritual zu bestatten. Die Russen waren nur zwei Tage im Städtchen. Als der Kommandant bekanntgab, die Grenze wird siebzig Kilometer weiter zurückverlegt und wer will, kann mit ihnen mitfahren, fuhren wir alle.

In Chełm führten die Deutschen mehrere hundert Juden vor die Stadt und befahlen ihnen, Gräber für sich zu schaufeln. Unter den Getöteten befanden sich die bekanntesten Leute der Stadt und gute Bekannte von uns. Mama war von Sinnen vor Verzweiflung.

In Krzeszów brachten die Deutschen viele von unseren Bekannten um, unter anderen Manes Zyndel, den Glaser. Sie fingen Mojsze Bursztajn und den Sohn des Rabbiners ein und befahlen ihnen, ein Grab für sich zu schaufeln. Bursztajn erschossen sie, und danach sagten sie, für diesen zweiten sei ihnen die Kugel zu schade, den können sie noch als Arbeiter gebrauchen. Sie brachten auch mehrere jüdische Frauen um. Roza Bokser rissen sie einen Finger mit dem Ring aus, bevor sie sie ermordeten. Das war zwei Tage vor dem Eintreffen der Russen.

Gleich nach ihrem Einmarsch in Zagórz schlugen die Deutschen die Juden, rissen ihnen die Bärte aus und befahlen ihnen, auf dem Marktplatz zu tanzen. Mein Vater verließ sein Versteck nicht. Weil unser Ausschank für seine guten Weine und Liköre bekannt war, kamen ein paar Offiziere zu Vater und versicherten ihm, dass sie ihm nichts tun, wenn er den Ausschank aufmacht. Anderswo plünderten sie und vertrieben die Besitzer, aber meinem Vater taten sie wirklich nichts. Manche bezahlten für den Schnaps, andere nicht. Vater war zufrieden, dass sie ihn nicht quälen, und forderte das Geld nicht ein. Jede Nacht umzingelten die Deutschen mehrere Häuser und jagten die jüdischen Familien aus der Stadt, ohne ihnen zu erlauben, etwas mitzunehmen, und wir hörten Weinen und Wehklagen.

Nach ihrem Eintreffen in Osiny Dolne zwangen die Deutschen die Juden zu schweren und erniedrigenden Arbeiten. Sie schlugen sie und befahlen ihnen, sich gegenseitig die Bärte abzuschneiden, und den Frauen befahlen sie, mit ihrer Unterwäsche die Fußböden aufzuwischen.

Als die Deutschen in Majdan auftauchten, versteckten wir uns bei einem Bauern, bei dem mein Vater immer Vieh kaufte. Wir hockten im Stall und gingen nicht nach draußen, damit uns die Nachbarn nicht sahen. Dann sagte der Bauer, er hat Angst, uns länger dazubehalten, also verließen wir den Stall in der Nacht und gingen wieder nach Hause. Unsere Tür stand offen und die Wohnung war ausgeraubt. Einige Tage später umzingelten die Deutschen das jüdische Viertel und führten alle Männer auf den Marktplatz. Dort gaben sie ihnen Kannen mit Benzin und befahlen ihnen, das Bethaus zu übergießen. Als das Bethaus brannte, zwangen sie die Juden, rundherum zu tanzen, und sie selbst platzten fast vor Lachen. Wir konnten das nicht aushalten, und mit Hilfe von Schmugglern gelang es uns, uns nach Niemirów, auf die russische Seite durchzuschlagen.

Gleich nach dem Eintreffen der Deutschen in Majdan fuhren Lastautos vor unserem Haus vor und transportierten die ganzen Bestände unserer Lager ab. Das Gleiche passierte auch mit anderen jüdischen Geschäften. Die wertvollsten Sachen behielten die Deutschen für sich, die anderen gaben sie der christlichen Bevölkerung, sodass die Juden nach wenigen Stunden völlig ausgeraubt waren. Die Deutschen quälten die Juden auf grausame Weise, sie fingen sie zur Arbeit ein und fuhren sie vor die Stadt, von wo man nicht mehr zurückkam.

Am Sonntag nach Jom Kippur marschierten die Deutschen in Biała Góra ein und begannen mit der Plünderung jüdischen Besitzes, wobei ihnen die ansässige Bevölkerung eifrig half. Wir beschlossen, nach Wieliczka zurückzugehen, denn wenn wir nun mal unter deutscher Besatzung sein mussten, dann schon besser zu Hause. In Leżajsk hielt uns eine deutsche Wache an, die die Juden nicht auf die Brücke ließ. Ein paar Polen unterhielten sich freundschaftlich mit den Wachsoldaten und zeigten ihnen, wen sie durchlassen sollten und wen nicht. Wir warteten bis zum Abend und mieteten uns ein Boot. Wir erkannten unsere Stadt nicht wieder, zugrunde gerichtet war sie, und als wir erfuhren, dass die Deutschen fünf unserer Verwandten und viele andere Juden ermordet hatten, setzten wir uns wieder auf den Wagen und fuhren nach Sieniawa. Dort gab es vorerst weder Deutsche noch Russen, aber die Bürgermiliz, die aus Christen und Juden bestand, verbot Flüchtlingen den Aufenthalt, weil man eine Hungersnot befürchtete, und auf die Gewährung einer Zuflucht standen strenge Strafen. Wir quartierten uns bei einem Bauern vor der Stadt ein. Als die Bolschewiken einmarschierten, verbesserte sich unsere Situation.

Die Deutschen brannten alle Synagogen in Bielsko und in Biała nieder, und sie kamen täglich unseren Vater suchen. Sie suchten in den Schränken und unter den Betten, stellten die ganze Wohnung auf den Kopf. Viele Juden, die sie geschnappt hatten, transportierten sie in den Wald, der der Zigeunerwald hieß. Man erzählte, sie quälen sie dort schrecklich und töten sie. Als der Befehl herauskam, dass alle Juden aus Bielsko ausgesiedelt werden, nahm Mama Fahrkarten nach Kielce, aber wir fuhren nach Łódź, wo ihr Bruder wohnte und ein entfernter Verwandter Bäcker war. Mama holte bei ihm Backwaren und verkaufte sie auf der Straße, aber sie hatte Angst, in Łódź zu bleiben, weil man in den Straßen die Juden schlug. Wir fuhren mit dem Zug nach Warschau, und Mama gab ihr ganzes Geld für einen Platz in einem Auto hin, das uns bis zur russischen Grenze mitnahm.

In unserem Viertel wohnten viele Deutsche, und wir unterhielten freundschaftliche Beziehungen zu ihnen, aber vom selben Tag an, als die deutsche Wehrmacht in Łódź einmarschierte, kannten sie uns nicht mehr auf der Straße. Als Vater in die Fabrik kam, verbot der Meister, der Deutscher war, ihn einzulassen. In unserer Wohnung wurde eine Haussuchung gemacht, und dann kam der Meister mit einem Gestapomann und verlangte die Schlüssel zum Lager. Jetzt standen wir ohne alles da. Eines Tages holte man vierzehn Juden aus dem Café in der Piotrkowska-Straße und erschoss sie auf der Landstraße. Unter ihnen befanden sich die Fabrikanten Bister und Szafir, Bekannte von Vater. Nach diesem Vorfall setzten wir uns in den Zug und fuhren nach Małkinia. Auf dem Bahnhof mussten wir durch Reihen von Deutschen hindurch, die die Juden auf die Köpfe schlugen und ihnen das Geld und die Wertgegenstände wegnahmen, und danach warteten wir zwei Tage lang im »Niemandsland«.

Als die Deutschen Warschau besetzten, begannen sie, Brot zu verteilen, aber die Juden wurden aus der Schlange geworfen.

Als uns die Nachricht erreichte, dass die Deutschen Suppe und Brot austeilten, ging Mama, die nicht wie eine Jüdin aussah, auf die Straße und brachte uns etwas zu essen. Nach einiger Zeit erfuhr man, dass Mama Jüdin ist, man warf sie aus der Schlange, schlug sie, und sie kam blutend nach Hause. Als Vater sah, dass sie Mama geschlagen hatten, sagte er, er bleibt keinen Augenblick länger in Warschau. Wir packten alles in Bündel und fuhren nach Małkinia. In Małkinia schlugen die Deutschen die Juden und nahmen ihnen die Sachen weg, aber ein Pole, der mit uns im Abteil gefahren war, erklärte, wir gehören zu seiner Familie, und auf die Art kamen wir um die Schläge herum. Die Grenze wurde immer nur für ein paar Minuten geöffnet, also blieben die Leute in der Nacht wach. Wir hungerten und mussten weit nach Wasser gehen. Es regnete, und das Feuer wollte nicht brennen. Als die Grenze plötzlich in der Nacht aufgemacht wurde, stürzten alle dorthin, und einer trampelte den andern nieder. Alle schrien und riefen sich gegenseitig, im Dunkeln weinten verlassene Kinder. Mama band uns mit einer Schnur an sich fest, und auf die Art rannten wir auf die andere Seite.

Mein Vater hatte als Tischler viel zu tun in Warschau, weil die Leute Fenster und Türen reparieren ließen, und wir hätten genug zum Leben gehabt, wenn ihn die Deutschen nicht dauernd zur Arbeit geholt hätten, von wo er malträtiert nach Hause kam. Eines Tages kam er nach Hause und sagte, er bleibt keinen Tag länger in Warschau, und am nächsten Tag fuhren wir mit der Droschke zum Ostbahnhof, wo wir Tausende von Flüchtlingen trafen. In Małkinia stellte sich Mama mit mir zu den Christen, und auf die Weise kamen wir durch, aber hinterher konnten wir meinen Vater nicht mehr finden. Zwei Tage lang hielt man uns auf dem neutralen Streifen fest, es goss in Strömen, und man versank im Schlamm. Schließlich machten sie die Grenze auf, und wir gelangten mit den Menschenmassen auf die andere Seite. Wir kamen bis Zaręby, dann fuhren wir mit dem Zug nach Białystok. Mein Vater erwartete uns auf dem Bahnhof.

Gleich nach ihrem Einmarsch in Warschau fingen die Deutschen an, die Juden für die Reinigung der Stadt einzufangen, sie schlugen, rissen Bärte aus, raubten jüdische Wohnungen aus. Meinem Vater nahmen sie den Filz für die Hüte weg, sie sagten, den schicken sie ihren Frauen. Wir packten ein paar Sachen zusammen und fuhren nach Małkinia. Auf dem Bahnhof wurden alle Männer festgehalten. Die Frauen wollten sich ohne ihre Männer nicht fortrühren. Die Deutschen drohten, dass sie schießen. Wir traten zurück, aber nur ein kleines Stück, und ich sah mit an, wie sie meinen Vater und die anderen Juden in ein Gebäude führten, von wo wir dann Schreie hörten, und wir Kinder fingen zu weinen an. Mein Vater kam blutend zurück, und wir gingen zum Grenzstreifen. Als sie am dritten Tag die Grenze aufmachten, rannten wir wie die Wahnsinnigen, obwohl die Russen schossen, um uns abzuschrecken.

Als die Bombenangriffe vorbei waren, wollte mein Vater in seinen Laden. Die Deutschen hielten ihn auf der Straße fest, schnitten ihm den halben Bart ab, verletzten ihm das Gesicht, dass er blutete, und nahmen ihm die Ware aus dem Laden weg. Mama weinte, die Nachbarn liefen herbei, um sich Vater anzusehen. Die einen rieten, er soll den Bart ganz abrasieren, die anderen sagten, er soll so herumlaufen. Mein Vater rasierte sich nicht, und die Deutschen hielten ihn wieder fest und schlugen ihn, weil er sich den restlichen Bart nicht abrasiert hatte. Mama bekam Weinkrämpfe, also rasierte sich Vater den Bart ab und ging in die Stadt, um Geld zu holen, damit wir weg konnten, aber er kam über Nacht nicht wieder, und anderntags sagten uns Polen, die wir kannten, die Deutschen hätten ihn zusammen mit anderen Juden zur Reinigung des Sejm festgenommen. Mein Vater kam nach vier Tagen mit geschwollenen Händen heim und sagte, er stirbt vor Hunger, aber er geht nicht mehr auf die Straße. Mama ging allein zu unseren Schuldnern, um Geld für unsere Ausreise nach Russland zu holen.

Drei Tage und drei Nächte warteten wir am Bug, weil Vollmond war und niemand uns hinüberfahren wollte. Wir versteckten uns in Bauernhütten. Dort kamen manchmal deutsche Soldaten hin, um sich mit den polnischen Mädchen zu amüsieren, und bei der Gelegenheit fingen sie Juden und verlangten ein Lösegeld. Dort fanden Jagden auf Juden statt, die auf die andere Seite wollten und die sie einfingen und ausraubten. Als schließlich eine dunkle Nacht anbrach, trennte Vater zweihundert Złoty aus seinem Unterfutter und gab sie dem Bauern, der uns nach drüben führte. Der Kommandeur der deutschen Wache nahm in unserer Gegenwart das Geld von ihm. Mitten auf dem Fluss stießen wir in der Dunkelheit mit einem anderen Boot zusammen, das umkippte, und zwei Kinder ertranken.

Die Deutschen kamen zu dem Bauern, bei dem wir wohnten, und schlugen Mama mit der Reitpeitsche. Uns kleine Kinder schlugen sie auch. Dann kam unser Vater aus Brześć zurück und nahm uns mit dem Auto mit. Die Deutschen hielten uns unterwegs an und schlugen uns, aber wir kamen bis an den Bug und setzten in einem kleinen Kahn über ans andere Ufer.

*

Zu Jom Kippur fuhr um zwölf Uhr nachts ein Lastwagen mit Sturmmännern auf dem Marktplatz ein, die ordneten an, dass alle Juden Długosiodło verlassen und sich »zu ihren Freunden auf der anderen Seite« begeben sollen. Die Leute packten hastig ihre Sachen, und die Sturmmänner rannten durch die Häuser und raubten, was ihnen vor die Augen kam. Um zwei Uhr nachts ertönten Schüsse, also rannten wir aus dem Haus. Die Sturmmänner jagten alle auf die Straße nach Zambrów. Der Weg führte durch den Wald, und wir machten halt, um zu verschnaufen, und da es Jom Kippur war, sprachen mein Vater und andere fromme Juden das Gebet, und dann sangen und tanzten sie im Takt eines religiösen Liedes.

Vor dem Laubhüttenfest ging Mama zum Schächter, damit er uns eine Gans schlachtet. Plötzlich kam Vater angerannt und sagte, die Deutschen haben ihn aus der Werkstatt gejagt und ihm die Schlüssel weggenommen. Noch bevor er ausgeredet hatte, kam Mama mit der Nachricht angelaufen, die Deutschen vertreiben alle Juden aus Pułtusk. Wir halfen den Eltern einzupacken, was gerade zur Hand war, jeder nahm ein Bündel, und wir gingen über die Brücke, an der Tanks standen. Die Deutschen trieben die Juden an, und wer zu langsam ging, den warfen sie ins Wasser. Wir machten in dem Dorf Popławiec halt, wo Mamas Tante wohnte. Anderntags kamen die Deutschen und suchten Vater. Sie sagten, sie tun ihm nichts, und er soll in die Werkstatt zurückkehren. Vater hielt sich versteckt, und als die Deutschen weg waren, zogen wir weiter. Hinter Pułtusk sahen wir brennende Menschen. Das waren Juden aus Wyszków, die wollten den aus Pułtusk verjagten Juden zu Hilfe kommen, und die Deutschen fingen sie ein und übergossen sie mit Benzin. Wir gingen bis zu der Bahnstation, von wo ein Zug nach Białystok abging.

Zum Laubhüttenfest kamen die Deutschen ins Lager meines Großvaters, als mein Vater dort war. Die Nachbarn sahen, wie die Deutschen meinen Vater in den Garten führten, ihn schlugen, ihm das Geld abnahmen und seine Dokumente zerrissen und ihn dann irgendwohin trieben. Am selben Tag kam ein Befehl heraus, dass alle Juden Pułtusk verlassen müssen. Ein Bekannter von uns, ein Christ, gab uns sein Fuhrwerk nach Popławiec. Auf der Brücke befahlen die Deutschen allen Erwachsenen, vom Fuhrwerk zu steigen, sie schossen und warfen die Leute ins Wasser. Wir weinten fürchterlich, weil wir Angst hatten, dass wir ohne Vater und Mutter bleiben, aber Mama schaffte es, über die Brücke zu kommen, und dann rannte sie weiter auf Nebenwegen, weil sie auf dem Hauptweg die Leute umbrachten, und sie fand uns in Popławiec wieder. Mama hatte kein Geld mehr, um noch mal ein Fuhrwerk zu leihen, und wir gingen zu Fuß, die Bündel auf dem Rücken. Die Bauern wollten uns kein Nachtlager geben, aber ein paarmal gelang es uns, in einer Scheune zu übernachten, Brot bezahlte Mama mit Wäschestücken. Nach vier Tagen langten wir in Węgrów an, wo Verwandte von uns wohnten, und dort trafen wir zu unserer großen Freude Vater und Großvater an. In Węgrów waren damals die Russen.

Die Deutschen erließen den Befehl, dass sich alle Juden innerhalb von fünfzehn Minuten auf dem Marktplatz stellen müssen, wer sich nicht stellt, wird erschossen. Wir fürchteten uns sehr und schmiegten uns an unsere Eltern. Die Deutschen hielten Reitpeitschen in der Hand und untersuchten alle, sogar die kleinen Kinder, und sie nahmen weg, was ihnen beliebte. Dann fotografierten sie uns und befahlen uns, auf die Brücke zu gehen, aber die Straße war so verstopft, dass man kaum durchkam. Plötzlich begannen die Deutschen zu schießen, und ein paar Menschen fielen tot um. Es entstand eine Panik, Leute fielen in den Fluss, Mütter verloren ihre Kinder. Als wir uns auf die andere Seite durchgedrängt hatten, standen Deutsche an der Straße und jagten uns weiter, die Bauern hatten Angst, uns auf den Hof zu lassen.

Man befahl uns, uns auf dem Marktplatz zu versammeln, und erließ die Verfügung, alle Juden müssen binnen weniger Stunden Pułtusk verlassen. Wir machten kleine Päckchen, jeder nahm ein Bündel auf den Rücken, und wir gingen auf die Brücke. Dort standen deutsche Tanks, und wir mussten uns zwischen ihnen durchzwängen, und die Deutschen stießen uns lachend mit den Gewehrkolben gegen die Tanks. Die Brücke war halb zerstört, und die Leute hatten Angst, drüber zu gehen. Plötzlich begannen die Deutschen zu schießen, und es entstand eine Panik, Leute fielen ins Wasser und ertranken, Kinder verliefen sich in der Menge. Mein Vater warf sein Bündel weg und nahm meinen kleinen Bruder auf den einen und mich auf den anderen Arm, Mama fasste meine beiden älteren Geschwister bei der Hand, und auf die Weise kamen wir hinüber. Hinter der Brücke rannten wir weiter. Die Bauern wollten uns nicht mal in ihre Scheune lassen, und wir übernachteten in den Feldern, bis wir die Eisenbahnstation erreicht hatten und in den Zug nach Białystok stiegen.

Die Deutschen gaben Befehl, dass sich alle Juden binnen fünfzehn Minuten im Park zu versammeln haben. Dort befahlen sie uns, unser Geld und unseren Schmuck herzugeben, und nahmen Leibesvisitationen vor, und dann führten sie alle auf die Brücke, die von Tanks umstellt war, und wer sich nicht durchzwängen konnte, den stießen sie ins Wasser. Ich erinnere mich an das Weinen der Kinder und an das Wehklagen der Erwachsenen. Mein Vater, meine Mutter und meine älteren Schwestern hielten mich und den kleinen Mojsze so fest, dass ich schrie, Mama, du erwürgst mich. Hinter der Brücke zeigte mein Vater uns eine Stelle, wo fünfzig Juden verbrannt worden waren, darunter mein Onkel mit seiner Familie, und obwohl die Deutschen uns hinterherschossen, blieben Vater und ein paar andere Juden stehen und sprachen das Gebet für die Toten. Als wir durch die Dörfer gingen, sahen uns die Leute mitleidig an und gaben uns Brot und Wasser. Wir kamen bis Ostrów, und von dort fuhren wir nach Zambrów.

Die Deutschen riefen uns alle auf dem Platz zusammen und befahlen uns, binnen einer Stunde Ostrów zu verlassen. Wir wollten unsere Sachen holen gehen, aber der Platz war von Maschinengewehren umzingelt. Sie jagten uns in Richtung Grenze und zerrissen uns die Kleider am Leib, bevor sie uns auf die andere Seite ließen.

Als wir erfuhren, dass die Deutschen vorhaben, die Juden aus Ostrołęka zu vertreiben, mietete mein Vater ein Fuhrwerk nach Dąbrowa. Die Deutschen kontrollierten uns und nahmen uns das Geld und die Wertsachen weg, bevor sie uns auf die sowjetische Seite ließen. Wir fuhren mit dem Zug nach Białystok, wo wir eine Menge Flüchtlinge trafen.

Als die Deutschen die Juden aus Długosiodło jagten, begab sich meine Familie nach Dąbrowa und von da nach Białystok. Ich befand mich die ganze Zeit in Warschau, weil ich während der Bombenangriffe eine Lungenentzündung bekommen hatte, und erst nach dem Laubhüttenfest brach ich nach Maków auf, wo wir Verwandte hatten. Ich fuhr auf einem Fuhrwerk mit sieben anderen Juden. Die Deutschen hielten uns unterwegs an und trieben uns unter Schlägen zu einem Gut, wo sie uns befahlen, Säcke auf Lastwagen zu laden. Dort arbeiteten ein paar hundert Juden. Jeder musste einen vollen Sack heben, einige, die den Schwächeren helfen wollten, wurden niedergeschossen. Am Abend ließen sie uns frei, und wir kamen auf einem der vielen Fuhrwerke unter, die zur sowjetischen Grenze zogen. Die Deutschen hielten uns noch mehrmals an und nahmen uns weg, was ihnen beliebte. An einer Stelle holten sie von jedem Fuhrwerk einen Juden herunter und führten ihn in den Wald, den anderen befahlen sie, weiterzufahren, ohne sich umzusehen. Ich dachte, in Maków finde ich die Bolschewiken vor, aber auch dort waren die Deutschen, und zusammen mit den einheimischen Juden erlebte ich Prügel und Razzien für Arbeitstransporte, von denen viele nicht wiederkamen. Nach einem Monat kam meine Schwester und holte mich nach Białystok.

Einen Monat nach ihrem Eintreffen in Włodawa erließen die Deutschen die Verfügung, dass sich alle Juden vor der Stadt zu versammeln haben, von wo sie zur sowjetischen Grenze gebracht werden. Mein Vater war damals nicht in der Stadt, also versteckten wir uns im Keller eines verlassenen Hauses, um auf ihn zu warten. Als Vater kam, war vom Sammelplatz unaufhörliches Schießen zu hören. Es wurden sechshundert Juden erschossen, und die Stelle, wo man sie vergrub, wurde asphaltiert und für eine Tankstelle bestimmt. Wir stahlen uns in der Nacht davon und flüchteten in Richtung sowjetische Grenze.

Suwałki wurde zuerst von den Russen besetzt. Als wir nach einer Woche hörten, die Russen ziehen sich zurück, hatten alle riesige Angst, und viele Juden gingen mit ihnen nach Augustów.

Polnisches Gesindel rannte durch die Straßen und schlug die Juden. Die Deutschen marschierten nach dem Laubhüttenfest ein und erschossen einen Bekannten von uns, Lubliński, dessen Sohn in Palästina wohnte, auf der Straße. Sie raubten die jüdischen Geschäfte und Läden aus. Polnische Polizisten gingen in Zivil von Haus zu Haus und suchten nach versteckten Waren. Alle jüdischen Männer wurden zur Arbeit eingefangen. Mein Vater verdiente nichts mehr, weil er dauernd für die Deutschen arbeiten musste, und ein paarmal wurde er ohne Grund auf offener Straße geschlagen. Als wir hörten, dass die Deutschen die Juden aus Suwałki vertreiben wollen, mietete mein Vater ein Fuhrwerk, und wir fuhren in Richtung sowjetische Grenze.

*

In Jarosław begannen die Deutschen noch vor Jom Kippur, die Juden auf die russische Seite zu treiben, wobei sie drohten, sie erschießen jeden, der versucht, umzukehren. Wir versteckten uns, weil wir glaubten, das geht vorbei und wir können zu Hause bleiben, aber am 27. September erließ der deutsche Kommandant die Verfügung, dass alle Juden binnen vier Stunden zu den Bolschewiken zu gehen haben. Als die Juden mit schweren Packen am Ufer des San ankamen, nahmen ihnen die Deutschen und die Ukrainer die meisten Sachen weg und ließen sie nur mit kleinen Bündeln weiter.

Die Brücke über dem San schwankte, die Leute hatten Angst, sie zu betreten, die Zögernden warfen die Deutschen ins Wasser.

Gleich nach Sukkoth hörten wir eine Schießerei. Wir liefen nach draußen und sahen, wie die Deutschen die Juden aus Chełm und aus Hrubieszów über den Fluss trieben. Die Russen hatten Befehl, niemanden durchzulassen. Wir flehten die russischen Soldaten an, sie durchzulassen, und die Vertriebenen riefen: »Es lebe Stalin«, aber es half alles nichts. Erst ein Arzt, ein Pole, der sich um die Angelegenheiten der Flüchtlinge kümmerte, ging zum bolschewistischen Kommandanten und erwirkte, dass man die Juden über die Grenze ließ. Sie erzählten hinterher, dass die Deutschen auf jeden schossen, der nicht schnell genug mitkam. Direkt an der Grenze erklärten die Deutschen, es können nur vierhundert Juden hinüber, und weil es vierhundertacht waren, erschossen sie acht junge Burschen vor aller Augen.

Man kann sich vorstellen, was sich in Sokal abspielte, wo die ganze jüdische Bevölkerung aus Jarosław auf einmal auftauchte, und am andern Tag sagte man uns, im Laufe der Nacht sind noch ungefähr tausend Juden aus Hrubieszów eingetroffen, die die Deutschen zu Fuß hergetrieben hatten.

Die Juden, die auf der russischen Seite ankamen, hatten in Fetzen hängende Kleider, waren blutüberströmt und sagten, die Deutschen hätten ihnen alles geraubt.

Zwei Wochen nach ihrem Einmarsch in Leżajsk erließen die Deutschen die Verfügung, dass sich alle Juden binnen eines Tages auf die andere Seite der Grenze zu begeben haben.

Als die Verfügung herauskam, dass die Juden Leżajsk verlassen müssen, wollten die Bauern keine Fuhrwerke vermieten. Man bezahlte dreitausend Złoty für die Fuhre, und nur die Reichen konnten sich das leisten, die meisten gingen mit ihren Bündeln auf dem Rücken. Wir machten in dem Dorf Chałupka auf der anderen Seite des San halt. Mama und meine ältere Schwester stahlen sich ein paarmal zurück und brachten etwas von den zurückgelassenen Sachen herüber.

Ein paar Wochen nach ihrem Eintreffen in Przeworsk erließen die Deutschen die Verfügung, dass die Juden binnen einer Stunde die Stadt zu verlassen haben, und wer bleibt, den erschießen sie. Wir schnappten uns alles, was uns zwischen die Finger kam, und rannten zum San. Die Deutschen beschlagnahmten alle Boote und verlangten für die Überfahrt vierhundert Złoty pro Kopf. Nicht viele Familien hatten so viel Geld. Manche versuchten, schwimmend nach drüben zu kommen, die Deutschen schossen auf sie, viele ertranken.

Am 26. September verlas ein Offizier den Befehl, dass sich morgen um neun Uhr alle Juden auf die russische Seite zu begeben haben. Es ist schwer zu beschreiben, was sich in dieser Nacht in Przeworsk abspielte. Man packte in Hast, rannte ein Fuhrwerk suchen. Für den Transport gab man die Möbel seiner ganzen Wohnung an die Bauern ab. Der Bauer, der unsere Möbel holte, erschien nicht zur vereinbarten Zeit, und wir mussten zu Fuß gehen. Weinend zog man aus der Stadt. Unterwegs spannten die Deutschen die Pferde aus, und alle, sogar die Kranken, mussten die fünfzehn Kilometer bis zum Fluss gehen. Niemand hatte die Kraft, die schweren Packen mit den Federbetten zu tragen, also ließ man sie unterwegs liegen. Meine Mutter war in anderen Umständen, und das Laufen fiel ihr sehr schwer, aber es geschah ein Wunder, wir sahen einen Bauern mit einem leeren Fuhrwerk, und mein Vater flehte ihn an, sich meiner Mutter zu erbarmen, weil sie unterwegs tot umfallen würde. Der Bauer nahm auch mehrere Kranke mit. An der Grenze rief ein russischer Soldat meinem Vater auf Jiddisch zu: »Siehe, da kommt der rote Messias!« Auf der andern Seite war es leichter, ein Fuhrwerk zu bekommen, und am Abend langten wir in Krakowiec an. Das Städtchen war niedergebrannt, aber aus einem Fenster sickerte Licht. Vater klopfte an. Ein fremder Jude machte auf und sprach den Feiertagsgruß. Da fiel meinem Vater ein, dass wir Sukkoth hatten.

Drei Wochen nach ihrem Eintreffen in Rozwadów erließen die Deutschen die Verfügung, dass alle Juden binnen einer Stunde auf die andere Seite des San müssen. Mehrere tausend Menschen eilten in Panik zum Fluss, sie trugen Kranke und Alte, verloren die kleinen Kinder. Es gab nur zwei Boote, jedes für zwanzig Mann, aber man stopfte hundert Leute in jedes, weil die Deutschen mit den Gewehrkolben schlugen und drohten, sie erschießen jeden, der dableibt. Schließlich gelang es, für eine große Geldsumme ein großes Boot zu ergattern. Als alle am andern Ufer waren, begannen die Deutschen zu schießen. Wir rannten ins Dorf, aber die Bauern wollten uns nicht einlassen, also strichen wir über die Felder, und die Beine wurden uns lahm. Schließlich kauften wir gemeinsam mit einer anderen Familie ein Pferd mit Wagen und fuhren weiter. In der Nacht überfielen uns Ukrainer, schlugen uns und nahmen uns den Wagen mitsamt den Sachen weg. Wir gingen bis nach Kołoszyce, wo uns gute Menschen ein Nachtlager gaben. Die Stadt war überfüllt mit Flüchtlingen, die Menschen übernachteten auf den Straßen.

Um sieben Uhr morgens ließ man die Juden sich auf dem

Marktplatz in Rozwadów versammeln und erlaubte ihnen nur so viel mitzunehmen, wie sie tragen konnten. Die Wohnungen und Geschäfte blieben ohne Aufsicht, und die Nachbarn, Christen, nahmen sich, was zurückgeblieben war. Die Deutschen schlugen die Juden. Alte und Kranke wurden aus den Betten gezerrt und konnten sich kaum auf den Beinen halten. Von Bajonetten angetrieben, rannten wir unter dem deutschen Gebrüll: »Marsch, zu euren roten Brüdern!« Die Mütter ließen das Gepäck liegen, um ihre kleinen Kinder zu tragen. Ich führte mein vierjähriges Schwesterchen Sarele an der Hand. Am Flussufer durchsuchten die Deutschen alle, und wer eine Uhr hatte, musste sie abgeben. In einem Boot wurden wir ans andere Ufer gebracht.

In Rozwadów befahl man den Juden, sich um acht Uhr morgens auf dem Marktplatz zu versammeln. Als sie sich versammelt hatten, wurden sie durchsucht, geschlagen, man nahm ihnen das Geld und die Wertgegenstände weg und trieb sie auf die andere Seite des San. Wir versteckten uns im Keller, und nach zwei Tagen brachen wir in Richtung Lwów auf. Wir gingen auf Seitenwegen, weil die Deutschen die Juden auf den Landstraßen schlugen.

Nach einem Monat holten die Deutschen alle Juden in Zagórz auf dem Marktplatz zusammen und jagten sie aus der Stadt, wobei sie ihnen nur kleine Bündel mitzunehmen erlaubten. Mein Vater wollte mit uns zusammen gehen, aber die Deutschen hielten ihn mit mehreren Schneidern und Schustern fest und sagten, sie erlauben ihnen, später zu gehen. Wir gingen nach Lesko, wo Verwandte von uns wohnten. Anfangs schrieb uns mein Vater, doch dann kamen keine Briefe mehr, und ich weiß nicht, was mit ihm passiert ist. Bald darauf jagten die Deutschen die Juden aus Lesko. Auf der Brücke durchsuchten sie alle und nahmen ihnen die Sachen weg, manche Fuhrwerke ließen sie nicht passieren. Sie hielten das Fuhrwerk an, auf dem Mama war, und sie konnte sich erst am andern Tag zu uns durchschlagen. Wir weinten, als sie erzählte, was die Deutschen dort mit den Juden angestellt hatten.

In Tarnobrzeg befahl man den Juden, die Stadt binnen zwei Stunden zu verlassen. Die Kranken und Alten, die sich nicht rühren konnten, wurden umgebracht. Ein hinkender Jude, der nur mühsam gehen konnte, wurde von einem Deutschen mit einer Eisenstange erschlagen. Als einige Tage später der Befehl kam, die Juden sollen Majdan verlassen, flüchteten wir, ohne etwas mitzunehmen und ohne nach einem Fuhrwerk zu suchen.

Als wir hörten, dass die Deutschen in Lubaczów vierzig Juden bei lebendigem Leibe verbrannt hatten, flüchteten wir auf die russische Seite und kamen in dem Dorf Czytków an.

Um zwei Uhr nachts, vor Sukkoth – in unserem Hof stand schon eine Laubhütte –, ordneten die Deutschen an, bis um vier Uhr habe kein einziger Jude mehr in Łańcut zu sein, wer bleibt, den töten sie. Die Menschen liefen überstürzt in die Häuser, um ihre Sachen zu holen. Die Reichen mieteten Fuhrwerke und bezahlten Riesensummen dafür. Mein Vater wollte zusammen mit zwei Nachbarn ein Fuhrwerk nehmen, aber sie hatten nicht so viel Geld, wie der Bauer verlangte, also rannten wir mit Bündeln auf dem Rücken zum San.

Als der Befehl erlassen wurde, dass alle Juden binnen zwei Stunden Łańcut zu verlassen und auf die russische Seite zu gehen haben, versuchten wir, mit Booten auf die andere Seite zu gelangen, aber die Russen erlaubten uns nicht, aus den Booten zu steigen, und befahlen uns, zu den Deutschen zurückzukehren. Die ganze Nacht fuhren wir hin und zurück, bis einige Juden Schmuck für die sowjetischen Wachsoldaten gesammelt hatten und sie uns hinüberließen.

Mein Papa floh zu seiner Schwester nach Kobryń, bevor die Deutschen nach Biała Podlaska kamen. Er wollte uns mitnehmen, aber Großmutter ließ es nicht zu. Im letzten Moment, als die Deutschen schon in die Stadt einmarschierten, packte mich meine Mama und rannte mit mir auf die russische Seite. Die Deutschen habe ich nicht gesehen, aber ich habe viele schreckliche Sachen gesehen.

Die Russen, die Bolschewiken

Am 18. September fuhren die russischen Tanks ein, und wir atmeten erleichtert auf, dass die deutsche Gefahr vorbei war. Die Bolschewiken stürzten sich auf die Läden und kauften auf, was sich nur kaufen ließ, und die ganze Stadt verwandelte sich in einen Marktplatz. Handel trieben alle – von den Rabbinern und Rechtsanwälten bis zu den polnischen Beamten und Richtern. Als die Nachricht bekannt wurde, dass Wilno den Litauern zurückgegeben wird, begannen die einheimischen Juden nach Russland auszureisen, weil sie die litauischen Antisemiten fürchteten, aus der anderen Richtung aber strömten die Juden aus den polnischen Städten heran, die über die Grenze wollten. Am 27. September besetzten die Litauer Wilno, und am selben Tag begann ein Pogrom. Den Litauern schlossen sich die dunklen Elemente unter den Polen an, und die Juden wurden in den Straßen geschlagen, die jüdischen Geschäfte geplündert. Es gab dort Tausende von Verletzten. Erst nach drei Tagen stellte die litauische Polizei die Ordnung wieder her.

Wir machten in Grzymałów schwere Stunden durch, denn sowie das polnische Militär das Städtchen verlassen hatte, begann eine Bande von Ukrainern die Juden zu schlagen und die jüdischen Wohnungen zu plündern. Erst zwei Tage später marschierten die Russen ein.

Am fünften Tag nach unserer Ankunft in Kamień Koszyrski fuhren die russischen Tanks ein, und die Juden atmeten auf. Die Läden wurden aufgemacht, sie füllten sich mit Russen. Die russischen Soldaten marschierten den ganzen Tag und sangen Lieder dazu, die Kinder liefen ihnen hinterher. Die Juden dachten, der Krieg ist aus.

Als die Russen in Krzeszów einmarschierten, kamen die Juden aus ihren Verstecken. Die Russen behandelten die Bevölkerung im allgemeinen gut. Sie befahlen, die Mühlen aufzumachen, und sie teilten Brot aus. Sie beschlagnahmten bei den Grundbesitzern das Vieh und verteilten es an die Armen. Man holte die Toten aus den frischen Gräbern mitten in der Stadt und beerdigte sie auf dem jüdischen Friedhof. Die Bolschewiken agitierten, sie erzählten, wie gut es in Russland ist. Viele Leute trugen sich für die rote Miliz ein. Als bekannt wurde, dass die Russen das Städtchen verlassen, flüchteten alle Juden – zu Fuß, Gepäckstücke in den Händen.

Die Bolschewiken zogen am Donnerstag in Izbica ein, und die jüdische Bevölkerung atmete erleichtert auf. Man empfing sie freundlich, ein Teil der Jugendlichen meldete sich zur Miliz und trug rote Armbinden. Die Bolschewiken nahmen den Gutsherren das Vieh weg und schafften es auf Lastwagen fort. Die Milizionäre halfen ihnen, nach Waffen zu suchen. Die Bolschewiken waren nur acht Tage da. Beim Aufbruch rieten sie den Juden, mit ihnen zu gehen. Sie sagten, in Russland tut uns niemand ein Leid an. Ungefähr hundert Familien beschlossen mitzufahren, wir auch.

In Nachal halfen die einheimischen Kommunisten den Bolschewiken dabei, nach Waffen zu suchen. Die Polen empörten sich sehr. Als die Bolschewiken abzogen, warnten uns unsere Freunde, Polen, dass die polnische Bevölkerung wegen des Verhaltens der jüdischen Kommunisten den Juden feindlich gesinnt ist, und sie rieten uns, die Stadt zu verlassen, weil es Racheakte geben kann. Wir verständigten andere davon, und fast alle Juden brachen in Richtung Rawa Ruska auf.

Während der ersten Tage der russischen Besatzung erhielt die Bürgermiliz die Ordnung in Lwów aufrecht. Dann wurde sie von der roten Miliz abgelöst, die die Bolschewiken einsetzten, und in den Straßen wurden Menschen zum Entfernen der Barrikaden und zum Zuschütten der Gräben eingefangen. Man fing ausschließlich besser Gekleidete ein.

Die Russen schufen eine Miliz, und am Anfang ging es in Liski friedlich zu, also schickten die Chassidim meinen Vater nach Bełżec, damit er den großen Rabbiner holt. Mein Vater quartierte ihn in unserem Haus ein. Als wir nach zehn Tagen erfuhren, dass die Bolschewiken abziehen und die Deutschen wiederkommen, sagte der Rabbiner, die Juden sollen das Städtchen verlassen, und Vater fuhr mit ihm nach Sokal und nahm nur die Tora mit. Ich blieb bei meiner Mutter, um nach dem

Laubhüttenfest ein Fuhrwerk zu mieten und die Ware aus dem Laden wegzubringen.

Die Bolschewiken kauften Schuhe, Kleidung zu hohen Preisen, und sie zahlten jede Summe für Uhren. Wir zeigten ihnen, wo sie Leder bekommen, und sie bestellten bei meinem Vater Schuhe für ihre Frauen in Russland. Als wir nach einer Woche erfuhren, dass sie Hrubieszów verlassen, brach Panik unter den Juden aus. Mein Vater mietete ein Fuhrwerk, und wir machten uns auf den Weg. Als wir im Wald waren, pfiff unser Fuhrmann einmal, und hinter den Bäumen kamen zwei Bauern hervor. Sie warfen uns vom Wagen und fuhren mit allen unseren Sachen ab, obwohl mein Vater sie anflehte, ihm wenigstens die Leisten zu lassen. Meinen Vater bekümmerte am meisten, dass er die Leisten verloren hatte. Wenn ich Leisten habe, sagte er, setz ich mich, wo ich auch hinkomm, auf einen Schemel und werd' nicht hungern, aber ohne Leisten fühl ich mich wie ohne Hände. Er ließ uns allein im Wald, und nach einigen Stunden kam er zurück, einen Sack mit Leisten und Lederstücken auf dem Rücken, die er im Keller versteckt gehabt hatte.

Auf die Nachricht hin, dass die Russen in Łuków eingezogen waren, kehrten wir nach Hause zurück. Als die Russen nach sechs Tagen die Stadt verließen, ging ich mit meinem Vater und meinen Brüdern nach Brześć.

Als wir hörten, dass Chełm den Russen gehört, wollten wir nach Hause zurück, aber wir mussten die Abreise verschieben, weil bei meinem Onkel die Wunde aufgegangen war, die er sich auf dem Weg aus Warschau geholt hatte. Nach kurzer Zeit hörten wir, dass Chełm wieder von den Deutschen besetzt ist, und wir fuhren nach Kowel.

Als wir erfuhren, dass die Russen Węgrów verlassen, beschlossen mein Vater und mein Großvater, nach Białystok zu fahren.

Als die Bolschewiken einige Tage nach ihrem Eintreffen in Siedlce bekanntgaben, dass sie sich zurückziehen, zogen die Mehrheit der jüdischen Bevölkerung und viele Polen mit ihnen. Auch wir gingen mit, obwohl mein Vater wusste, dass er als Rabbiner bei den Bolschewiken viel würde erdulden müssen. Unterwegs trafen wir jüdische Flüchtlinge aus vielen Städtchen der Umgebung.

Mein Vater zögerte, ob wir auf die russische Seite gehen sollen, aber schließlich mietete er ein Fuhrwerk, und wir fuhren nach Kubnów bei Rawa Ruska. Die russische Wache ließ uns die Grenze passieren, aber sie wollten den Bauern nicht wieder zurücklassen. Erst auf die Bitten meines Vaters, unterstützt durch eine Schachtel Streichhölzer, erlaubte der russische Soldat dem Bauern umzukehren.

Ich überredete meinen Vater und meinen Bruder, uns über die Grenze zu schmuggeln. Mit uns zusammen brach der alte Rabbiner aus Dąbrowa, Wajdenfeld, auf. Als sich unser Boot mitten auf dem San befand, eröffneten die Deutschen das Feuer. Der Rabbiner bekam einen Herzanfall und starb in meinen Armen. Wir trugen ihn zehn Kilometer weit nach Sieniawa und begruben ihn auf dem jüdischen Friedhof. An der Grenze nahmen uns die Deutschen und die Ukrainer alles weg, aber wir waren glücklich, dass sie uns durchließen und dass wir uns jetzt bei den Sowjets befanden.

Mein Vater schmuggelte sich zur russischen Seite durch, uns ließ er bei einem Bekannten, dem Schuster Mendel, in Kałuszyn zurück. Dann schickte er einen Schmuggler aus Wołkowysk zu uns. In der Nacht bestiegen wir ein Boot. Mitten auf dem See sagte der Schmuggler, weiter fährt er nicht, wenn wir nicht noch was drauflegen, und wir mussten ihm unser ganzes Geld geben.

Mein Vater gab alle Ersparnisse einem Bauern, damit der uns nach Wilno schmuggelt, aber statt auf die litauische Seite fuhr er uns zur sowjetischen Wache, und wir wurden in einer kalten Zelle eingesperrt. In der Nacht bekam Mama starke Schmerzen, und wir hämmerten an die Tür. Sie wurde in ein Spital gebracht, und sie bekam Beniek. Im Spital bewachte sie die ganze Zeit ein Polizist. Dann brachten sie Mama in die Zelle zurück, und wir alle wurden wegen Spionage für einen anderen Staat zu fünf Jahren Gefängnis verurteilt. Vater wollte die ganze Schuld auf sich nehmen, aber niemand hörte ihn an. Sie wollten uns nicht einmal sagen, was das für ein Staat war, für den wir spioniert hatten.

Mein Vater setzte uns auf ein Fuhrwerk, für das er eine Unmenge Geld bezahlte, und wir fuhren nach Sieniawa, aber dort trafen wir Tausende jüdischer Flüchtlinge an, und wir konnten kein Nachtlager finden. Schwer war es auch mit Brot und anderen Lebensmitteln. Nach zwei Wochen zogen wir nach Sterwice bei Brody, wo Verwandte und Bekannte von uns wohnten.

Als wir in Rawa Ruska ankamen, war die Stadt mit Flüchtlingen überfüllt. Wir übernachteten im engen und schmutzigen Bet ha-Midrasch. Später zogen wir zum Schächter, der uns ein winziges Zimmer vermietete.

In Rawa Ruska waren die Gehsteige mit Menschen und Gepäckstücken verstopft, also fuhren wir nach Lwów.

Wir kamen in Sieniawa an, wo mein Onkel, ein armer Lehrer, wohnte. Er teilte mit uns, seinen ehemaligen reichen Verwandten, alles, was er hatte. In Sieniawa handelte Vater mit allem möglichen: mit Mehl, Zucker, Schuhen, Dollars, und nach zwei Monaten, als die Eisenbahnstrecke repariert war, zogen wir nach Lwów.

Nach sieben Wochen Wanderschaft kamen wir in Jagielnica an. Unterwegs hatten wir die meisten Sachen eingebüßt und fast alles Geld ausgegeben. Wir wohnten bei einem Onkel, dem Besitzer eines Lebensmittelladens. Der Laden war leer, und neue Ware kam nicht. In die kleine Zweizimmerwohnung zogen zusätzlich elf Personen.

Wir blieben in der Nähe der Grenze, weil Mama dachte, sie bekommt eine Nachricht von Vater. Mein Großvater beweinte ihn tagelang.

Zusammen mit uns flüchteten Großvater, Großmutter und zwei Onkel mit ihren Familien. Auf dem Weg zum San setzten uns die Deutschen grausam zu, und die Bauern ließen uns nicht bei sich übernachten und wollten uns nichts zu essen verkaufen. Wir übernachteten auf den Feldern, bis wir in Niemirów anlangten, wo die Enge entsetzlich war, weil die Aussiedler nicht weiterfahren wollten.

*

Als wir in Białystok einfuhren, war die Stadt mit Flüchtlingen überfüllt, und wir bekamen gerade noch einen Winkel in der Schule.

In Białystok, in der überfüllten Synagoge, fanden wir einen Winkel zum Übernachten.

In Białystok war es nicht einfach, ins Bethaus zu kommen, das mit Flüchtlingen überfüllt war, die keine Neuen mehr hineinlassen wollten. Zum Glück trafen wir dort ein paar Bekannte.

In Białystok trafen wir viele Bekannte aus der Czerniakowska-Straße, und wir wohnten im Bet ha-Midrasch, wo der Platz auf dem Fußboden nicht ausreichte, sodass meine Mutter und die größeren Kinder am Tag schliefen und mein Vater und die kleineren nachts.

In Białystok konnten wir keine Wohnung bekommen, und wir übernachteten im Bet ha-Midrasch, wo die Leute einander bestahlen und sich stritten.

In Białystok vagabundierten wir auf den Straßen herum, ehe wir einen Winkel im überfüllten Bethaus in der Jerozolimska-Straße bekamen.

In Białystok fand mein Vater ein Zimmer in der Internacjonalna-Straße, der ehemaligen Żydowska-Straße.

In Białystok gab es eine Menge Flüchtlinge, und wir konnten keine Wohnung finden, und der Säugling schrie immerzu. Meiner Stiefmutter brachen fast die Arme ab von dem ständigen Herumgetrage, und sie konnte sich kaum auf den Beinen halten. Wir gingen von Haus zu Haus, bis sich schließlich eine Frau unser erbarmte, die mit vier Personen in einer winzigen Stube wohnte, und nun waren es acht. In der Nacht schrie das Kleine, aber meine Stiefmutter hatte keine Milch.

In Białystok konnten wir keine Wohnung bekommen, also fuhren wir zu Bekannten nach Pińsk.

In Białystok wohnten wir in einer Holzbaracke in einer Sommerkolonie, und wir froren den ganzen Winter.

Den Winter verbrachten wir in Sarny, in der Kupiecka-Straße 10. Holz zum Heizen kauften wir bei unseren ehemaligen Arbeitern, die es von unserem Gut herbrachten.

In Brześć wohnten wir im verlassenen Bet ha-Midrasch, und wir mussten stundenlang in der Kälte Schlange stehen, um ein Brot zu bekommen.

In Siemiatycze konnten wir kein Nachtlager finden, und wir fuhren zu meinem Onkel nach Baranowicze.

In Zambrów war alles voller Flüchtlinge, und wir schliefen in der überfüllten Synagoge. Von dort flüchteten wir nach Boćki, wo ein Verwandter von uns Rabbiner war.

In dem Haus voller Flüchtlinge in Zambrów war nicht mal Platz, um sich auf den Fußboden zu legen, also fuhren wir nach Białystok und kamen in dem Lokal einer Organisation unter, wo man auf seine Sachen aufpassen musste, weil einer den andern bestahl.

*

In Białystok fing Mama an, Handel zu treiben, und ich spülte Geschirr in einer billigen Garküche, auf die Art half ich ihr.

In Białystok begann mein Vater einen Handel. Meine ältere Schwester Ester fuhr mit ihm in die umliegenden Städtchen Ware holen.

In Białystok handelte mein Vater mit Salz, Manufakturwaren, Uhren und allem möglichen, mein großer Bruder half ihm dabei. Die Bolschewiken kamen in unsere Wohnung und kauften alles. Mein Vater sagte, auf die Art überstehen wir leicht den Krieg.

Meine Mutter trieb Handel, und irgendwie kamen wir zurecht, aber bald führten die Bolschewiken neue Sitten ein. Sie warfen die Leute aus den Häusern, beschlagnahmten die Läden und gaben uns keine Arbeit.

Als die Bolschewiken das Galanteriewarengeschäft meines Vaters nationalisierten, standen wir mittellos da, und ich hatte auf der Jeschiwa studiert und wusste nicht, wie ich es anfangen sollte, eine Arbeit zu bekommen oder Handel zu treiben. Wir verkauften unsere Kleider, aber solche wie uns gab es viele, und es kaufte kaum einer.

Mein Vater meldete sich als Textilfachmann, aber sie erklärten ihm, einem Bourgeois geben sie keine Arbeit. Er wurde Gepäckträger und verdiente acht Rubel täglich.

Mein Vater wurde Wächter in einer Fabrik. Er bekam wenig Geld, aber er brachte Brot nach Hause.

Mein Vater suchte Arbeit in einer Schuhfabrik. Dann gründete er zusammen mit fünf Bekannten eine Werkstatt.

Mein Bruder arbeitete als Schuster, aber wir hungerten, denn es war schwer für ihn, seine eigene Familie und noch uns vier zu unterhalten.

Mein Bruder arbeitete im Sägewerk, und er hatte es sehr schwer, denn außer seiner eigenen Familie musste er jetzt noch Mutter und mich unterhalten. Mutter versuchte, Handel zu treiben, aber es ging ihr schlecht von der Hand, und es stand Gefängnis darauf.

In Kowel arbeitete mein Vater in einer Mützenmachergenossenschaft, aber er verdiente so wenig, dass es nur fürs trockene Brot reichte. Meine Mutter versuchte, ihn durch Handel zu unterstützen, aber die Verordnungen gegen Handeltreibende wurden immer schärfer, und sie hörte auf.

Wir arbeiteten in der Schuhfabrik in Tołoczno, Oblast Witebsk, aber wir konnten nicht davon leben.

Was mein Vater in Pińsk verdiente, reichte nicht aus, und die Situation verschlechterte sich ständig. Mein Vater schrieb an seinen Bruder nach Amerika und bat ihn um Visa. Gleich nachdem er den Brief abgeschickt hatte, bekam er eine Vorladung vom NKWD. Als er von dort zurückkam, sagte er: »Die sind schlimmer als die Deutschen.«

In Siemiatycze leitete mein Onkel die Gebete und unterrichtete die Kinder, obwohl ihm die Bolschewiken drohten, wenn er nicht aufhört, schicken sie ihn nach Sibirien. Da sie nicht mit meinem Onkel fertig wurden, begannen sie die Eltern zu bestrafen, die ihre Kinder in den Unterricht schickten, und im Haus des Onkels spürte man die Not, also begann Mama mit Hilfe meines älteren Bruders Hersz einen Handel. Sie bezogen die Waren aus Białystok und verkauften sie in Baranowicze, und davon lebten beide Familien.

In Kubnów lebte die Bevölkerung hauptsächlich vom Schmuggel. Von der deutschen Seite holte man Zucker und andere Lebensmittel und von der russischen Petroleum und Salz. Es gab auch Opfer. Ein deutscher Soldat erschoss Zelatyner, und dann band er ihm einen Stein um den Hals und ließ ihn ins Eisloch hinunter. Die jüdische Gemeinde erwirkte beim Kommandanten der Grenzwache die Erlaubnis, den Toten herauszufischen und zu begraben. An dem Begräbnis nahm das ganze Städtchen teil.

In Białystok waren wir in einer schwierigen Lage, und meine Schwester ernährte uns, indem sie Lebensmittel nach Lwów schmuggelte. Mein Vater wollte mit Schmuggel nichts zu tun haben.

In Kobryń ging es uns gut, weil mein Onkel in der Mühle arbeitete.

*

Im Frühling befahlen die Bolschewiken den Flüchtlingen, hundert Kilometer von der Grenze wegzuziehen, und wir fuhren von Białystok nach Iwa. Die Juden dort halfen uns, wie sie nur konnten, und ließen uns in der Brotschlange vor.

Als der Befehl herauskam, dass die Flüchtlinge Białystok zu verlassen haben, schickte man uns mit Hunderten anderen nach Iwa, aber die meisten verstreuten sich bald, weil es dort nichts zum Leben gab. Mein Vater handelte mit Schuhen und Leder, und meine Schwester fuhr nach wie vor nach Lwów.

Als der Befehl herauskam, dass alle Flüchtlinge, die bis zu fünfundzwanzig Kilometer von der Grenze entfernt wohnen, ins Landesinnere zu ziehen haben, meldete sich mein Vater zur Arbeit in Homel. Auf dem Bahnhof wurden wir mit Musik, Reden und einer reichlichen Mahlzeit empfangen, und dann brachte man uns in einer winzigen Stube im Arbeiterheim unter, wo tausend Menschen wohnten und es kein fließendes Wasser gab. Mein Vater arbeitete schwer in der Ziegelei, doch sein Verdienst reichte nicht zum Leben, aber am meisten quälte ihn, dass sie ihn am Sabbat nicht von der Arbeit freistellten. Nach vier Monaten flüchtete mein Vater nach Równe, wo unsere Bekannten aus Włodawa wohnten. Als mein Vater dort einigermaßen Fuß gefasst hatte, ging meine Mutter zum NKWD und erklärte, mein Vater hat uns verlassen, und sie kann sich mit vier Kindern nicht ernähren und bittet um die Ausreisegenehmigung zu Verwandten in die Ukraine. Man befahl ihr, einen Antrag zu schreiben, und darauf kam lange keine Antwort. Meine Mutter ging zum zweiten Mal hin, und nach einigen Monaten bekam sie die Antwort, sie soll arbeiten gehen und uns ins Waisenhaus geben. Wir packten rasch zusammen und flohen zu Vater. In Równe arbeitete mein Vater, und meine Mutter trieb Handel, und im Vergleich zu Homel lebten wir wie im Paradies.

Mein Vater konnte keine Arbeit finden, also meldete er sich zur Ausreise nach Russland. Man versprach ihm Arbeit in seinem Beruf, guten Verdienst und eine Wohnung. Als wir in Homel ankamen, wurden wir mit Musik, Reden und einer reichlichen Mahlzeit auf dem Bahnhof empfangen, und dann brachte man uns ins Arbeiterheim, wo wir ein kleines Zimmer ohne jede Einrichtung bekamen. Am nächsten Morgen ging mein Vater auf die Behörde, damit sie ihm einen Arbeitsplatz zuweisen, aber es war gar keine Arbeit da, und man riet uns, wir sollen in den Kolchos gehen. Wir arbeiteten vom Morgengrauen bis in die Nacht für eine Portion Brot, ein paar Kartoffeln und Suppe auf den Feldern und waren immerzu hungrig. Einmal in der Woche bekamen die Kinder Milch. Nach einigen Wochen erklärte der Leiter des Kolchos, für uns gibt es hier nichts mehr zu tun, und wir müssen in die Stadt zurück. Wir waren vom Hunger bedroht, und wir beschlossen, nach Białystok zurückzugehen. Wir hatten Angst vor den NKWDisten, also stieg Mama mit meiner Schwester und unserem jüngsten Brüderchen in den einen Waggon und ich mit Vater und meinem älteren Bruder in den anderen. Gott stand uns bei, und wir kamen bis nach Białystok. Wir wohnten wieder im Bethaus, und Vater, meine ältere Schwester und mein Bruder trieben Handel.

Die Russen gaben bekannt, im Landesinnern werden Arbeiter gebraucht, und sie rieten, sich freiwillig zu melden, falls nicht, dann holen sie sich welche mit Gewalt. Wir meldeten uns freiwillig.

Wir kamen in Solotonoscha, Gouvernement Poltawa, an. Die Mehrzahl der Einwohner waren Juden, auch Jarschewski, der Präsident, war Jude. Man begrüßte uns auf dem Bahnhof mit Musik, man gab uns zu essen und verteilte Kleider an uns. Vor den Läden klebten Aufrufe, die Flüchtlinge ohne Anstehen vorzulassen. Nach zwei Wochen schickte man uns in einen Kolchos in der Nähe. Er hatte einmal Juden gehört, aber es waren nur noch vierzig jüdische Familien da, die in höheren Posten saßen. Die Kanzlei befand sich in der ehemaligen Synagoge. Mein Vater hatte nicht die Kraft, auf dem Feld zu arbeiten, und er wurde in einem Invalidenheim untergebracht, aber das Essen war dort nicht koscher, und mein Vater nahm uns wieder mit zurück nach Kowel. »Da sieht man, wie die Flüchtlinge Russland den guten Empfang danken. Die Russen werden gekränkt sein und sich an ihnen rächen«, sagte der Stadtpräsident Jarschewski.

Wir kamen in dem Städtchen Asditisch an, in dem nur Juden wohnten und wo sich ein Hilfskomitee für Flüchtlinge befand. Vier Monate lang behandelte man uns gut, aber dann kamen Beamte des NKWD aus Moskau und untersuchten jeden. Mein Vater versteckte sich, aber schließlich hatte man alle Flüchtlinge eingefangen und in einen Zug verladen. Das war im Winter, und in dem Zug brannten Öfchen. Man brachte uns in die Stadt Gorki, aber nach drei Monaten erschienen wieder welche vom NKWD. Russland ist groß, sagten sie, wer sich nicht freiwillig meldet, den schicken wir mit den Verbrechern nach Sibirien. Wir meldeten uns und fuhren nach Prawdinsk. Dort war eine Papierfabrik, und die Flüchtlinge mussten zwei Kubikmeter große Klötze schleppen. Vater brachte aus der Fabrik Brot mit, Mutter stand nach Lebensmitteln an. Manchmal standen tausend Menschen in der Schlange. Die russischen Juden machten meiner Mutter Platz, sie sagten, ihr habt durch den Krieg genug gelitten. Sie brachten uns sogar Brot nach Hause und Bonbons für die Kinder. In der Fabrik gab es eine riesige Kantine für die Arbeiter, aber das Essen dort war treife, und Vater konnte es nicht genießen. Nach drei Monaten erschienen Aufrufe an den Hauswänden, die Flüchtlinge sollen nicht länger Vergünstigungen haben, weil sie inzwischen Sowjetbürger sind. Von da an standen wir wie die anderen in der Schlange, wo sich die Leute häufig prügelten, und manchmal ging man nach einer ganzen Nacht Warten ohne Brot wieder fort.

Mein Vater und mein Großvater arbeiteten. Die Frauen und die Kinder standen nächtelang Schlange und warteten auf Brot, Zucker und andere Lebensmittel.

Wir Kinder standen ganze Nächte Schlange, und oft kamen wir am Morgen ohne Brot heim.

Wir wollten wieder zurück nach Wolhynien, aber der Weg führte über Moskau. Um nach Moskau zu fahren, brauchte man eine Genehmigung vom Kommandanten, aber wer darum bat, den schickten sie nach Sibirien. Wir verkauften ein paar Sachen und kauften Schiffskarten, illegal, fünf Rubel mehr für jede Karte. In Moskau übernachteten wir auf der Straße. Die Schaufenster lagen voll mit allem, sogar mit ausländischen Produkten, wie in Polen vor dem Krieg. In Kiew schliefen Unmengen von Flüchtlingen in den Straßen, und das NKWD machte nachts eine Razzia. Ihr wollt nach Wolhynien, bitte sehr. Wir wurden zusammen mit Tausenden anderen von einer starken Postenkette umzingelt. Ein Flüchtling versuchte, sich aufzuhängen, er wurde gerade noch gerettet. In dieser Nacht wurden wir in einen Zug verladen. Wir atmeten erleichtert auf, als der Zug Schepetowka hinter sich ließ. Jetzt konnte man Zucker bekommen, Brot, man konnte leben.

Viele junge Leute meldeten sich zur Arbeit nach Russland, und sie wurden mit Ovationen begleitet, und nach ein paar Monaten waren sie wieder da.

Mama wusste sich keinen anderen Rat und schrieb uns zur freiwilligen Ausreise nach Russland ein, aber bevor wir abfuhren, sah mein Bruder Abram auf der Straße einen Bekannten aus Bielsko, der sagte, dass unser Vater in Białystok ist und uns sucht. Mein Vater kam angelaufen und begann uns abzuküssen. Er war in der Schlacht verwundet worden, und die Russen hatten ihn mit anderen Offizieren gefangen genommen, aber er hatte sich aus dem Lager gestohlen. Wir fuhren zusammen mit Vater freiwillig in den Bezirk Cherson. Mein Vater bekam dort Arbeit als Waldhüter, aber er war durch die Fronterlebnisse und das Kriegsgefangenenlager sehr geschwächt, er erkältete sich im Wald und wurde schwer krank. Im Spital sagten sie, das ist Tuberkulose. Weil Vater nicht arbeitstauglich war, schickte man uns nach Lwów zurück.

*

In Lwów setzte sich die Verwaltung aus Russen, Ukrainern und Juden zusammen, überwiegend jungen. Die Juden hatten die niedrigsten Posten, die höheren hatten die Russen und die Ukrainer. Die Flüchtlinge trieben Handel.

In Lwów fristeten wir unser Leben hauptsächlich dadurch, dass wir stundenlang Schlange standen und Dinge kauften, die wir dann auf dem Schwarzmarkt verkauften.

In Lwów trieb unsere Familie Handel. Wir, die Kinder, halfen den Eltern. Wir handelten mit allem: mit Wein, Spiritus, Manufakturwaren.

In Lwów machte der Bekannte von Vater Seife, die aussah wie Lehm, aber die Leute rissen sie sich aus den Händen. Ich trug die Seife zu den Kaufleuten.

Einmal kam mein Vater mit der Nachricht aus der Stadt, man dürfe nicht mit Päckchen herumlaufen, weil Agenten die Leute auf der Straße durchsuchen. Ich und meine jüngere Schwester Bela, die zehn Jahre alt war, sagten, er soll die Päckchen uns geben, weil sie Kinder nicht durchsuchen. Vater zeigte uns, wo man kauft und wo man verkauft, und nun waren wir die Ernährerinnen der Familie.

Mein Vater handelte mit Mehl, meine Mutter fuhr in die kleinen Städtchen Ware und Proviant holen, ich handelte mit Zigaretten. Ein paarmal schnappte mich die Polizei, und sie wollte wissen, woher ich die Ware habe. Ich sagte, von Zufallspassanten auf der Straße. Sie drohten mir mit Verbannung nach Sibirien.

Einmal wurden ich und mein Bruder in der Straßenbahn geschnappt, als wir zwölf Liter Wodka mitführten. Auf dem Weg zum Kommissariat riss ich aus und rannte zu Benjamin Filer, von dem wir die Ware hatten. Der ging mit einem vom NKWD, den er kannte, zur Polizei, und für zweihundert Rubel ließen sie meinen Bruder frei.

Eines Tages wurde meine Schwester geschnappt, als sie Seife bei sich hatte. Sie behielten sie eine ganze Nacht auf dem Kommissariat und schlugen sie, damit sie sagt, wo wir wohnen. Meine Schwester sagte nichts, aber von da an fürchtete sich mein Vater zu handeln und wir hatten wieder nichts zu essen.

Mein Vater begann, mit Leder und Schuhen zu handeln. Er

wurde festgenommen und man drohte ihm, dass sie ihn nach Sibirien schicken. Meine Mutter verkaufte Mehl, aber wir hungerten, weil sie wenig verdiente.

Es war nicht leicht, in Lwów Handel zu treiben. Unser Bekannter aus Rozwadów, Kirszenbojm, wurde zu fünf Jahren Gefängnis verurteilt, weil man einen Dollar bei ihm fand. Ein anderer Bekannter bekam fünf Jahre Gefängnis, weil er mit Streichhölzern gehandelt hatte.

Mein Vater nahm Arbeit bei einem Sattler auf, aber er verdiente immer weniger. Meine Stiefmutter verstand sich aufs Schneidern, aber es gab keinen Stoff, keinen Zwirn und keine Nadeln. Onkel Lejb wurde beim Handeln geschnappt, und man verbannte ihn nach Sibirien.

Mein Vater wurde festgenommen und seine Ware beschlagnahmt. Nach drei Tagen kam er zurück, aber in derselben Nacht bekam er einen Herzanfall, und wir erlaubten nicht, dass er weiter Handel treibt. Ich fand ein paar Bürsten und eine Schachtel Creme und ging mit einem Kasten in die Stadt. Fürs Schuheputzen bekam ich zwei, drei, manchmal fünf Rubel. Ich verdiente sechzig Rubel täglich und an Feiertagen auch mal hundert.

Mein Vater tat sich mit mehreren Schächtern zusammen, und sie gründeten eine Gesellschaft. Mein großer Bruder fuhr Lebensmittel in die größeren Städte, und mein anderer Bruder und meine Schwester halfen ihm dabei. Mein Vater klagte über immer neue Beschränkungen im Handel mit koscherem Fleisch, aber er sagte, er wird nie einwilligen, mit treifenem zu handeln.

Mein Vater ging auf die Dörfer und schächtete Vieh für die Juden. Man warnte ihn, wenn sie ihn beim rituellen Schlachten erwischen, schicken sie ihn nach Sibirien. Mama bat ihn, damit aufzuhören, aber ihre Einnahmen reichten zum Leben nicht aus, und Vater arbeitete weiter. Eines Tages wurde er im Schlachthaus erwischt, und die Kälber wurden beschlagnahmt, aber auf dem Weg zur Miliz gelang es ihm, den Wächter zu bestechen. Vater arbeitete nicht mehr als Schächter, aber er stand unter Beobachtung. Dadurch konnte meine Mutter nicht Handel treiben, denn bei uns wurden dauernd Haussuchungen gemacht, und es ging uns sehr schlecht.

Mein Vater fuhr Lebensmittel nach Przemyśl, und von dort brachte er Waren für die Bauern mit, und davon lebten wir. Wir hatten die Papiere zur Ausreise nach Amerika, wo man Vater eine Stelle als Rabbiner versprach.

Wir wollten nach Amerika oder nach Palästina fahren, wo wir Verwandte hatten. Um die Formalitäten zu erledigen, zogen wir nach Lwów und mieteten eine kleine Wohnung. Vater unterrichtete mehrere Kinder, und am Sonnabend wurde bei uns gebetet, und davon bestritten wir unseren Unterhalt.

Verwandte fanden eine möblierte Wohnung für uns, wo tagsüber größere Kinder hinkamen, und bei geschlossenen Fensterläden unterrichtete sie mein Vater in den heiligen Büchern, am Abend saßen dann Ältere mit ihm über den Büchern. Das NKWD erfuhr davon, und mein Vater wurde täglich frühmorgens zu Untersuchungen vorgeladen, wobei man ihm mit Sibirien drohte. Er wurde auf Schritt und Tritt bespitzelt, und die Leute wichen ihm auf der Straße aus. Mama weinte und bat, er soll aufhören, aber Vater unterrichtete weiter.

In Lwów trieben sich Tausende von Juden auf den Straßen herum. Weil wir nichts zum Leben hatten, fuhren wir nach Bolerów, wo Verwandte von uns wohnten, und dort lebten wir sechs Monate lang vom Handeln.

Weil wir in Lwów, das mit Flüchtlingen aus ganz Polen überfüllt war, keine Wohnung finden konnten, zogen wir nach Strzyżów, wo Vaters Schwester wohnte und mein Onkel Gemeindevorsitzender war. Über den Onkel machte mein Vater Bekanntschaft mit einem Bäcker, der das Militär mit Brot belieferte, und er übernahm die Beschaffung von Holz für die Bäckerei. Ich und mein großer Bruder fuhren immer nach Lwów und handelten mit Wodka und Mandeln.

Weil wir nichts hatten, beschloss Mama, nach Rozwadów zurückzufahren, um die Sachen zu holen, die wir bei unseren christlichen Nachbarn gelassen hatten. Sie fuhr, aber sie durfte nicht wieder zurück, obwohl mein Vater Schmuggler bezahlte, die sie herbringen sollten.

*

Im Februar begannen in Lwów die Massenverhaftungen. Nach Sibirien deportiert wurden gesellschaftliche Aktivisten, Bundisten, Zionisten und Offiziersfrauen, fünfundzwanzigtausend Menschen wurden verbannt.

In Nowogródek wurden viele ehemalige Legionäre verhaftet, die von der Regierung Land bekommen hatten, sowie die Familien von Polizisten, Offizieren und Beamten. Verhaftet wurden auch der Kaufmann Akiwa Kasmaj mit seinem sechzigjährigen Bruder und seiner alten Mutter, der Revisionist Benjamin Efron, den man wegen eines Wortwechsels mit Kommunisten anklagte, und der Schneider Kahan, der früher Uniformen für polnische Offiziere genäht hatte.

In Lwów wurden die Straßen in Blocks eingeteilt, und der Kommandant jedes Blocks wachte darüber, dass sich niemand vor der Wahl drückt. Den Kranken wurde die Wahlurne ans Bett gebracht. Man stimmte für eine fertige Liste, auf der es weder Polen noch Juden gab.

In Nowogródek verteilten sie in den Wahllokalen Brötchen und Bonbons umsonst. Diejenigen, die nicht wählen gingen oder sich abfällig über die Wahl äußerten, wurden ein paar Tage danach verhaftet und verbannt. Chef des Arbeitsbüros wurde ein Kommunist, den sie aus Russland geschickt hatten, und seine Stellvertreter waren der Lehrer Nacumowski und ein gewisser Szapiro. Bourgeois kriegten keine Arbeit. Gutsbesitzer bekamen Pässe mit der Nummer 13, andere Verdächtige die Nummer 11, und sie hatten nicht das Recht, in Städten der ersten und der zweiten Kategorie zu wohnen. Ehemalige Beamte, gesellschaftliche Aktivisten, Rabbiner bekamen Pässe für drei Monate. In der einen Synagoge wurden Lagerräume eingerichtet, in der anderen Werkstätten. Eine Kirche wurde in ein Volkshaus und Kino umgewandelt. Die Jugendlichen machten gern von der Freiheit von religiösen Verboten Gebrauch.

In Choroszów zwang man die Leute, an den Wahlen teilzunehmen und für den ukrainischen Kandidaten zu stimmen, aber viele Juden, besonders die frommen, gingen nicht abstimmen.

Mein Vater ging nicht wählen, und wir hatten Angst, dass uns was Schlimmes passiert, denn Boćki war ein kleines Städtchen, wo die einheimischen Kommunisten die Macht hatten.

Mein Vater mied Feierlichkeiten und Versammlungen, auf denen sie immerzu Stalin priesen, aber man warf ihn nicht aus der Arbeit, weil er ein ausgezeichneter Buchhalter war und sie nicht ohne ihn auskamen.

Im Winter 1940 versuchte man, alle dazu zu bewegen, den sowjetischen Pass anzunehmen, mit dem man die Leute auf die kleinen Städtchen verteilte, die mindestens hundert Kilometer von der Grenze entfernt lagen.

Im April kam die Verfügung über den Pass heraus, aber selbst diejenigen, die ihn annahmen, bekamen nicht die vollen Bürgerrechte, und man deportierte sie in die kleinen Städtchen.

Mein Vater nahm nicht an den Wahlen teil und wollte den sowjetischen Pass nicht annehmen. Er sagte, er erstickt in der hiesigen Luft.

Als man anfing, die Leute zur Annahme der sowjetischen Staatsbürgerschaft aufzufordern, widersetzte sich mein Vater. Der Rabbi aus Bełżec wollte auch nicht sowjetischer Staatsbürger werden.

Vater wurde in seiner Arbeit als Gepäckträger gekündigt, weil er den sowjetischen Pass nicht annehmen wollte, also begann er mit Ware nach Kowel zu fahren.

Meine Eltern wollten die sowjetische Staatsbürgerschaft nicht annehmen, weil sie fürchteten, sie dürfen dann Russland nicht verlassen. Daraufhin wurde meinem Vater gekündigt, und wir gerieten in eine schreckliche Lage. Meine Mutter ließ die Gefahr außer Acht und fuhr nach Równe Ware holen, und für das Geld vom Verkauf dieser Ware kauften wir Brot.

Als wir uns entscheiden mussten, ob wir den sowjetischen Pass annehmen, kamen meine Eltern zu dem Schluss, das nicht zu tun, weil das bedeutet, für immer in Russland zu bleiben.

Meine Eltern wollten nicht sowjetische Staatsbürger werden, um nicht die Möglichkeit zu verlieren, dass wir nach dem Krieg nach Hause zurückkehren.

Mama wollte die sowjetische Staatsbürgerschaft nicht annehmen, weil es hieß, dass wir nie mehr Russland verlassen und Vater wiedersehen können.

Als mein Vater von der Polizei vorgeladen wurde und man ihn fragte, ob er sowjetischer Staatsbürger werden will, sagte er nein. Man drohte ihm, dass sie ihn zu den Deutschen schicken. Andere Flüchtlinge wurden auch gefragt, wohin sie fahren wollen. Manche sagten, zu ihren Verwandten nach Amerika, andere nach Palästina.

Mein Vater wollte nichts von der sowjetischen Staatsbürgerschaft hören, weil er fürchtete, dass wir dann nicht nach Amerika ausreisen können.

Uns gab man keine sowjetischen Pässe, weil mein Vater als Rabbiner als unnützes Element gesehen wurde.

Eines Tages hörte mein Vater, dass diejenigen, die keine Pässe haben, nach Sibirien deportiert werden, und wir wollten aus Niemirów weg, aber unsere Verwandten bedrängten uns, dazubleiben.

Eines Tages sagte uns mein Vater, dass man sich zur Rückkehr nach Polen registrieren lassen kann, wer sich aber nicht registrieren lässt, muss sowjetischer Staatsbürger werden. Meine Eltern beschlossen, sich registrieren zu lassen.

Eines Tages kam mein Vater froh nach Hause und sagte, in der Hauptstraße hat man ein Büro aufgemacht, und dort registrieren sie diejenigen, die nach Hause oder nach Litauen wollen, wenn sie dort Verwandte haben. Mama freute sich sehr und wir ließen uns für die Ausreise nach Wilno registrieren, wo meine älteste Schwester wohnte.

Im April und im Mai wurde in Białystok die Registrierung derjenigen vorgenommen, die auf die deutsche Seite zurück wollten. Am Anfang trauten die Leute der Registrierung nicht, und es meldeten sich nur ein paar Familien, überwiegend christliche, aber als sie diese erste Gruppe wirklich auf die deutsche Seite schafften, beschlossen wir, uns registrieren zu lassen.

Mein Vater wollte den sowjetischen Pass nicht annehmen und meldete sich als einer der Ersten, als die Registrierung zur Rückreise begann.

Mein Vater wollte den sowjetischen Pass nicht annehmen und ließ sich wie alle unsere Nachbarn aus dem Bethaus für die Rückreise nach Hause registrieren.

Mein Vater sah, dass das Leben bei den Sowjets immer schwerer wurde, und beschloss, uns für die Rückreise registrieren zu lassen.

Es ging uns so schlecht, dass Mama uns, als die Registrierung bekanntgegeben wurde, für die Rückkehr nach Hause eintragen ließ.

Mein Vater wollte den sowjetischen Pass nicht annehmen, und meine Mutter überredete ihn, dass er uns für die Rückkehr registrieren lässt, weil wir dauernd vom Hunger bedroht waren.

Mein Vater bekam einen Pass für drei Monate, aber er konnte nichts verdienen, und unsere ganze Familie hungerte, also ließ er uns für die Rückkehr nach Warschau registrieren.

Mein Vater ließ sich für die Rückkehr nach Warschau eintragen, weil er glaubte, in einer großen Stadt kommt er irgendwie zurecht.

Mein Vater und meine Brüder ließen sich für die Rückkehr nach Warschau registrieren, weil sie glaubten, von dort ist es leichter, ins Ausland zu gelangen.

Mein Vater hatte Angst, dass man aus Russland nicht herauskommt, und er wollte auf die deutsche Seite, um von da nach Amerika auszureisen.

Mein Vater ließ uns für die Ausreise nach Amerika, zu Verwandten, registrieren.

Mein Vater ließ uns für die Ausreise nach Litauen registrieren, weil er glaubte, von dort gelingt es uns, nach Palästina zu kommen.

Meine Eltern beschlossen, nach Łódź zurückzugehen, weil sie mein siebenjähriges Schwesterchen Chaja dort bei den Großeltern gelassen hatten.

Als die Registrierung derjenigen begann, die unter die deutsche Besatzung zurück wollten, ließ sich mein Vater sofort registrieren, weil Mama dort geblieben war.

Mein Vater ließ uns registrieren, weil von der anderen Seite Nachrichten herüberkamen, dass die Situation besser geworden ist und die Leute genug zum Leben verdienen, und hier wurde es immer schlechter.

Mein Vater ließ sich für die Rückkehr nach Hause registrieren, weil er hörte, dass die Juden nach Pułtusk zurückgekehrt sind und man dort wieder verdient.

Wir wollten nicht sowjetische Staatsbürger werden, und weil aus der deutschen Besatzung Nachrichten kamen, dass das Leben dort wieder normal verläuft, ließen wir uns für die Ausreise registrieren.

Mein Vater konnte sich nicht an die neue Ordnung gewöhnen und wollte nach Hause zurück, wo er im Keller Geld und Ware hatte.

Wir ließen uns wie viele andere Juden registrieren. Einer der wichtigsten Gründe war, dass es nichts Koscheres gab.

Das NKWD fragte, wollt ihr zurück zu den Deutschen oder wollt ihr in Russland bleiben? Wir sagten, wir wollen nach Hause zurück, obwohl dort die Deutschen waren.

Ukrainer, Juden, Polen, in Kiew wollten sie alle nach Hause zurück, obwohl dort der Deutsche herrschte.

Wir fuhren nach Baranowicze, wo die deutsche Kommission amtierte, und wir ließen uns für die Rückkehr nach Hause registrieren.

Als die Registrierung für die Rückkehr in die von den Deutschen besetzten Gebiete bekanntgegeben wurde, beschlossen meine Eltern, sich registrieren zu lassen. Umso mehr, als sie nicht glaubten, dass die Deutschen die Juden wieder hereinlassen.

Wir wollten nicht in Russland bleiben, wir wollten nur in dem kleinen Städtchen, wo es verhältnismäßig ruhig war, abwarten, bis der Krieg vorbei ist. Wir gingen nicht zur Registrierung, weil wir nicht zum Deutschen zurück wollten.

Mein Vater nahm die sowjetische Staatsbürgerschaft nicht an, aber er wollte sich nicht für die deutsche Seite registrieren lassen.

Mein Vater ging nirgendwohin, weder zu den Wahlen noch zur Registrierung.

Mein Vater ließ uns nicht für die Rückkehr zu den Deutschen registrieren, er sagte, das ist eine Falle.

Mein Vater wurde auf der Bahnstation festgehalten, als er mit Ware nach Kowel wollte. Als man ihm befahl, seinen Pass zu zeigen, sagte er, er hat keinen Pass, weil er sich für die Ausreise zu seinem Kind nach Łódź registrieren lassen hat. Er wurde verhaftet und deportiert, keiner weiß wohin.

Mein Bruder kam wieder einmal aus Siedlce, weil er Leder und Manufakturen über die Grenze schmuggelte, und er sagte, Vater will, dass wir zu ihm zurückkommen. Beim ersten Mal nahm er den zwölfjährigen Noe und die siebenjährige Sara mit und beim zweiten Mal den zehnjährigen Szlomo. Als er das dritte Mal fuhr, schnappten ihn die NKWDisten, und er konnte mich nicht mehr holen.

Am 29. Juni kam die Verordnung über die Verdunklung heraus. In der Stadt erklärten sie, der Grund für die Verdunklung ist der Krieg mit Rumänien, tatsächlich führten sie während dieser dunklen Abende eine Säuberung unter den unerwünschten Elementen durch.

Die längste Reise

Am Freitagabend klopfte es an unserer Tür. Mama machte rasch auf, weil sie dachte, Vater kommt zurück. Es kamen vier NKWDisten herein. Als Mama fragte, was sie wünschen, sagten sie: »Du fährst zu deinem Mann.« Mama freute sich und sagte, wir sollen uns rasch anziehen.

Am Freitagabend klopften NKWDisten an unserer Wohnungstür. Sie sagten, wir sollen mitkommen, um zu erklären, warum wir nach Biłgoraj zurück wollen, und sie befahlen uns, unsere Sachen mitzunehmen. Als Vater fragte, wozu die Sachen, antworteten sie, wir können die Sachen dalassen.

Am Freitagabend betraten bewaffnete NKWDisten unsere Wohnung und befahlen uns, unsere Sachen zu packen, weil wir nach Warschau fahren.

Eines Nachts erschienen NKWDisten, sie sagten, dass ein Auto wartet und sie uns nach Hause schicken.

Am 28. Juni klopften bewaffnete NKWDisten an unserer Tür. Sie leuchteten die Wohnung mit Scheinwerfern aus und trieben uns an, wir sollen uns schnell anziehen. Als mein Onkel fragte, wohin wir fahren, sagten sie, sie schicken uns nach Deutschland.

Am Freitag, um Mitternacht, pochte es heftig an unserer Tür, und mit Revolvern bewaffnete NKWDler befahlen uns, uns schnell anzuziehen.

Um zwei Uhr nachts kamen vier NKWDisten mit Revolvern in der Hand. Einer blieb an der Tür stehen, der zweite am Fenster, und sie erklärten, wir fahren nach Deutschland.

Um drei Uhr nachts klopfte es an unserer Tür. Es kamen zwei NKWDisten und zwei Soldaten mit Maschinenpistolen herein, und sie befahlen uns, die Sachen zu packen.

Eines Nachts kamen mehrere Soldaten herein, befahlen uns, uns anzuziehen und die Sachen zu packen, worauf sie uns in Autos zum Bahnhof brachten.

Am Freitag in der Nacht weckten uns NKWDisten. Sie erlaubten nicht, irgendwas einzupacken, aber der jüdische Milizionär, der mit dabei war, erlaubte uns, ein paar Sachen mitzunehmen.

Eines Tages erschien ein Beamter des NKWD bei uns, ein Jude, und fragte nach unseren Papieren. Dann kamen in der Nacht NKWDler mit demselben Beamten, der nun nicht mehr mit uns Jiddisch sprechen wollte, und wir wurden auf den Bahnhof gebracht.

Mitten in der Nacht klopfte es an unserer Tür. Vor dem Fenster standen Soldaten mit Maschinenpistolen. Sie sagten, wir fahren nach Baranowicze, wo ein Austausch der Bürger stattfindet. Auf dem Marktplatz trafen wir Leute aus Wyszków und Międzyrzec. Lastautos schafften uns zur Bahnstation.

Am 28. Juni, mitten in der Nacht, umzingelten NKWDler unser Haus und trieben uns zur Station, sie sagten, wir fahren nach Lida, weil die Flüchtlinge aus Iwa weggehen. Aber in Lida ließ man uns nicht aussteigen, sondern koppelte uns an einen langen, mit Menschen vollgestopften Güterzug an, und in Mołodeczno setzte man uns um in Breitspurwaggons. Meine Schwester blieb zurück, weil sie gerade auf einer Handelsreise war.

Mein Bruder kam mit der Nachricht aus der Sägemühle angerannt, alle Flüchtlinge sollen nach Białystok transportiert werden. Wir packten unsere Sachen, und wirklich fuhren in derselben Nacht NKWDisten vor und schafften uns in die Sägemühle, wo alle Flüchtlinge in einen Güterzug verladen wurden, je fünfzig Personen in einen Waggon.

Am Freitag, dem 28. Juni, kam Vater mit einem Waggon Holz an. Wir Kinder halfen beim Ausladen. Als wir fertig waren, kamen NKWDisten und befahlen uns, den Waggon zu säubern. In derselben Nacht klopften bei uns zwei Polizisten mit Revolvern in der Hand. Mein Vater und mein großer Bruder versteckten sich auf dem Dachboden. Auf die Frage, wo Vater ist, sagten wir, er ist in Geschäften nach Stryj gefahren, aber als sie uns befahlen, uns anzuziehen und die Sachen zu packen, kamen mein Vater und mein Bruder aus dem Versteck. Die Polizisten wurden wütend und verboten uns, etwas mitzunehmen. Man steckte uns in den Waggon, den wir am Morgen gesäubert hatten, der Waggon wurde verplombt, und man brachte uns nach Stryj, wo noch andere Waggons angekoppelt wurden.

Am Freitag um ein Uhr nachts kamen NKWDler zu uns und

erklärten, sie schicken uns zum Deutschen. Wir weinten, wir wollen hier bleiben, aber es half nichts. Man führte uns zur Station und sperrte uns in einen Güterwaggon, den ein Polizist mit Maschinenpistole bewachte.

Freitagnacht weckten uns die Schläge von Gewehrkolben an der Tür. Ich und mein Bruder erschraken sehr. Als Vater nicht aufmachen wollte, begannen sie, zu schießen. Mein Onkel, weiß wie die Wand, kam zu uns ins Zimmer und verlangte, dass wir aufmachen. Wir durften nichts mitnehmen. Auf der Straße war es schwarz vor Menschen, die Frauen weinten.

Eines Freitagnachts begannen sie, mit Gewehrkolben an unsere Tür zu hämmern. Wir Kinder verkrochen uns in die finsterste Ecke. Es kamen russische Offiziere herein und befahlen, wir sollen uns schnell anziehen. Sie führten uns zum Marktplatz, wo schon eine große Menschenmenge stand. Wir hörten Schüsse. Früh am Morgen transportierte man uns alle zur Station und verlud uns in Güterwaggons.

Eines Nachts erschien ein Vertreter des NKWD bei uns und brüllte, sie schicken uns nach Sibirien. Wir weinten und erzählten ihm, was wir schon alles erlitten hatten. Das rührte ihn offenbar, und wir wurden unter Hausarrest gestellt, aber später kam ein Agent des NKWD, der sagte, ihr wollt zu den Deutschen, dann fahrt auch, und er brachte uns zur Station, wo sich schon eine Gruppe von Flüchtlingen befand. Die Waggons waren verschlossen, der bewaffnete Posten ließ niemanden hinein.

Freitagnacht kamen NKWDisten und führten uns zum Bahnhof. Meine große Schwester befand sich damals in Białystok. Als sie nach Kowel zurückkam und sah, was passiert war, meldete sie sich beim NKWD, dass sie sie zu uns schicken. Sie verschickten sie, aber ans andere Ende von Russland, und wir hatten sehr lange keine Nachricht von ihr.

Am Freitagabend riegelten NKWDisten die Straßen ab und befahlen uns, die Sachen zu packen.

Am Freitagabend erschienen NKWDler, wir durften nur ein paar Kleinigkeiten einpacken, und sie schafften uns in einem Lastwagen zum Bahnhof.

Freitagnacht führten NKWDisten eine gründliche Haussuchung bei uns durch und schafften uns zum Bahnhof.

Eines Freitagnachts befahlen NKWDisten allen Bewohnern des Bethauses, die Sachen zu packen, und schafften uns zum Bahnhof.

Eines Nachts erschienen NKWDler bei uns im Bethaus und befahlen allen, zum Bahnhof zu gehen.

Eines Nachts wurden wir alle aus dem Gefängnis geholt und in Güterwaggons verladen.

Freitagnacht führten uns NKWDisten auf den Bahnhof, wo wir Tausende von Menschen antrafen.

Eine Gruppe NKWDisten klopfte an unsere Tür. Sie befahlen uns, die Sachen zu packen, und brachten uns mit einem Fuhrwerk zur Bahnstation.

Eines Freitagnachts erschienen NKWDisten und brachten uns mit einem Fuhrwerk nach Przemyśl. Mein Vater und mein älterer Bruder gingen zu Fuß, weil Sabbat war.

Am Sonnabendmorgen kamen NKWDisten zu uns und erklärten, wir fahren nach Warschau.

Am Sonnabendmorgen um sechs führten NKWDisten eine Haussuchung bei uns durch. Sie sahen sich lange Vaters Bücher an. Mein Vater versuchte, ihnen die Bedeutung dieser Bücher zu erklären, aber sie begriffen nicht viel. Die Bücher nahmen sie mit, und uns fuhren sie zum Bahnhof, wo wir Tausende von Menschen antrafen.

Am 29. Juni 1940 kamen in der Nacht NKWDisten zu uns und befahlen uns, uns anzuziehen, sie sagten, wir fahren zu den Deutschen zurück.

Am 29. Juni 1940 wurden wir verhaftet und mit einem Fuhrwerk zur Station gebracht, wo fünfzig mit Menschen vollgestopfte Waggons standen.

Am Sonnabend, dem 29. Juni, kamen NKWDisten herein und befahlen uns, uns binnen einer halben Stunde für die Reise fertig zu machen.

Man befahl uns, binnen fünfzehn Minuten die Sachen zu packen.

In Iwa wurden am 29. Juni die Flüchtlinge verhaftet. Meine

älteste Schwester blieb zurück, weil sie sich damals bei Pińsk befand.

Am 29. Juni 1940 verhaftete man unsere ganze Familie wie Banditen.

Am 30. Juni 1940 wurden die Häuser von NKWDisten umzingelt. Man durfte hundert Kilo Gepäck pro Familie mitnehmen.

Ich durfte keine Bücher mitnehmen.

Meine Eltern wurden verhaftet, aber ich nicht. Papa und Mami wollten, dass ich beim Onkel in Kobryń bleibe, aber ich weinte schrecklich, und schließlich kam ich mit zu ihnen in den Waggon.

In unsere Wohnung kamen die NKWDisten nicht, und wir dachten, sie haben uns vergessen. Sie kamen am dritten Tag und sagten, sie hatten die falsche Adresse, und wir mussten mit fremden Leuten fahren, weil alle Bekannten schon weg waren.

*

Man verlud uns in dunkle Waggons.

Man verlud uns in fensterlose Waggons.

Man verlud uns in enge und dreckige Waggons.

Man steckte uns in Güterwaggons, die verplombt wurden.

Man verfrachtete uns in Güterwaggons zu je vierzig Personen mit Gepäck. Die Enge war schrecklich.

Man verlud uns in Güterwaggons zu je fünfundvierzig Personen.

Man verlud uns in Waggons zu je fünfzig Personen.

In den Waggons befanden sich zwischen fünfzig und sechzig Personen.

Man brachte uns auf einem Lastwagen zur Station und stopfte uns in einen Waggon, in dem sich siebzig Personen befanden.

Man verlud uns in Güterwaggons, die verplombt wurden.

Man steckte uns in Güterwaggons zu je achtzig Personen und verplombte die Tür.

Man steckte uns in Güterwaggons zu je neunzig Personen.

Man steckte uns in Waggons, in denen es eng und dreckig war, und wir lagen übereinander.

Man verlud uns in einen Zug, wo schon zweitausend Menschen waren.

Der Zug bestand aus fünfzig Waggons. Die meisten Menschen im Zug waren Juden und der Rest Polen.

Man sperrte uns in Güterwaggons und gab uns weder Wasser noch Brot.

Man hielt uns vierundzwanzig Stunden lang ohne Wasser und Brot.

Man hielt uns den ganzen Sonnabend in Enge und Gestank, ohne Wasser und ohne Essen.

Wir standen einen ganzen Tag und eine ganze Nacht ohne Brot und Wasser.

Vierundzwanzig Stunden lang standen wir auf dem Bahnhof und man gab uns weder zu essen noch zu trinken.

Die Waggons wurden verplombt, und wir standen zwei Tage und zwei Nächte auf der Station.

Zwei Tage und zwei Nächte hielt man uns in verplombten Waggons ohne Essen und Trinken auf der Station.

Zwei Tage lang standen wir in Stryj.

Der Zug stand von Freitag bis Sonntag, und man gab uns nichts zu trinken und zu essen.

Die Waggons wurden verschlossen, und drei Tage lang hielt man uns ohne Essen und Trinken auf der Station. Wir riefen vergeblich.

Drei Tage lang stand der Zug. Man gab uns weder zu essen noch zu trinken, und man verbot unseren Bekannten, uns Päckchen zu geben. Am meisten litten wir unter dem Durst.

Wir weinten und riefen, dass man uns zu trinken gibt.

Man gab uns nichts zu essen und zu trinken und ließ niemanden heran.

*

Der Zug setzte sich in der Nacht in Bewegung.

Nach vierundzwanzig Stunden setzte sich der Zug in Bewegung.

Nach Ablauf von vierundzwanzig Stunden, während derer

man uns weder zu essen noch zu trinken gab, setzte sich der Zug in Bewegung.

Nach zwei Tagen fuhr der Zug los.

Am Sonntag setzte sich der Zug in Bewegung.

Nach drei Tagen setzte sich der Zug in Bewegung.

Der Zug fuhr los, niemand wusste wohin.

Als sich der Zug in Bewegung setzte, freuten wir uns, weil wir überzeugt waren, dass wir nach Hause fahren.

Wir waren guter Stimmung, weil wir hofften, in wenigen Stunden Mama wiederzusehen.

Wir dachten, sie bringen uns nach Hause, und mein Vater rechnete aus, dass wir in fünf, sechs Stunden da sind, aber als eine Nacht vorüber war und dann ein Tag, begriffen wir, dass wir tief nach Russland hineinfahren.

Wir dachten, wir fahren nach Hause, und erst nach einiger Zeit begriffen wir, dass wir nach Russland verbannt waren. Alle begannen zu weinen. Als wir Kinder sahen, dass die Älteren weinen, fingen wir noch lauter zu weinen an.

In Lwów hielt der Zug, und man hängte Waggons an.

In Równe wurde unser Zug mit einem anderen zusammengekoppelt, und ein riesiger Transport ging auf Fahrt.

Wir fuhren durch Dubno, Równe, Schepetowka und Kiew. Auf den großen Stationen durfte man hinaus, um Wasser zu holen und Brot zu kaufen. In Kiew kauften wir ein Sechskilobrot von einer Jüdin, die meinem Vater zuflüsterte, sie würde den Verbannten das Brot gern umsonst geben, aber das ist nicht erlaubt. Sie bat Vater, er soll es mit anderen teilen.

In Kiew standen wir ein paar Stunden, die dortigen Juden brachten uns unter den Mantelschößen weiße Challot.

In Kiew stand der Zug ein paar Stunden, aber die Posten ließen die einheimischen Juden, die uns Essen brachten, nicht zu uns heran.

In Kiew wollten uns die einheimischen Juden Essen geben, aber die Wache ließ es nicht zu.

Wir fuhren in verplombten Waggons, und man ließ die Leute, die uns Essen auf die Station brachten, nicht zu uns.

Auf den Stationen trafen wir andere vollgestopfte Züge, und

Mama rief mich ans Fenster, schau, ob dort vielleicht dein Vater ist.

Statt die vier Stunden von Lwów nach Rozwadów fuhren wir lange Nächte und Tage in einem dreckigen, stickigen Waggon.

Wir wussten nicht, wohin wir fahren. Mein Vater sah durch eine Ritze und versuchte, die Richtung zu erraten. Meine Mutter war verzweifelt.

Je länger wir fuhren, umso mehr gewannen wir die Überzeugung, dass sie uns nach Sibirien schaffen.

Meine Mutter und die anderen Frauen rangen die Hände über unsere unbekannte Zukunft.

Mir ist ein jüdisches Lied in Erinnerung geblieben, das die Kinder im Zug sangen: »Mama, ich will nicht vergessen, wer ich bin und woher ich komm und wer meine Eltern sind. Mama, das ist kein Land für mich.«

Die Waggontür war verschlossen, und uns bewachten Soldaten mit Maschinenpistolen.

Wir begannen zu weinen und mit den Fäusten gegen die Tür zu hämmern.

Die Kinder weinten und riefen nach Essen.

Unsere Kleine war nicht zu beruhigen, obwohl ich sie hätschelte und wiegte. Sie lutschte an meinen Fingern, so hungrig war sie.

*

Auf einer Station brachen die verzweifelten Eltern die Tür auf, aber die Soldaten stießen alle mit vorgehaltener Maschinenpistole wieder zurück in den Waggon. Erst dann teilte man Suppe an uns aus und je ein halbes Kilo Brot.

Wir bekamen pro Tag ein halbes Kilo Brot und in der Nacht ein bisschen Suppe.

Wir bekamen jeder ein Stück Brot und ein bisschen Wassersuppe.

Pro Tag bekamen wir jeder ein Stück Brot und in der Nacht eine Suppe.

Wir bekamen eine dünne Scheibe Brot und in der Nacht eine Wassersuppe.

Wir bekamen ein Stück Schwarzbrot, das so hart war, dass selbst das Wasser es nicht aufweichte.

Wir waren hungrig, weil wir außer einem Stück Brot und einem bisschen Suppe nichts bekamen.

Obwohl wir ausgehungert waren, erlaubte uns Vater nicht, die treifene Suppe zu essen, und wir lebten die ganze Fahrt über von Brot und Wasser.

Wir erhielten vierhundert Gramm Brot pro Tag und eine Suppe, die wir nicht aßen, weil sie treife war.

Vater wollte die Suppe nicht essen, weil sie treife war, und während des ganzen Monats unserer Reise aß er nichts außer Brot mit Wasser.

Wir bekamen Brot und eine Wassersuppe, die Vater nicht anrühren wollte.

Wir bekamen einmal pro Tag ein Stück Brot und ein bisschen Suppe, aber Vater aß nur Brot mit Wasser, wir versuchten vergeblich, ihn zu überreden.

Großvater konnte sich kaum auf den Beinen halten, aber er wollte keine Suppe, weil sie nicht koscher war, und er aß trockenes Brot mit kaltem Wasser.

Wir bekamen pro Tag ein Stück Brot und ein bisschen Suppe, die Vater uns zu essen verbot, weil er der Ansicht war, sie ist treife. Man erlaubte ihm, auf der Station unter Bewachung heißes Wasser zu holen.

Wir bekamen ein Stück trockenes Brot und ein bisschen Suppe. Man erlaubte Vater nicht, auf der Station auszusteigen, um ein bisschen warmes Wasser für sein Kind zu holen.

Man gab uns einmal pro Tag Brot und ein bisschen Wassersuppe.

Alle zwei Tage bekamen wir ein Stück Brot und ein bisschen Suppe.

Wir bekamen Brot und heißes Wasser.

Wir bekamen nur so viel zu essen, dass wir nicht verhungerten.

Wir fuhren mehrere Wochen. Der Zug stand stundenlang, aber nur auf freiem Feld.

Wenn der Zug auf einer Station hielt, stahlen wir Kinder uns auf den Bahnsteig und bettelten am Buffet. Man gab uns Reste, die die Gäste übrig gelassen hatten. Die altbackenen Brotstücke weichten wir in heißem Wasser auf.

In dem Waggon waren nur winzige Fensterchen, wie im Gefängnis. Wir Kinder lächelten durch diese Fensterchen den Russen zu. Wir konnten nicht Russisch, aber die Russen waren von unserem Lächeln gerührt und erlaubten uns, auf der Station auszusteigen, um etwas zu essen zu kaufen. Wir rannten auch aufs Feld und pflückten Blumen, um unsere dreckigen Waggons etwas zu schmücken.

*

Im Waggon gab es keinen Abort. Die Kinder machten ihr Geschäft durchs Fenster, und die Älteren wurden auf den Stationen unter Eskorte herausgelassen.

Im Waggon war es eng, dreckig und es stank. Die kleinen Kinder erledigten ihr Geschäft durch die vergitterten Fenster, und die Erwachsenen quälten sich und warteten bis zur nächsten Station, wo man sie unter Bewachung zu den Aborten brachte.

Während der zweiwöchigen Reise ließ man uns nur zweimal für fünfzehn Minuten nach draußen. Wir mussten unser Geschäft im Waggon verrichten.

Man ließ uns nicht aus dem Waggon. Zur Verrichtung der Notdurft diente ein Loch im Fußboden.

Man ließ uns nicht aus dem Waggon. Durch eine Öffnung im Fußboden verrichteten wir unsere Notdurft.

Wir schämten uns, unser Geschäft im Waggon zu verrichten, und wir drückten die Tür ein.

Im Waggon war es schwer auszuhalten vor Hitze, und es gab keinen Abort.

Es gab keinen Abort, und es herrschte eine schreckliche Luft im Waggon.

Wir erstickten fast vor dem Gestank. Mama hatte Tropfen mit, die sie vor einer Ohnmacht retteten.

Das Schlimmste war, dass es keinen Abort gab. Man verrichtete sein Geschäft vor aller Augen durch ein Loch im Fußboden.

Am Anfang schämten sich die Leute fürchterlich, besonders die Frauen. Dann gewöhnten sich alle daran.

Die Fahrt war lang und schrecklich.

Wir fuhren mehrere Wochen, ohne den Waggon zu verlassen.

Wir fuhren wie Vieh.

Der Geruch war schrecklich, viele wurden ohnmächtig, und man hatte nichts, um sie wieder zu sich zu bringen.

Das Gedränge im Waggon war entsetzlich, und es gab kein Wasser, um die Bewusstlosen wieder zu sich zu bringen.

Die Leute wurden ohnmächtig, und sie kamen lange nicht zu sich, weil es kein Wasser gab.

Man gab uns ein Stück verschimmeltes Brot, von dem alle krank wurden. Im Waggon gab es ein Loch im Fußboden anstelle des Aborts, aber wegen der Kranken konnte man sich schwer dorthin durchzwängen, und viele Kinder machten auf den Fußboden. Wir bekamen keine Luft von dem Gestank, und dauernd wurde einer ohnmächtig.

Nach einer Woche erkrankten wir alle an Ruhr, und man wartete in der Schlange vor der Öffnung. Die Kinder hielten es nicht aus und machten in den Waggon. Der Gestank war grauenhaft. Die Frauen wurden ohnmächtig, und man hatte nichts, um sie zu sich zu bringen, und niemand hörte, wenn wir um Hilfe riefen.

Viele Leute hatten die Ruhr, und es spielten sich Kämpfe um den Zugang zu der Öffnung im Fußboden ab. Wir Kinder bohrten uns mit dem Taschenmesser eine extra Öffnung.

Fast alle im Waggon waren an der Ruhr erkrankt, und anstatt eines Aborts hatten wir ein Loch im Fußboden. Die Stelle war sehr verschmutzt, und die Luft im Waggon war mörderisch. Wir bettelten auf den Stationen, dass man uns hinauslässt, aber unsere Bitten waren erfolglos.

Viele Leute waren krank, aber die Wachposten wollten nichts davon hören. Sie sagten, wenn die sterben, gibt es ein paar polnische Pans weniger.

Mehrere Personen starben, und wir verlangten, dass die Leichen weggebracht werden, aber die Wachsoldaten stellten sich taub. Erst als wir auf einer Station anfingen, die Tür auszuheben, erschienen NKWDisten und holten die Toten.

Mehrere Personen starben. Der Zug hielt auf freiem Feld, und man begrub sie am Bahndamm.

Mein sechsjähriges Schwesterchen Lea erkrankte an Scharlach, und alle begannen zu schreien, dass die anderen Kinder angesteckt werden. Die NKWDisten wollten sie wegholen, aber Mama gab sie nicht her. Nach langem Streiten und Weinen erlaubte man Mama, mit der Kleinen auszusteigen, und wir fuhren weiter.

Mama wurde krank. Der Arzt, der mit in unserem Waggon fuhr, sagte, sie hat eine Hirnentzündung. Sie war bewusstlos, und man brachte sie auf einer Bahre weg. Wir bettelten, dass wir bei ihr bleiben dürfen, aber vergeblich, und wir fuhren weiter.

*

Nach zwei Wochen kamen wir in Archangelsk an, dann brachte man uns in Autos noch neunzig Kilometer weiter. Wir übernachteten in einer Siedlung, wo man uns eine Suppe aus Fischschuppen gab, und um vier Uhr morgens befahl man uns, durch einen Fluss zu waten, wo uns das Wasser bis zum Hals ging. Am andern Ufer holte uns eine Barke ab.

In Archangelsk ließ man uns aus dem Waggon, dann lud man uns auf Autos und brachte uns in einen Wald im Gebiet Kargopolsk, Siedlung Nummer 15.

Wir trafen in der Oblast Archangelsk, Siedlung Maldynsch, Rayon Plessezko ein.

Nach zwei Wochen kamen wir in Swerdlowsk an. Von dort brachte man uns auf Schiffen nach Beresniki, wo wir unter freiem Himmel schliefen, und am Morgen erkannten wir uns nicht wieder, so waren wir von den Mücken zerstochen. Das nächste Schiff brachte uns nach Tscherdyn, von wo aus wir auf Lastwagen in die Siedlung gefahren wurden. In der Nähe befand sich eine Siedlung der Ukrainer und etwas weiter ein Lager mit Russen.

Nach zwei Wochen kamen wir auf der Station Tawda an einem Fluss gleichen Namens an. Dort wurden wir auf Barken geladen und nach zwei Tagen in einem Wald im Gebiet Taboryjsk ausgesetzt. Die Siedlung hieß Tschascha.

Nach drei Wochen einer teuflischen Reise langten wir in Tawda an. Von dort brachte man uns auf Lastautos in einen Wald, wo sich ein Sägewerk befand.

Wir wurden auf der Station Tawda aus dem Zug gelassen. Auf einer Barke ging die Reise weiter, während derer wir nur salzige Heringe zu essen bekamen. Nachdem wir von der Barke gestiegen waren, führte man uns einen ganzen Tag lang durch Sumpf und Sand. Unsere Füße waren blutig. Wir langten in der Siedlung Tschascha, Rayon Taboryjsk, Oblast Swerdlowsk an.

Wir kamen mit dem Zug bis Tawda, und von dort fuhren wir fünf Tage lang auf dem Fluss in das Lager Tos, Oblast Swerdlowsk, Rayon Taboryjsk.

Als wir in Tawda ankamen, verlud man uns auf eine kleine Güterbarke, wo nicht viel Platz für Menschen war. Man pferchte uns wie Vieh zusammen, und wir fuhren fünf Tage lang fast ohne zu essen. Die Leute verloren das Bewusstsein. Die Mücken stachen uns unablässig, die Kinder waren geschwollen und weinten, und die Wachsoldaten ärgerten uns: »Warschau seht ihr nicht wieder …« Als wir ausstiegen, musste man manche Frauen tragen. Die geschwächten Männer taumelten und fielen ins Wasser. Die NKWDisten lachten, das ist das erste russische Bad für die polnischen Pans. Einen ganzen Tag gingen wir durch Sumpf, aus dem man nur mühsam die Beine herausbekam.

Nach fünfzehn Tagen kamen wir in Tscheljabinsk an. Dort wurden die Sachen auf kleine Wagen geladen, und wir selbst gingen zu Fuß zwanzig Kilometer bis zu einem Platz, der sich Kopejsk nannte, wo man uns in Baracken unterbrachte.

Wir fuhren achtzehn Tage lang bis zu der Station Joschkar-Ola, dann schaffte man uns in kleinen Wagen in einen sumpfigen Wald, wo wir nachts die wilden Tiere heulen hörten.

Unser Zug kam nach achtzehn Tagen in Sibirien an. Unterwegs erfuhren wir, dass sich im letzten Waggon unser Onkel Meir und sein fünfzehnjähriger Sohn Motel befinden, die in einem Dorf bei Przemyśl gewohnt hatten.

Nach drei Wochen, als wir schon dachten, die Reise geht nie zu Ende, machten sie die Tür auf und befahlen uns auszusteigen.

Nach drei Wochen hielten wir bei Troizk, dann gingen wir einen ganzen Tag lang nach Wostotschnaja.

Wir fuhren drei Wochen. Wir hielten im Gebiet Troizk, in der Region Altai, und gingen von der Station einen ganzen Tag bis zur Siedlung.

Das war in der Region Altai, Gebiet Troizk. Man lud uns auf kleine Fuhrwerke, und wir fuhren eine ganze Nacht und einen ganzen Tag durch Wald.

Drei Wochen fuhren wir in Gedränge und Schmutz bis nach Wologda. Dann gingen wir durch dichten Wald, dessen Unterholz uns die Beine verletzte.

Nach drei Wochen stiegen wir in Kotlas aus. Dort befahl man uns, auf zwei Barken zu steigen, wir waren aber mehrere Tausend Menschen, und wir hatten nicht genug Platz. Man drohte uns, wenn wir nicht binnen fünf Minuten alle auf den Barken sind, treiben sie uns mit Gewalt hoch, ohne Gepäck. Es entstand Panik, die Leute trampelten sich gegenseitig nieder und stießen sich ins Wasser, mehrere Kinder ertranken. Anderthalb Tage fuhren wir auf der Dwina bis in das Dorf Schewtery. Von dort aus gingen die Männer zu Fuß, und die Frauen und Kinder fuhren auf Schlitten, die von einem Traktor gezogen wurden. Mit einem Mal kippte ein Schlitten um, und eine Frau aus Wieluń fand den Tod.

Nach drei Wochen kamen wir in Tschet an, von da wurden wir in den Wald gebracht.

Nach drei Wochen kamen wir auf der Station Tomsk-Domaschni an.

Wir überquerten die Wolga und den Jenissej, und nach dreiundzwanzig Tagen Fahrt befanden wir uns in der Region Krasnojarsk. Kleine Fuhrwerke nahmen unsere Sachen auf, und wir gingen anderthalb Tage durch Wald bis in die Siedlung Werch Basaira.

Am 23. Juli hielt der Zug auf der Station Tjumen, Oblast Omsk. Drei Tage lang hielt man uns unter freiem Himmel, dann lud man uns auf Barken, und wir fuhren zwei Wochen auf dem Fluss Konda. Wir stiegen in einem Wald aus, an einem Platz, der sich Werchni Barak nannte.

Wir fuhren vier Wochen und kamen in der Oblast Wologda an.

Wir fuhren vier Wochen. Man ließ uns in Asino, Oblast Swerdlowsk, aus dem Waggon.

In Asino stiegen dreitausend Menschen aus dem Waggon, viele Kranke und Geschwächte. Ein Arzt aus Warschau starb. Man gab uns zweihundert Gramm Brot täglich. Die Frauen weinten, weil sie die Kinder nicht satt bekamen. In Asino endete die Eisenbahnstrecke. Bis zur nächsten Siedlung waren es dreihundert Kilometer. Man lud uns auf ein Schiff. Es war für siebenhundert Personen vorgesehen, beladen wurde es mit zweitausendfünfhundert. Wir lagen übereinander. Drei Tage fuhren wir auf einem breiten Strom. Zu beiden Seiten erstreckte sich Wald, und von Zeit zu Zeit sahen wir Baracken. Es gab kein Brot, man ernährte uns mit Heringen, viele Leute wurden krank. Wir stiegen in Teguldet aus.

Nach einem Monat kamen wir in Asino an, von wo man uns mit Barken nach Teguldet schaffte. Dann gingen wir fünfunddreißig Kilometer bis zu einem Platz, der sich Tschet nannte.

Man schickte uns nach Tschet, in die Taiga. Die Reicheren fuhren auf kleinen Fuhrwerken, die Armen gingen zu Fuß. Selbst in Russland bedeutete Geld eine Menge.

Wir hielten in Asino, und man verteilte uns auf die Siedlung in der Taiga. Nach vier Wochen kamen wir auf der Station Nowaja Lala, Oblast Swerdlowsk, an, und man führte uns zu Fuß bis zu der Siedlung Nummer 54.

Nach vier Wochen stiegen wir aus dem Zug und begaben uns zu Fuß zu einer Siedlung im Wald.

Nach einem Monat trafen wir in Archangelsk ein, von wo man uns zu der Siedlung Beresowsk brachte.

Nach einem Monat langten wir im Rayon Kamyschlowsk, Oblast Swerdlowsk, an, und man brachte uns zur Siedlung Nummer 35.

Nach einem Monat Fahrt hielten wir auf freiem Feld. Zu Fuß führte man uns bis zum Fluss, und ein kleines Schiff brachte uns bis nach Syktywkar in der Republik Komi.

Wir stiegen siebzig Kilometer vor Syktywkar aus und wurden mit Traktoren in die Siedlung gebracht.

Wir langten in der Ortschaft Salamadsa, Gebiet Kartajelowsk, in der Republik Komi an.

Nach langen Wochen Fahrt trafen wir in Komi, ASSR, ein.

Sechs Wochen brachten wir im Waggon zu. Die Station hieß Asino. Dann fuhren wir zwei Tage und zwei Nächte auf einem Fluss, zu dessen beiden Seiten dichter Wald wuchs. Der Ort unserer Verbannung hieß Nikanejew.

Sechs Wochen fuhren wir nach Asino, von wo wir mit dem Schiff nach Teguldet fuhren. Dort lud man unsere Sachen auf Fuhrwerke, und wir gingen durch den Wald hinterher. Die Wagen mussten über Balken fahren, so sumpfig war der Boden.

Sechs Wochen fuhren wir hungrig, verlaust, ohne die Wäsche zu wechseln und trafen im Gouvernement Swerdlowsk, Rayon Agarim, Siedlung Nummer 67 ein.

Sechs Wochen fuhren wir dreckig, verlaust und hungrig, bis wir in der Oblast Nowosibirsk in einer Siedlung im Wald anlangten, wo es kein einziges Haus gab.

Sechs Wochen lang verließen wir den Waggon nicht, und man verbannte uns in eine der ödesten und wildesten Gegenden Sibiriens.

Nach zwei Monaten kamen wir in Nowosibirsk an, wo man Brot, Zucker und Obst bekommen konnte, aber wir wurden weitergeschickt, nach Tomsk. Dort lud man uns auf eine Barke, und nach drei Tagen trafen wir in einer Siedlung tief in der Taiga ein.

Wir fuhren endlos. Wir verließen den Zug in Tomsk, wo man uns auf Barken lud.

Wir fuhren über Ufa, Omsk, Nowosibirsk und Tomsk.

Man ließ uns auf der Station Teschma im Gebiet Swerdlowsk raus.

Man setzte uns auf der Station Tscheremuschniki im Gebiet Nowosibirsk raus.

Der Zug hielt in der Region Krasnojarsk.

Der Zug hielt auf der Station Oschtschepkowo. Es war eine völlig wilde Gegend.

Nach vielen Wochen hielt der Zug in dichtem Wald.

Nachdem wir aus dem Zug gestiegen waren, gingen wir lange,

bis wir in der Siedlung Nummer 25 anlangten. Dort standen Baracken mitten im Wald.

Auf Lastwagen schaffte man uns in eine Siedlung tief im Wald.

Wir langten an einem Platz an, der sich Pascha Nishnjaja Kirsha, Abschnitt Rojaminka, nannte. Dieser Platz befand sich in dichtem Wald und war mit Stacheldraht umzäunt, und an jeder Ecke stand ein Wachhäuschen.

Der Zug hielt auf der Station Wartoga, in der Nähe riesiger Wälder. Die Bolschewiken sagten zu uns: »Ihr seid Bourgeois und werdet hier arbeiten bis zu eurem Tod.«

*

Unsere Siedlung befand sich in der Oblast Wologda.

Unsere Siedlung befand sich in der Oblast Nowosibirsk, Rayon Sero.

Unsere Siedlung befand sich im Gebiet Krasnodar.

Unser Lager befand sich in Krasnouralsk, im Gebiet Swerdlowsk.

Unsere Siedlung befand sich tief im Wald.

Unsere Siedlung Schalaschinsk bestand aus kleinen Hütten im Wald.

Unsere Siedlung bestand aus mehreren dreckigen Baracken.

Wir wohnten in Baracken, tief im Wald.

Die Baracken standen in einem schönen, großen Wald.

Unsere Baracke stand mitten im Wald, sieben Kilometer von der Siedlung entfernt. Um Brot zu holen, musste man durch einen Fluss in die Siedlung.

Unsere Siedlung lag zweihundert Kilometer vom Weißen Meer entfernt.

Unsere Siedlung lag zweitausend Kilometer von Wladiwostok entfernt und nannte sich »Internazionalny«. Der Winter dauert dort zehn Monate, und man kann nur während der beiden Sommermonate dorthin gelangen. Der Natschalnik sagte, aus diesem Lager kann keiner entlassen werden, denn es gibt keinen Weg zurück.

Wir wurden in Baracken mit dreißig Personen untergebracht.

Wir wurden in Baracken mit jeweils fünfzig Personen einquartiert.

Wir wurden zu jeweils achtzig Personen in einer Baracke einquartiert.

Wir wohnten mit jeweils hundert Personen in der Baracke.

Wir wohnten in Baracken mit je zweihundert Personen.

In fünf Baracken wohnten zweitausend Menschen.

Am Anfang schliefen wir auf der Erde. Jeder musste sich selbst eine Pritsche bauen.

Wir schliefen unter freiem Himmel, bevor wir uns eine Baracke und Pritschen bauten.

Wir schliefen auf dem Fußboden und schreckten nachts panisch hoch, weil Mäuse, so groß wie Katzen, über uns hinwegsprangen. Wir jagten sie weg, aber sie hatten überhaupt keine Angst vor uns. Als wir uns beim Kommandanten beschwerten, sagte er, in Russland gewöhnt man sich an alles.

Wir schliefen in modrigen Zelten. Es goss wie aus Kannen, und unsere ganzen Sachen fingen an zu modern. Entweder ihr gewöhnt euch, oder ihr krepiert, sagten die Vorsteher zu uns.

In den Baracken gab es keine Fensterscheiben.

In die Fußböden der Baracken waren Löcher gehackt, die den vorigen Häftlingen als Abort gedient hatten.

In den Baracken begrüßten uns Moskitos, Ameisen und andere Insekten, die ich nicht kannte.

Die Baracken waren voller Wanzen, die einen nicht schlafen ließen.

In den Baracken war es eng und dreckig. Die Wanzen, Läuse und Mäuse machten uns das Leben schwer.

In den Baracken war es entsetzlich dreckig. Die Wanzen und andere Insekten peinigten uns Tag und Nacht.

Wir wohnten in einer Baracke voller Wanzen, und die Mücken zerstachen uns fürchterlich.

In den verrotteten Baracken lagen wir fast übereinander, die Wanzen bissen sogar, wenn man draußen schlief, und ihre Bisse hinterließen Löcher in der Haut.

Uns quälten die Mücken, Wanzen und Flöhe. Wir jagten ihnen nachts mit brennenden Fackeln nach.

In den Baracken war es dreckig und eng, und uns bissen die Mücken, die Wanzen und die Läuse. In der Nacht jagten wir die Mäuse, die gar keine Angst vor uns hatten.

Die Wanzen waren riesig und rissen nicht mal aus. Die Leute erklärten, sie gehen nicht zur Arbeit, wenn sie nachts nicht schlafen können. Man schaffte Eisenbetten heran, aber auch so mussten wir die ganze Nacht kleine Lampen brennen lassen, und wenn es kein Öl und keine Dochte gab, zündeten wir Kienspäne an.

Die Baracken wimmelten vor Wanzen, und an Schlafen war nicht zu denken. Wir beschlossen zu streiken, bis sie uns in andere Räume verlegen. Das NKWD verhaftete die Streikführer und verteilte uns auf verschiedene Siedlungen.

Wir wohnten in Lehmhütten unter halbwilden Menschen, die die Tiere, die sie im Wald fingen, roh aßen und sich von Baumrinde ernährten. Wir rannten zu den wilden Komi, erbettelten bei ihnen Fleisch und aßen es roh wie sie. Sie rieten uns, Baumrinde zu essen. Wir trockneten sie, zerrieben sie mit einem Stein, und Mama machte Klößchen daraus. Es hieß, im Wald gibt es Menschenfresser, und als wir in die Beeren gingen, sahen wir Menschenknochen.

*

In den Baracken wohnten dreihundertsechzig Personen, in der Mehrzahl Juden.

Wir waren dreihundert Personen, davon nur sechs polnische Familien.

In unserer Gruppe befanden sich dreihundertsechzig Juden.

Unsere Gruppe bestand aus sechshundert Personen, fast nur Juden, sehr wenige Polen.

In unserem Transport befanden sich tausend Personen, ausschließlich Juden.

In unserer Siedlung wohnten fünfhundert Juden und ein Pole.

In unserer Siedlung wohnten tausend Juden und Polen.

In unserer Siedlung wohnten mehrere Tausend Polen und Juden.

Wir waren sechstausend, Juden und Polen. Die Mehrzahl waren Juden.

In unserem Transport waren viele Polen. Sie hatten Angst, sie werden weit weg verbannt und in gefährlichere Gegenden, deshalb gaben sie sich als Juden aus.

In unserer Gruppe befanden sich Polen und Juden, die ständig miteinander stritten.

In unserer Siedlung kamen auf sechshundert Juden dreißig Polen, und die Beziehungen zwischen ihnen waren sehr gut. Unter ihnen war ein hoher polnischer Beamter, ein gläubiger Katholik und Antisemit, der sich mit meinem Vater anfreundete. Sie führten lange Gespräche und kamen zu der Überzeugung, in dieser schrecklichen Lage findet man nur im religiösen Leben Trost.

In der Siedlung gab es viele Polen, die sich freundlich zu uns verhielten, sie halfen uns, uns einzurichten und gaben uns nützliche Ratschläge. Der Kommandant, ein Russe, der die Polen hasste, beleidigte sie und wiederholte täglich, es wird nie mehr ein Polen geben, und sie bleiben für immer in Russland.

In der Siedlung wohnten Polen, die früher verbannt worden waren. Sie erklärten, sie lassen keine Juden rein, und man schickte uns zurück nach Schewtery. Es goss wie aus Kannen, durchnässt fuhren wir die ganze Nacht. Am nächsten Morgen wurden Mütter mit Kindern auf Fuhrwerken in die Siedlung Schurawi gebracht. Der Weg führte durch einen Fluss. Beim Übersetzen kippten mehrere Fuhren um, und viele Kinder fielen ins Wasser. Lejb Cywiak aus Różan eilte zu Hilfe, aber alle konnte er nicht retten.

Wir wohnten mit Polen und Weißrussen in den Baracken, und wir hatten viel zu erdulden, besonders von den Weißrussen. Man beleidigte und demütigte uns, ja manchmal schlug man uns. Die Juden baten viele Male um gesonderte Baracken, aber alles Bitten half nichts.

In der Siedlung Nummer 54 quartierte man uns mit Ukrainern ein, die uns alles wegnahmen, was wir hatten, die uns anschwärzten und häufig schlugen. Wir waren hundertzwanzig Familien unter mehreren Hundert Ukrainern, und unsere Lage war unerträglich.

In unserer Siedlung befanden sich verbannte Russen, die uns schrecklich verfolgten und sagten, wir werden nie mehr die Freiheit erlangen.

Den Russen ging es nicht besser als uns. Sie arbeiteten im Wald, hungerten, trugen Fetzen auf dem Leib und sagten, aus der Verbannung kehrt keiner zurück.

Die russischen Verbannten, die wegen der Konterrevolution verurteilt waren, versicherten uns, dass wir Sibirien nie mehr verlassen.

Die russischen Verbannten setzten uns zu und sagten, wir kehren nie nach Hause zurück, und wir gehen alle hier ein.

In den umliegenden Kolchosen wohnten verbannte Kulaken. Sie hatten eigenes Vieh und eigenes Geflügel. Für verfaulte Kartoffeln verlangten sie fünf Rubel, für ein Glas Milch vierzig, aber sie nahmen gern Kleidung. Sie warteten auf das Ende des Krieges, um zu fliehen, und uns versicherten sie, wir kommen aus Sibirien nicht heraus, hier wird unser Grab sein.

In unserer Siedlung wohnten Baruch Wajnman aus Rozwadów mit seiner Frau, Szlomo Gusbojm aus Krasna, Mansztajn, Haber und Fajt.

In unserer Baracke wohnten die Rozenfelds aus Brześć, die Filars aus Różan, die Krankenbergs aus Wyszków und die Witwe Morgensztern aus Długosiodło mit zwei Kindern.

Der Natschalnik warnte uns, wer nicht arbeitet, der hat kein Recht zu leben.

Wir arbeiteten, arbeiteten, arbeiteten

Wir arbeiteten im Wald beim Holzsägen und -flößen. Schon während der ersten Tage wurden mehrere Personen von stürzenden Stämmen erschlagen.

Wir arbeiteten täglich zwölf Stunden im Wald. In dieser Zeit hatte man drei Kubikmeter Holz zu sägen. Wer die Norm nicht erfüllte, der hungerte. Meinem Vater quetschte ein Baum den Arm ein, durch ein Wunder kam er bei dem Unfall mit dem Leben davon. Während seines Krankseins, das sechs Wochen dauerte, bekam er nur die halbe Ration Brot.

Wir arbeiteten im Wald, bauten Baracken, bekamen keinen Lohn für unsere Arbeit. Mein Vater hielt sich kaum auf den Beinen. Die älteren Leute starben wie die Fliegen.

Ein achtzigjähriger Jude aus Włodawa starb am ersten Tag beim Holzfällen. Die kleinen Kinder arbeiteten auch.

Wir arbeiteten alle im Wald, sogar Mama. Die Männer fällten Bäume, die Frauen beluden Waggons. Man arbeitete von früh bis in die Nacht. Für die Arbeit bekam man ein bisschen Brot und ein paar Kopeken. Die Kinder durften die Siedlung verlassen, also verkauften wir alte Sachen an die russischen Verbannten und die einheimische Bevölkerung, und davon lebten wir.

Wir arbeiteten beim Holzschlagen. Für einmal Zu-spät-zur-Arbeit-Kommen bekam man drei Monate lang fünfundzwanzig Prozent vom Verdienst abgezogen. Für dreimaliges Verspäten bekam man drei Monate Gefängnis. Keiner von unserer Familie konnte die Norm erfüllen, und wir ernährten uns von den Lebensmitteln, die wir aus Lwów geschickt bekamen.

Wir arbeiteten beim Bäumefällen und beim Beladen der Waggons. Die kleinen Kinder rissen die Rinde ab, denn wer nicht arbeitete, bekam kein Brot. Viele kamen durch stürzende Bäume ums Leben, andere starben an Krankheiten. Wir verkauften alle unsere Sachen gegen Essen, und wir waren ständig hungrig.

Mein Vater arbeitete als Holzfäller und wir halfen ihm, indem wir den Baum in kleinere Stücke zersägten. Wir bekamen einen Rubel und zwanzig Kopeken für sechs Kubikmeter. Im Sommer fanden wir Blaubeeren, Himbeeren und Pilze im Wald, aber der Sommer in Sibirien ist kurz.

Der Wald war ganz und gar wild, und man musste zuerst Büsche und Unterholz entfernen, um an die Bäume heranzukommen. Davon hatten wir zerkratzte Arme und Beine, und wenn wir die Wurzeln ausrissen, kamen seltsame Käfer und Insekten zum Vorschein, die uns bissen und stachen. Die Leute riefen, sie wollen nach Hause. Die NKWDisten antworteten, wenn wir den ganzen Wald gerodet haben, schicken sie uns nach Hause.

Mein Vater, meine Mutter und meine ältere Schwester arbeiteten im Wald. Der Wald war sumpfig, und die Mücken stachen so, dass sie mit geschwollenen Gesichtern von der Arbeit kamen.

Man arbeitete mit Netzen vor dem Gesicht, die jeder für sich selbst anfertigen musste, aber auch so kam man mit geschwollenem Gesicht zurück.

Mein Vater und meine Mutter arbeiteten beim Sägen. Meinem Vater schwollen die Beine an, und er erfror sich die Hände, aber der Natschalnik wollte ihn nicht von dieser Arbeit freistellen. Als Mama die Kräfte verließen, durfte sie Holz hacken.

In unserer Familie arbeiteten mein Vater, meine Mutter und mein ältester Bruder. Mein Vater konnte die Norm nie erfüllen.

Meine Mutter ging in den Wald, und für das Abschneiden von Zweigen bekam sie siebzig Kopeken. Wir konnten nicht davon leben.

Mein Vater arbeitete im Wald und verdiente achtzig Kopeken täglich. Ich und mein sechsjähriges Brüderchen arbeiteten auch, und wir waren ständig hungrig.

Arbeiten mussten alle zwischen sechzehn und fünfundfünfzig Jahren, aber ich meldete mich, weil der Verdienst meines Vaters und der übrigen Familie nicht ausreichte. Wir verkauften Sachen, um uns am Leben zu erhalten.

Meine Norm betrug acht Kubik täglich, aber ich konnte nicht mehr als einen Kubik zersägen. Kinder bis zu sechzehn Jahren bekamen vierhundert Gramm Brot, die Erwachsenen, die die Norm erfüllten, achthundert Gramm. Wir arbeiteten von acht

Uhr morgens bis acht Uhr abends. Manchmal weckte uns der Brigadier in der Nacht zum Waggonbeladen.

Die Kinder zersägten keine Bäume, sondern sie rissen Wurzeln aus. Die Norm betrug sechzig Wurzeln pro Tag, und von der Siedlung zum Arbeitsplatz musste man zehn Kilometer gehen. Ich war zwölf Jahre alt, und ich konnte die Norm nicht erfüllen. Wer die Norm erfüllte, bekam achthundert Gramm Brot, wer nicht, nur sechshundert. Außerdem bekam man ein paar Kopeken ausgezahlt, für die man sich eine Suppe kaufen durfte. Meine Eltern und meine Brüder arbeiteten, aber was sie verdienten, reichte nicht für die Suppe für uns alle. Wenn der Frost die sechzig Grad erreichte, stellte man Mutter und mich von der Arbeit frei, aber dann mussten wir alle von dem von Vater und meinen Brüdern verdienten Brot essen, und von einer Suppe wagten wir nicht zu träumen.

Ich war zwölf Jahre alt, und meine Arbeit bestand darin, dass ich die Rinde von den Baumstämmen schälte, aus der die alten Russen Schuhe für den Winter machten. Die zog man über die Fußlappen, damit die Füße nicht aufgerieben wurden, und solche Schuhe schützten gegen den Frost.

Die größeren Kinder rissen die Rinde von den Baumstämmen, und die kleineren sammelten Beeren und Pilze. Das Büro zahlte einen Rubel für das Kilo Beeren und für das Kilo Pilze zwei Rubel.

Unsere Aufgabe war es, die Zweige im Wald zu verbrennen. Man verlangte, dass wir täglich einen Hektar leer brannten, aber wir konnten nicht mehr als einen Hektar in der Woche abbrennen, weil man uns nur eine Schachtel Streichhölzer täglich gab und die nassen Zweige nicht Feuer fangen wollten.

Mit neun Jahren ging ich zur Arbeit und bekam ein paar Kopeken für den Holztransport. Meine warmen Hosen waren bald zerrissen, und ich hatte nichts anzuziehen. Ich erfror mir Hände und Füße.

Alle mussten arbeiten, selbst mein jüngster Bruder. Die Arbeit war schwer, und ich schaffte nie die Norm. Wir bekamen vierhundert Gramm Brot pro Tag, die Suppe musste man sich für das verdiente Geld kaufen, das nicht reichte, und viele starben am Hunger. Wir fühlten, wie uns die Kräfte verließen, und wir dachten nicht, dass wir noch jemals in die Freiheit gelangen.

*

Mein Vater arbeitete als Lastenträger in den Warenlagern für fünfzig Kopeken pro Tag. Da er sah, dass wir davon nicht leben können, bot er dem Natschalnik Kartschenko an, ihm für die Erlaubnis, eine Schusterwerkstatt aufmachen zu dürfen, ein Paar Stiefel zu machen. Von da an verdiente Vater gut, und außer dem Geld bekam er Brotmarken, und alle beneideten uns.

Mein Vater sagte, dass er Schuster ist, und bekam Arbeit in seinem Beruf, und Mama und wir vier arbeiteten beim Moossammeln. Der Natschalnik war zufrieden mit Vaters Arbeit und brachte ihm Brot. Wir teilten es mit unseren Nachbarn in der Baracke und erfreuten uns allgemeiner Beliebtheit. Besonders gut verhielten sich die Kinder zu uns, weil sie wussten, von uns kann man sich ein Stückchen Brot erhoffen.

Vater hatte etwas Kurzwaren, Bänder, Knöpfe mitgenommen, und dafür bekamen wir Kartoffeln und Brot.

Meine beiden älteren Brüder arbeiteten im Sägewerk, wo sie je dreißig Kopeken verdienten, und Chaja, die Korsettmacherin war, hatte ein Köfferchen mit Arbeitsmaterial mitgenommen und führte Bestellungen für die Frauen der einheimischen Beamten, Ingenieure und anderer wichtiger Personen aus.

Mein Bruder hatte ein bisschen Leder mitgenommen und begann als Schuster zu arbeiten, aber bald war das Leder aufgebraucht, und er musste in den Wald arbeiten gehen, wo er einen Rubel pro Tag verdiente. Das reichte nicht fürs Essen, besonders, als meine Schwägerin ein Kind bekam.

Wir hatten vierzig Kilo Schrotmehl mitgenommen, und meine Schwester schickte uns aus Iwa Geld und Päckchen, so war unsere Lage am Anfang nicht die schlechteste, aber die meisten Menschen hungerten.

Ich und meine Brüder, der fünfzehnjährige Mojsze und der zehnjährige Josełe, rodeten ein Stück Wald und legten Kartoffeln.

Die Arbeit war schwer, und unsere Hände bluteten. Wir hatten Kartoffeln, aber sie reichten nur zwei Wochen für uns.

Wir rodeten ein Stück Wald und legten Kartoffeln, säten Rüben und Gurken, steckten Zwiebeln. Wir legten Frühbeete an. Wir arbeiteten bis spät in die Nacht, aber bevor etwas aufgegangen war, schickte man uns hundertfünfzig Kilometer weiter.

Mein Vater und meine Mutter arbeiteten beim Bau von Bahndämmen, und ich und meine Schwester sammelten im Wald Pilze, aber wir hatten nichts zu essen.

Meine Schwester arbeitete in den Steinbrüchen und verdiente hundertzehn Rubel pro Monat, aber wir waren ständig hungrig.

Mein Vater arbeitete in der Eisenerzgrube. Sein Verdienst betrug sechzig Rubel pro Monat.

Meinem Vater befahl man, in der Kohlengrube zu arbeiten, aber er wurde täglich bei der Arbeit ohnmächtig, und man brachte ihn ins Spital. Die russischen Sanitäterinnen waren sehr gut, und wenn wir Vater besuchen gingen, nahmen sie uns mit in die Küche und gaben uns zu essen.

Meinen Vater führte man in die Ziegelei und befahl ihm, Lehm zu tragen. Diese Arbeit erwies sich als zu schwer für ihn, und man gab ihm eine Arbeit als Fuhrmann, aber Vater konnte nicht kutschieren. Man gab ihm einen Stock und befahl ihm, das Pferd zu schlagen, aber Vater wollte das Tier nicht schlagen, so schickte man ihn in die Baracke zurück und nahm ihm die Ration Brot weg.

Mama arbeitete in der Ziegelei und bekam achthundert Gramm Brot und wir Kinder vierhundert Gramm. Wir führten den Haushalt für sie und bemühten uns, dass sie nach der Arbeit ein bisschen warme Suppe hatte. Wir sangen immer das Lied: »Go-lodno, cho-lodno, dom daleko.«

Vater wurde als Tischler in einer großen Fabrik angestellt. Die Arbeit war sehr schwer, und man gab ihnen wenig zu essen. Zum Glück schickte uns Großvater aus Tarnopol Essen.

Vater arbeitete in einer Fabrik für Eisenbahnschwellen und verdiente wenig. Wenn die Päckchen nicht gewesen wären, die wir aus Przemyśl bekamen, wären wir verhungert.

Vater arbeitete als Grusowik. Meine Stiefmutter konnte nicht arbeiten, weil sie ein kleines Kind hatte, und ich und mein Brüderchen waren noch zu klein. Wenn Großmutter und die Tante uns nicht die Päckchen aus Słonim geschickt hätten, wir wären verhungert.

Mein Vater arbeitete im Wald und hatte sich die Hände und Füße erfroren. Er verdiente zehn Kopeken pro Tag, und wir konnten uns eine Suppe in der Kantine nicht leisten. Wir verkauften alte Sachen und bekamen manchmal ein Päckchen von Großvater, der den sowjetischen Pass angenommen hatte und in die Stadt Stalino verschickt worden war.

Mein Vater, meine Mutter, meine Schwester und mein Bruder arbeiteten zweihundert Meter unter der Erde. Meine Mutter und meine Schwester luden Kohle auf Karren und schoben sie zum Aufzug. Der Arbeitstag dauerte zwölf Stunden. Mein Vater und mein Bruder bekamen jeder fünf Rubel und meine Mutter und meine Schwester jede vier. Den Erwachsenen gab man achthundert Gramm Brot und den Kindern vierhundert. Für fünf Minuten Zuspätkommen wurden fünfundzwanzig Prozent vom Verdienst abgezogen. Wenn im Herbst während der Regenzeit die Grube unter Wasser stand und niemand arbeitete, gab man den Arbeitern nur fünfhundert Gramm Brot. Wir bekamen Lebensmittelpäckchen von Verwandten, und das rettete uns.

Obwohl wir alle arbeiteten, waren wir nahe am Verhungern. Uns rettete unsere Schwester, die uns Lebensmittelpäckchen aus der Gegend von Pińsk schickte.

Wir lebten von den Päckchen, die uns unsere Verwandten schickten.

Wir lebten von den Päckchen meiner Schwester aus Warschau.

Nur durch die Päckchen, die uns Großvater schickte, überstanden wir die langen Monate der Zwangsarbeit.

Unsere Familie bestand aus acht Personen, und alle arbeiteten. Von den Erwachsenen verdiente jeder achtzig Kopeken pro Tag, aber für dieses Geld konnte man eine Schachtel Streichhölzer kaufen.

Die Arbeitenden bekamen vierhundert Gramm Brot pro Tag, die Nichtarbeitenden zweihundertfünfzig. In der Kantine verkaufte man eine Suppe zu fünfzig Kopeken, aber keiner von uns konnte sich das leisten, und wir lebten von trockenem Brot.

Für die Suppe in der Kantine bezahlte man zweieinhalb Rubel. So einen Luxus konnten wir uns nicht leisten. Wir ernährten uns von trockenem Brot und heißem Wasser.

Man gab vierhundert Gramm Brot aus und an die Kinder zweihundert. Das Brot war wie Lehm, und man konnte es nicht essen, solange es nicht getrocknet war.

Wir erhielten fünfhundert Gramm Brot pro Tag, aber es kam vor, dass das Brot nicht eintraf.

Wir bekamen vierhundert Gramm Brot. Die Suppe in der Kantine kostete sechzig Kopeken und keiner von uns konnte sie sich leisten.

Die Arbeitenden bekamen ein Kilo Brot pro Tag und die Nichtarbeitenden vierhundert Gramm. Die Wassersuppe in der Kantine kostete zwei Rubel. Während unseres ganzen Aufenthalts in der Siedlung konnten wir uns kein einziges Mal eine leisten. Ich wollte so sehr etwas Gekochtes essen, dass ich die Leute, die eine Suppe kauften, bat, mir ein wenig in der Schüssel zu lassen. Nach ein paar Monaten verlegte man uns in eine andere Siedlung, wo es keine Kantine gab und man zwei Kilometer nach der Suppe gehen musste. Ich ging für andere Suppe holen, und für jede Portion, die ich holte, bekam ich zwei Löffel Suppe. Ich holte fünf, sechs Portionen am Tag, aber einmal starben mir unterwegs die Hände ab. Mehrere Wochen lang konnte ich die Finger nicht bewegen, und ich durfte keine Suppe mehr holen.

Ein Teil der Verbannten arbeitete im Wald und ein Teil bei den Bahndämmen. Es waren bis zu fünfzig Grad Frost, und niemand hatte ausreichend warme Kleidung.

Man arbeitete bei fünfzig Grad Frost, und es gab keine Medikamente gegen die Erfrierungen, und den Leuten fielen Finger, Ohren und Nasen ab.

Man zog im Dunklen zur Arbeit und kam im Dunklen zurück, denn der Tag war kurz, und man ging viele Kilometer. Das Schlimmste war dieses Gehen. Die Menschen hatten Erfrierungen an Händen, Füßen, Nasen und Ohren. Eine junge russische Ärztin machte Amputationen.

Beim Kanalschaufeln bekam man sechshundert Gramm Brot pro Tag und zwölf Rubel pro Monat, für Unpünktlichkeit wurden einem fünfundzwanzig Prozent des Verdienstes weggenommen. Mein Vater erkrankte an Rheumatismus. Viele Leute starben.

Mein Vater arbeitete als Grusowik, und ich und meine Schwester beim Zweigeschneiden. Aber wir konnten uns dafür keine Suppe kaufen. Viele Leute wurden krank, viele starben.

Am Anfang arbeiteten mein Vater, meine Mutter, meine Schwester und mein Bruder im Wald, und ich und mein kleiner Bruder führten den Haushalt. Dann bekam mein Vater als Stiefelmacher Arbeit in seinem Beruf und meine Schwester in der Näherei für das Militär, und nur meine Mutter und mein älterer Bruder gingen in den Wald, aber alle zusammen verdienten so wenig, dass wir ständig hungrig waren. Viele Leute waren krank und starben. Typhus und Ruhr waren häufige Gäste in der Siedlung. Die verbreitetste Krankheit war die Zynga. Fleischstücke fielen von den Menschen ab.

Die meisten erkrankten an Zynga, Ruhr und Lungenentzündung. Von unseren Bekannten starben Tauba Kronenberg aus Wyszków und Menachem-Jechiel Morgensztern aus Długosiodło. Wir begruben sie in der Nähe der Baracken.

Ein paar Kinder verloren die Sprache, aber die nahm man nicht ins Spital, weil man nur die Schwerkranken aufnahm.

Im Sommer war es leichter, weil die Kinder Pilze und Beeren sammelten, aber im Winter konnte man die Baracke nicht verlassen, und viele Leute starben.

*

Viele Leute starben am Hunger, besonders die Alleinstehenden, die keine Kinder hatten, die für sie Pilze und Beeren sammelten. Einmal riefen die Leute einen Hungerstreik aus, aber der Kommandant beachtete sie gar nicht. Vergeblich versuchten wir, sie zu überreden, sich an unseren Beeren zu stärken. Als die Hälfte der Hungernden starb, versprach der Natschalnik, die Brotrationen zu erhöhen.

Der Wald, wo mein Vater arbeitete, lag viele Kilometer weit entfernt, und in der Nacht konnten wir wegen der Mücken nicht schlafen. Weil es keine strenge Kontrolle gab, flohen wir in das Dorf Semjonowka. Dort arbeitete mein Vater auf dem Feld und verdiente dreihundert Rubel pro Monat, aber Brot gab es wenig, und wir hungerten weiter. In der Kooperative konnte man einmal in der Woche Erbsen bekommen.

Die Männer wurden mit dem Fuhrwerk fünfunddreißig Kilometer weit zum Holzfällen geschickt. Die Mücken stachen so fürchterlich, dass die Menschen anschwollen. Die Frauen meuterten und verlangten, dass wir woandershin verlegt werden. Man schickte uns nach Tschet, wo wir uns selbst Hütten aus Zweigen bauen mussten, weil es kein Holz für Bretter gab. Natürlich waren wir nicht gegen den Regen gesichert. Was uns dort sofort ins Auge sprang, das war ein riesiger Friedhof, auf dem Tausende von Trotzkisten begraben lagen.

Die Arbeit im Wald war sehr schwer, und man arbeitete zwölf bis vierzehn Stunden, selbst bei starkem Frost. Schließlich verloren die Leute die Geduld und riefen einen Streik aus. Es kam eine große Gruppe von NKWDisten, zwanzig Leute führte man in Ketten ab, mehrere Familien brachte man in eine andere Siedlung. Man machte eine Kantine auf, und das war das Einzige, was wir erreicht hatten.

Einmal fiel meinem Vater ein Stamm auf den Fuß. Vater lag mehrere Wochen ohne ärztliche Hilfe in der Baracke. Der Fuß schwoll immer mehr, und wir baten, dass er ins Spital gebracht wird, aber unsere Bitten blieben ohne Gehör. Meine älteste Schwester Złata erklärte, wenn sie unseren Vater nicht im Spital aufnehmen, dann gehen wir nicht zur Arbeit, und wenn sie auf uns schießen. Zwei Tage lang gingen wir nicht zur Arbeit und bekamen kein Essen. Der Kommandant drohte uns mit strenger Bestrafung, aber wir ließen uns nicht einschüchtern, und am dritten Tag holten sie Vater ins Spital. Er lag dort sechs Monate, und wir versuchten vergeblich, den Kommandanten zu erweichen, dass wir ihn besuchen dürfen. Er sagte, das ist für den Streik.

Nach unserem Familienstreik begannen andere, uns nachzuahmen. Wer immer irgendeine Beschwerde hatte, streikte, und der Kommandant hatte den Verdacht, meine Schwester Złata ist die Organisatorin dieser Streiks. Eines Nachts weckte man sie und sperrte sie in eine winzige Kammer voller Ungeziefer und Mäuse. Dorthin kam sie jede Nacht, und am Tag trieb man sie zur Arbeit in den Wald und rechnete ihr nur ein Viertel von dem an, was sie geschafft hatte. Nach zwei Monaten bekam meine Schwester Typhus, und erst da erlaubte man ihr, in die Baracke zurückzukehren. Wir steckten uns alle von ihr an, aber man wollte uns nicht im Spital aufnehmen. Wir wurden gesund, aber Mama spuckte jetzt Blut.

Im Lager herrschte Malaria. In den Zelten machten uns die Mücken und Wanzen das Leben zur Hölle, die Leute gerieten außer sich. Die Erwachsenen bekamen ein Kilo Brot pro Tag, die Kinder vierhundert Gramm, aber mit diesem Brot konnte man Löcher zukleistern, so glitschig war es. An einem Tag starben dreißig Kinder, und wir dachten, von uns bleibt niemand am Leben. Die Frauen und Kinder veranstalteten eine Demonstration. Die NKWDisten jagten die Demonstranten auseinander, und die Großen rissen aus, aber die Kinder hatten keine Angst. Man verhaftete mich, Icchak Haber, Chaim Zylber, Naftali Rozenberg und Zonensztern. Das NKWD fragte uns, was wir wollen. Wir sagten, wir wollen nach Hause zurück, denn hier sterben die Kinder. Man sperrte uns in den Karzer, wo es kalt und dunkel war, und man gab uns nichts zu essen. Dann schickte man uns mit tausend anderen nach Schalaschinsk, Oblast Swerdlowsk, wo ein verbannter Deutscher, ein schrecklicher Antisemit, Natschalnik des Lagers war. Dort zerhackte man Stämme zu Brennholz für die Lokomotiven. Auch die Kinder arbeiteten. Man verdiente vierzig Kopeken pro Tag, wofür man sich ein halbes Kilo Brot kaufen konnte, und im Nachbardorf verdiente man beim Waggonbeladen fünf Rubel. Wir gingen dorthin, aber sie ließen uns nicht arbeiten. Der Natschalnik rief alle zusammen, und in einer Rede rief er: »Es gibt genug Erde, um euch hier zu begraben, ihr jüdischen Gauner.« Da fragte jemand: »Sind Kaganowitsch und die anderen Juden auf staatlichen Posten auch Gauner?« Der Natschalnik wurde sofort abgesetzt.

In Soswa waren unter den NKWDisten Juden, manche sprachen sogar Jiddisch. Wir verkauften ihnen Uhren und kauften dafür Lebensmittel. In der Fabrik, einem Sägewerk, arbeiteten fünftausend Leute. An der Spitze des Werks stand ein getaufter Jude, der Goldberg hieß. Sie bezahlten gut, besonders für das Anfertigen von Munitionskisten. Man verdiente zweihundert Rubel pro Monat, und das Kilo Brot kostete einen Rubel. In der Kantine kauften wir uns eine nahrhafte Suppe. Außerdem bekam jeder einen halben Morgen Land. Wir legten Kartoffeln, steckten Zwiebeln und Sonnenblumenkerne, und im Wald sammelten wir Preiselbeeren und Blaubeeren. Wir bauten ein paar große, hübsche Baracken und strichen sie weiß und blau an, zum Zeichen, dass wir Palästina nicht vergessen haben.

Die Verbannten bauten aus dem geschlagenen Holz selbst eine Baracke für die Schule. Es kamen zwei russische Lehrerinnen, die Deutsch und Polnisch konnten, sie hatten viel Geduld und halfen den Kindern beim Lernen. Wir hatten sie sehr gern. Die frommen Juden wollten einen Cheder aufmachen, aber das NKWD ließ es nicht dazu kommen.

Die jüdischen Gauner

Mein Vater gab sich als Koch aus. Das war ein sehr guter Beruf, weil jeder, der etwas mit der Küche zu tun hatte, Essen mit nach Hause brachte, aber dort musste man sonnabends arbeiten; wie also der Sonnabend heran war, verzichtete mein Vater, und wir mussten hungern.

Meine Eltern wollten nicht am Sonnabend arbeiten. Mein Vater sagte, Gott lässt nicht zu, dass wir für die Einhaltung des Sabbat Hungers sterben. Und wirklich begannen wir Päckchen und Geld von unseren Verwandten aus Westgalizien zu bekommen, und später, als keine Päckchen mehr kamen, verkauften wir etwas von den Sachen. Am Sonnabend unterrichtete uns Vater im Talmud, denn seine größte Sorge war, dass wir zu frommen Juden heranwachsen.

Mein Vater wollte auf keinen Fall am Sonnabend arbeiten, und er mietete für seine letzten Groschen einen Vertreter, um den heiligen Tag nicht anzutasten.

Mein Vater ging am Sonnabend nicht zur Arbeit. Man drohte ihm mit Gefängnis, und als das nichts half, ließ man ihn in Frieden.

Mein Großvater organisierte freitagabends Gottesdienste. Der Kommandant schikanierte ihn wegen seiner religiösen Tätigkeit, aber Großvater ließ sich davon nicht stören.

Meinen Vater und den Schächter nannten sie die Popen. Man rief sie zum Verhör und klagte sie an, sie rufen zur sonnabendlichen Ruhepause auf. Jeder Sonnabend stand im Zeichen des Verhörs, aber am Ende arbeiteten diejenigen, die nicht wollten, sonnabends nicht.

Mein Vater wollte am Sonnabend nicht arbeiten. Der Natschalnik schrieb ein Protokoll und befahl ihm, es zu unterschreiben. Mein Vater wollte nicht unterschreiben, und man sperrte ihn in den Karzer, wo es dunkel war, feucht, und man gab ihm nichts zu essen. Als man ihn herausließ, arbeitete er weiterhin nicht am Sonnabend, und der Natschalnik tat, als ob er es nicht sieht.

Mein Bruder Abraham-Jakub wollte nicht am Sonnabend arbeiten. Man schickte ihn für drei Monate in ein Straflager, wo man nur die halbe Portion Brot bekam, aber auch dort wollte er nicht am Sonnabend arbeiten. Schließlich sahen die Bolschewiken, dass sie nicht mit ihm fertig werden, und ließen ihn in Ruhe.

Mein Vater wollte am Sonnabend nicht arbeiten, aber man bestrafte ihn ein paarmal mit Karzer, und er musste nachgeben.

Mein Vater nahm am Sonnabend den Tallit und das Gebetbuch mit in den Wald.

Man zwang uns, am Sonnabend zur Schule zu gehen. Um nichts auf der Welt wollte ich den heiligen Tag antasten, und ich ging am Sonnabend nicht in die Schule. Man verhaftete Mama. Sie sagten, Vater verhaften sie nicht, weil es ihnen leid tut um die Arbeitskraft. Sie verhafteten auch viele andere Mütter.

Ich wollte nicht in der sowjetischen Schule lernen, ich machte keine Schularbeiten und stellte mich dumm. Als Strafen nicht halfen, warfen sie mich aus der Schule.

Ich ging zur Schule, und wenn ich nach Hause kam, unterrichtete mich Großvater in der Tora, damit ich nicht vergesse, dass ich ein Jude bin. Großvater holte auch die Kinder aus den Nachbarbaracken zusammen und erzählte uns die Geschichte der Juden.

In unserer Siedlung befand sich ein Jude, der täglich betete und nicht am Sonnabend arbeiten wollte. Man verhaftete ihn und nahm ihm alle Sachen weg, sogar den Trauring. An seine Frau und seine Kinder gab man kein Brot aus, und ein Kind starb am Hunger. Die ganze Familie wäre gestorben, hätten wir ihnen nicht ein paar Beeren und Pilze gebracht, die wir im Wald sammelten.

*

Als das Rosch ha-Schana-Fest näher kam, grämte sich mein Vater, woher einen Schofar nehmen. Einige Zeit später erfuhren wir, dass sich in einer vierzig Kilometer entfernten Siedlung ein junger Mann befindet, der in Polen Schofarot gemacht hatte. Man sammelte Geld bei uns und in der Nachbarsiedlung, und im Laufe von einigen Wochen stellte er acht Schofarot her, von denen wir eines abbekamen.

Vor den Feiertagen rief der Kommandant Vater zu sich und warnte ihn, wenn er Gebete organisiert, wird er streng bestraft.

Vor den Hohen Feiertagen rief der Kommandant Vater zu sich und sagte, wenn er beten will, dann soll er alleine beten. Er fügte hinzu, die Stalinsche Verfassung verbietet keine Kulthandlungen, aber sie erlaubt keine religiöse Agitation, und außerdem ist das Zusammenkommen in großen Gruppen in der Siedlung untersagt. Mein Vater antwortete, er wird niemanden agitieren, aber er kann nicht garantieren, dass die Leute nicht aus eigenem Willen und Bedürfnis zu ihm zum Feiertagsgebet kommen.

Die Bemühungen von Vater und dem Rabbiner Hurwicz aus Nowy Sącz, dass man sie zu Rosch ha-Schana von der Arbeit freistellt, hatten keinen Erfolg. Man versprach nur, man wird ältere Leute zu Jom Kippur freistellen, aber unter der Bedingung, dass sie nicht zusammen beten. Natürlich wurde zusammen gebetet, und mitten am Tag wurde unsere Baracke von NKWD umstellt. Vater und den Rabbiner Hurwicz schafften sie in die Stadt, ins Gefängnis, wo sie sechs Wochen geschlagen wurden und nur Brot und Wasser bekamen. Für den Prozess wurde ein jüdischer Rechtsanwalt ausgewählt, weil die Angeklagten nicht Russisch konnten. Der Verteidiger erläuterte die Bedeutung, die ein Feiertag wie Jom Kippur besonders für die Geistlichen und die alten Leute hat, denen es schwerfällt, sich von den Traditionen vieler Generationen zu lösen. Das Gericht sprach sie beide frei, und den Denunzianten strafte Gott, denn ihn erschlug ein herunterfallender Klotz bei der Arbeit.

Am Morgen von Rosch ha-Schana beteten alle. Wir hatten keine Tora, aber wir fanden einen Schofar. Der Natschalnik stürzte mit Milizionären herein, und sie jagten die Betenden auseinander, und Vater nahmen sie mit in die Kanzlei. Man klagte ihn wegen Arbeitssabotage an, worauf mehrere Jahre Gefängnis standen, aber man verurteilte ihn nur zu fünfundzwanzig Prozent Abzug von seinem Verdienst.

Zu Rosch ha-Schana fanden sich alle zum Gebet ein. Unter den Verbannten gab es einen Kantor, der so schön sang, dass die

Nichtjuden aus den umliegenden Baracken herbeiströmten. Im feierlichsten Augenblick stürzte der Natschalnik in die Baracke und brüllte: »Es kommt sowieso keiner von euch lebend hier raus, das Beten könnt ihr euch sparen!« Zu Jom Kippur ging niemand zur Arbeit. Der Natschalnik tobte und drohte, aber er machte keine von seinen Drohungen wahr.

Am ersten Feiertag versammelten sich in unserer Baracke dreißig Personen. Mitten im Gebet stürzten fünf NKWDler mit dem Kommandanten herein. Sie verhafteten meinen Vater, den Schächter und noch einen alten Juden mit einem Bart. Sie führten sie durch die Siedlung wie Verbrecher, meinen Vater hielten sie am Kragen gepackt. Dass sie meinen Vater während des Gebets verhafteten und ihn wie einen Verbrecher behandelten, machte solchen Eindruck auf die Juden, dass am nächsten Tag alle, sogar die freidenkenden, die Arbeit niederlegten und zum Beten in unsere Baracke kamen. Man schrieb die Namen auf, und einige Dutzend Leute wurden mit Karzer bestraft, aber vor Jom Kippur kam der Kommandant zu meinem Vater und sagte, da er den religiösen Enthusiasmus unter den Verbannten sieht, befreit er alle für diesen Tag von der Arbeit.

Zu den Feiertagen stellten sich dreißig Juden nicht zur Arbeit. Der Kommissar führte eine Inspektion durch und griff sich diejenigen, die den Gottesdienst leiteten, den Rest jagte er auseinander und drohte ihnen mit strenger Bestrafung. Die Leute versammelten sich trotzdem wieder, um den Gottesdienst zu Ende zu bringen. Am nächsten Tag verurteilte man meinen Vater zu sechs Wochen Arrest, den anderen beschnitt man den Verdienst für sechs Monate, aber zu Jom Kippur ging kein Jude aus unserer Siedlung zur Arbeit, ohne Rücksicht auf die Strafen. Von da an befreite der Kommissar die Juden an Feiertagen von der Arbeit.

Zu Rosch ha-Schana wurde nicht gebetet, aber zu Jom Kippur achtete niemand auf die Drohungen, und man organisierte in unserer Baracke ein gemeinsames Gebet mit dem Gesang eines Kantors. Der Kommandant kam herein, aber keiner rührte sich vom Fleck. Der Kommandant drohte, er bringt Großvater vor Gericht, aber das Gebet wurde nicht abgebrochen.

Am ersten Tag von Rosch ha-Schana ging niemand zur Arbeit. Es fuhren NKWDler vor und begannen nach den Organisatoren dieser Sabotage zu suchen. Die drohten mit so schrecklichen Strafen, dass am andern Tag alle zur Arbeit gingen, und zu Jom Kippur fasteten sie und sprachen die Gebete bei der Arbeit.

Zu Jom Kippur baten die Juden, sie von der Arbeit freizustellen. Der Natschalnik sagte, wer meutert, der wird nach Sibirien verbannt, also arbeiteten alle, aber am Abend wurden in unserem Haus die Gebete abgehalten.

Wir beschlossen, zu Jom Kippur nicht zu arbeiten und die Leiter nicht zu fragen, weil wir im Voraus wussten, dass sie uns nicht freistellen. Am Morgen kam der Kommandant und fragte, warum wir nicht zur Arbeit gehen. Wir sagten, wir feiern den Versöhnungstag. Der Kommandant wurde wütend und kam mit NKWDisten wieder. Moniek Ajmer aus Rozwadów erklärte ihnen auf Russisch die Bedeutung dieses Feiertags. Nach kurzer Beratung antworteten die NKWDisten, in Russland erkennt man diese Art von Feiertagen nicht an, und wenn wir nicht zur Arbeit ausziehen, droht uns Gefängnis für Sabotage. Moniek Ajmer sagte in unserem Namen, wir sind bereit, Opfer auf uns zu nehmen. Er wurde mit mehreren anderen Leuten, die man für die Organisatoren hielt, nach Swerdlowsk geschafft. Nach drei Monaten kamen sie zurück und erzählten, im Gefängnis hätten sie einen Rabbiner getroffen, der gefoltert wurde, damit er verrät, wo sich noch andere Rabbiner und Schächter in Russland befinden.

Zu Jom Kippur hielt mein Vater das Gebet in unserer Baracke ab. Es stürzten NKWDler herein, man verhaftete ihn und registrierte ihn als religiösen Verbrecher. Auch Vaters Bruder, den Rabbiner Joel Frenkiel, sah man als religiösen Verbrecher an, und beide mussten die Schikanen des NKWD ertragen.

Wir beschlossen, zu Jom Kippur nicht zu arbeiten, und es versammelten sich alle zu den Gebeten. Es kamen NKWDisten und drohten, uns vor Gericht zu bringen, aber wir unterbrachen das Gebet nicht. Am andern Tag brachte man mich zusammen mit den Erwachsenen vor Gericht. Allen wurden fünfundzwanzig Prozent vom Verdienst abgezogen, ich wurde nicht bestraft, weil ich minderjährig war.

Wir beschlossen, zu Jom Kippur nicht zur Arbeit zu gehen und den Tag mit Beten zu verbringen. Der Kommandant holte NKWDisten, die uns verhaften wollten, aber dann empfingen sie eine Abordnung und man regelte die Sache friedlich. Das kostete uns drei Anzüge für die NKWDisten und einen für den Kommandanten.

Unsere Familie gehörte zu den besten Arbeitern in der Grube, und wir hatten das Recht, eine Zeitung und eine Kinokarte zu kaufen. Nur einen einzigen Tag ließen wir in der Arbeit aus, Jom Kippur. Mein Vater sagte, um nichts in der Welt willigt er ein, dass wir an diesem Tag arbeiten. Der Natschalnik erklärte, in Anbetracht unserer ehrlichen Arbeit klagt er uns nicht wegen Sabotage an.

Der Natschalnik erlaubte uns nicht, zu Sukkoth Laubhütten aufzustellen, und sagte, er befürchtet ein Feuer, aber Vater achtete nicht auf das Verbot und stellte eine Laubhütte auf.

In der Mitte des Winters nahm man Vater die Bücher weg. Man warf ihm vor, er verbringt zu viel Zeit über ihnen, und außerdem unterrichtet er noch die Kinder. Der Natschalnik wollte die Bücher verbrennen, aber Vater schrieb ein Gesuch an das NKWD und bekam die Antwort, sie werden nicht verbrannt, sondern nur aufbewahrt.

Zu Pessach bekamen wir von unserer Schwester dreißig Kilo Matze, Rosinen für den Wein und Schmalz.

Zu Pessach bekamen wir aus Weißrussland Matze, Schmalz und Rosinen für den Wein und sogar Feiertagsgeschirr. Außerdem organisierte Vater ein Matzebacken für die umliegenden Siedlungen.

Mein Bruder aus Grodno schickte uns zu Pessach Matze.

Zu Pessach hatten wir keine Matze, und Vater fastete, weil er kein Brot essen wollte.

In unserer Siedlung wohnte ein frommer Jude, in dessen Baracke gebetet wurde wie in einem Bethaus. Eines Tages erschienen NKWDisten. Man verurteilte ihn zu vier Monaten Gefängnis. Die Frau des Verurteilten konnte nicht zur Arbeit gehen, weil sie drei Kinder hatte, und man versagte ihr die Ration Brot. Ohne die Päckchen ihrer Verwandten wäre sie verhungert.

Der Natschalnik, wütend, dass sie sich trotz allem immer noch irgendwie ernährte, klagte sie wegen Spekulation mit Lebensmitteln an. Man verhaftete sie, und die Kinder blieben allein, so nahm Mama sie mit zu uns in die Baracke und sagte zu Vater: »Soll es mir vorkommen, als hätt' ich noch drei.«

Die Juden in unserer Siedlung wollten nicht am Sonnabend arbeiten, und der Kommandant drohte an, wer am Sonnabend nicht arbeitet, bekommt für den Rest der Woche kein Brot. Das schreckte niemanden ab, und am Sonnabend ging niemand zur Arbeit. Der Kommandant hielt das Brot zurück und verbot der Kantine, Suppe an uns zu verkaufen. Nach ein paar Tagen begannen die Leute ohnmächtig zu werden vor Hunger, die Jungen meuterten und verprügelten den Kommandanten. Der Kommandant rief das NKWD, und man beschloss, alle Juden in ein Straflager zu verlegen. Man schickte uns nach Asino, und von dort aus fuhren wir zehn Tage mit dem Zug in eine Siedlung, wo sich Gold- und Kupfergruben befanden. Man achtete streng darauf, dass wir nicht mit den russischen Verbannten sprachen, die in Lumpen herumliefen.

Mein Vater betete täglich zusammen mit anderen Juden. Der Natschalnik drohte an, wenn er sie noch einmal beim Gebet antrifft, dann steckt er sie ins Gefängnis. Das löste eine Meuterei unter den frommen Juden aus. Das NKWD verhaftete einige von ihnen und verbannte sie in eine andere Gegend. Das brachte die Leute noch mehr auf. Der Trotzkistenfriedhof bei den Baracken sagte uns, was wir zu erwarten haben, also stellten wir Kontakt zu zwei anderen Lagern her und bereiteten die gemeinsame Flucht vor. In der Siedlung wohnten hundertfünfzig Polen, die sich in unsere Angelegenheiten nicht einmischten, wir hatten kein Vertrauen zu ihnen und weihten sie nicht ein. Wir machten insgeheim mehrere hundert Handwagen. Aus einem Holzklotz wurden die Räder geschnitzt. Die Polen nahmen nicht daran teil, aber sie verrieten uns nicht. Am sowjetischen Feiertag, als sich der Natschalnik und sein Stellvertreter betranken, wurden die Sachen auf die Wagen geladen, die Frauen banden sich die Kinder auf den Rücken, und in der Nacht brachen zwölftausend Menschen über Waldwege auf zum Fluss. Wir waren an die zwanzig Kilometer weit, als berittene NKWDisten uns den Weg abschnitten. Der Vertreter des NKWD riet uns, umzukehren. Er versprach bessere Arbeitsbedingungen und mehr Essen, aber die Menge rührte sich nicht. Besonders hartnäckig waren die Frauen. Das NKWD verhaftete zwanzig Männer, aber das half nichts. Als ein großes Frachtschiff kam, drängten sich anderthalbtausend Menschen an Bord, verjagten die Matrosen und fuhren in Richtung Tomsk. Es kamen sechs Flugzeuge, die Warnschüsse abgaben, man holte auch Geschütze, aber die Verbannten erklärten, sie fürchten sich nicht, der Tod ist besser als so ein Leben. Das NKWD verhandelte, drohte und machte Versprechungen. Nach vier Tagen waren unsere Vorräte aufgebraucht, wir hatten nichts mehr zu essen und kehrten nach Asino zurück. Man behandelte uns besser, wir bekamen Kartoffeln, Nudeln, selbst diejenigen, die nicht arbeiten konnten, bekamen zu essen. Das dauerte sechs Wochen, und dann wurde wieder alles schlechter. Wir planten erneut eine Meuterei und eine Flucht, aber das NKWD merkte, dass was im Busche ist, das Lager wurde aufgelöst, und wir wurden in verschiedene Richtungen deportiert. Unsere Gruppe, tausendfünfhundert Personen, schickte man nach Soswa in der Oblast Swerdlowsk.

Eines Tages warfen alle die Arbeit hin und gingen zum Fluss. Die NKWDisten wollten uns zurückholen, aber die Verbannten drohten ihnen mit Sägen und Äxten. Die NKWDisten gaben Warnschüsse ab. Wir sterben lieber, als so zu leben, riefen die Verbannten. Es kam ein Flugzeug und warf Flugblätter ab, die versprachen, dass sie uns in eine andere Siedlung verlegen, wo bessere Bedingungen herrschen. Als wir zurückkamen, wurden ein paar Juden verhaftet, und am dritten Tag erschlug der Blitz eine Frau im Wald. Auf ihrem Begräbnis schworen die Verbannten, dass sie nicht an die Arbeit zurückkehren, und zwei Tage lang arbeitete niemand, und die Verwaltung schritt nicht ein. Dann kam der Befehl, wir werden nach Kamensk im Gebiet Swerdlowsk verlegt. In der neuen Siedlung erhielten die Arbeitenden ein Kilo Brot pro Tag und die Nichtarbeitenden ein halbes Kilo. In der Kantine bekam man für dreißig Kopeken eine nahrhafte Suppe. Meine Mutter verkaufte unsere Sachen und brachte Lebensmittel mit. Als nach ein paar Monaten der Befehl kam, dass wir die Siedlung verlassen sollen, wollte sich keiner fortrühren, aber es trafen russische Verbannte ein, die auf unsere Plätze kamen, und sie trieben uns hinaus und schlugen auf die Widerstrebenden ein. Die Siedlung, die man uns zuwies, befand sich bei Syktywkar.

Auf dem Begräbnis der Jüdin, die der Blitz erschlagen hatte, sagte der Rabbiner Frenkiel aus Krakau, wir sollen geloben, dass niemand mehr zur Arbeit geht. Am andern Tag arbeitete niemand, und man packte die Bündel, um zu fliehen, wohin die Füße einen tragen. Am Nachmittag erschien eine Abteilung NKWDisten aus Nowosibirsk, sie fingen an, in die Luft zu schießen, verhafteten die Anführer der Meuterei, und unsere Situation verschlechterte sich noch mehr.

Als der Blitz eine Frau aus Zamość erschlug, glaubte niemand, dass wir lebendig aus diesem Gefängnis herauskommen, und wir beschlossen zu fliehen. Wir fuhren auf kleinen, aus eigener Kraft gebauten Booten, aber die Motorboote des NKWD hielten uns auf. Man trieb uns in eine Siedlung in der Einöde, wo uns die Eisbären besuchten. Wir bettelten um Verlegung an einen anderen Ort, und man schickte uns zur Heuernte in den Ural. Wir verdienten dort zwanzig Kopeken pro Tag, aber auch diese lächerliche Summe zahlte man uns nicht aus, und wir schwollen an vor Hunger und von den Mückenstichen. Als die Heuernte vorüber war, schickte man uns in die Siedlung Saschla in der Oblast Swerdlowsk, wo wir auch noch bei sechzig Grad Frost arbeiten mussten.

*

Die Fröste waren schrecklich, der Schnee ging den Erwachsenen bis zum Hals. Während der Schneegestöber hatten wir Angst, dass es uns in den Baracken einschneit.

Wir schliefen in Holzbaracken, und der Diensthabende legte die ganze Nacht Feuerholz nach. Wir schliefen in den Kleidern, und meine Mutter wickelte mich in Lumpen, so gut sie konnte, aber wenn ich wach wurde, brach ich Eisstückchen von meinen Ohren ab.

Es war sehr kalt und sehr traurig. Mama wurde krank und starb. Sie war so jung, sie war erst einunddreißig. Zurück blieben wir vier Waisen. Vater fiel um vor Erschöpfung. Als Holzfäller verdiente er zwanzig Rubel pro Monat, und wir wären verhungert, hätten wir nicht Mamas Sachen verkauft.

Mama erkältete sich und lag acht Tage mit hohem Fieber, bevor der Doktor erschien. Er sagte, das ist eine Lungenentzündung und gab ihr einen Schein für das Spital. Vater bemühte sich um ein Fuhrwerk, aber der Natschalnik erklärte, die Pferde sind bis zum Sonntag bei der Arbeit eingesetzt. Vater weinte und wiederholte, bis zum Sonntag hält Mama nicht durch, aber der Natschalnik sagte, in Russland ist die Arbeit das Wichtigste, und wegen einem einzigen Menschen darf man sie nicht unterbrechen. Das Fieber stieg, Mama wurde immer schwächer, und am Sonnabendmorgen starb sie. Sie wurde im Wald begraben, dort bei den anderen Verbannten.

Mama bekam eine Lungenentzündung. Mein Vater und mein größerer Bruder mussten zur Arbeit, und ich pflegte sie. In der Siedlung gab es keinen Arzt. Nach langem Bitten bekam ich die Erlaubnis, einen Feldscher aus der Nachbarsiedlung zu rufen. Der sagte, Mamas Zustand ist ernst. Ich bettelte, sie ins Spital einzuweisen. Er antwortete, im Spital ist kein Platz, und riet, bei Mama Schröpfköpfe anzusetzen. Ich hatte keine Schröpfköpfe, sondern nur drei Gläser, die wir aus Białystok mitgebracht hatten, und statt Spiritus nahm ich Benzin. Mamas Zustand verschlechterte sich weiter. Ich erfuhr, dass sich zwanzig Kilometer von der Siedlung entfernt ein Spital befindet, wo polnische Ärzte arbeiten. Ich ergatterte vom Natschalnik eine Ausgangserlaubnis und ging los. Der polnische Arzt, dem ich von Mamas Zustand erzählte, gab mir einen Einweisungsschein für das Spital. Mit dem Schein lief ich zum Natschalnik. Erst als ich einen Weinkrampf bekam, erlaubte er mir, ein Pferd zu nehmen, denn in Russland ist ein Pferd mehr wert als ein Mensch. Am nächsten Morgen spannte ich das Pferd an, und die Kinder halfen mir, Mama auf das Fuhrwerk zu betten, weil mein Vater und mein Bruder im Wald waren. Nach ein paar Kilometern Fahrt starb Mama auf dem Wagen, und ich kehrte mit ihr um zur

Siedlung. Wir begruben sie unter einem Baum, in den wir eine Inschrift schnitten.

Mama holte sich eine Erkältung und wurde ins Spital gebracht, aber ihr Zustand besserte sich nicht, weil man sich dort um die Kranken nicht kümmerte. Eines Tages ging es Mama so schlecht, dass sie Vater bat, er soll uns zu ihr bringen. Vater musste warten, bis wir von der Arbeit aus dem Wald zurück sind, und als wir im Spital ankamen, war Mama schon tot. Als wir sie mitnehmen wollten, sagte der Leiter des Spitals, ihr Leichnam wird zerschnitten, weil die jungen Ärzte lernen müssen. Vater sagte, wenn sie das tun, bringt er sich und uns um. Vater rannte den ganzen Tag von Arzt zu Arzt, und ich und mein Brüderchen passten auf Mama auf und weinten, weil wir Angst hatten, sie zerschneiden sie. Am Abend bekam Vater einen Schein mit der Erlaubnis, dass wir Mama begraben dürfen. Wir bewachten sie die ganze Nacht, und am Morgen brachten wir sie mit dem Fuhrwerk zur Siedlung. Vater grub mit einer Schaufel und wir mit den Händen. Niemand half uns, weil alle zur Arbeit waren. Am Abend, nach der Arbeit, kamen zehn Juden, und mein Brüderchen sprach mit ihnen das Kaddisch.

Mama bekam vor Kummer eine Hirnentzündung, und es gab keinerlei ärztliche Hilfe. Als sie gestorben war, holte Vater zehn Juden zusammen, und sie sprachen das Kaddisch. Für dieses Verbrechen verurteilte man meinen Vater und meine beiden Brüder zu Karzer.

Mein Vater und meine Mutter erkrankten an der Ruhr. Wir verkauften unsere letzten Hemden und mieteten ein Fuhrwerk, mit dem wir sie ins Spital brachten, aber man wollte sie nicht aufnehmen. All unser Bitten half nichts, und wir fuhren mit den Schwerkranken zurück. Sie lagen zwei Wochen in der Baracke, und ihr Zustand verschlechterte sich von Tag zu Tag. Schließlich erbarmte sich der Natschalnik und fuhr sie selbst ins Spital, aber es war schon zu spät. Am Sonnabend starb Vater und vier Tage darauf Mama. Nun war ich der einzige Ernährer und Beschützer meiner kleinen Schwestern. Von meiner Arbeit konnte ich sie nicht unterhalten, und wir hatten nichts mehr zum Verkaufen und hungerten alle drei. Der Kommandant fuhr in die Stadt und erwirkte bei den Behörden die Erlaubnis, uns zu den Großeltern zu schicken, die sich in einer Siedlung bei Nowosibirsk befanden.

Meine ältere Schwester arbeitete bei der Schneeräumung auf den Straßen, aber die Norm, die die Frauen erfüllten, fand der Kommandant zu niedrig, und er führte Akkordarbeit ein – für weniger Arbeit eine kleinere Brotration. Von dieser Akkordarbeit kam meine Schwester krank in die Baracke zurück, und zwei Tage später starb sie an einer Lungenentzündung. Täglich starben mehrere Personen.

Mit uns zusammen war Onkel Icchak und sein Sohn, seine Frau war unter der deutschen Besatzung geblieben. Beide erkrankten an Typhus. Man wollte sie nicht im Spital aufnehmen, und einen Arzt gab es in der Siedlung nicht. Sie lagen krank in unserer Baracke, und der Onkel starb. Ich weinte sehr auf seinem Begräbnis. Er wurde im Wald begraben, zusammen mit mehreren anderen Juden, weil täglich Menschen starben.

Als meine beiden Brüder, der sechsjährige Hersz und der fünfjährige Icchak, an den Masern erkrankten, erlaubte der Natschalnik nicht, sie in der Baracke zu behalten, und befahl, sie ins Spital zu geben. Meine Mutter bettelte, zu erlauben, dass sie dableiben, weil sie sich unterwegs erkälten können, aber vergeblich. Man wickelte sie in Decken ein und brachte sie auf dem Schlitten fort. Sie holten sich eine Erkältung, und drei Tage später starben sie. Mein Vater befürchtete, sie machen eine Sektion, und er saß einen ganzen Tag im Spital, bis man ihm die Leichen herausgab. Mit der Hilfe meines größeren Bruders schaufelte mein Vater ein Grab und beerdigte sie zusammen. Dann wurde mein Vater krank und lag sechs Wochen. Wir verkauften unsere Sachen, um unser Dasein zu fristen. Man verlegte uns in die schlechteste Baracke, wo selbst am Tage die Mäuse über die Betten sprangen und meinen kranken Vater nicht in Ruhe ließen und ich sie immerzu mit einem Stock wegscheuchen musste.

Mein Vater war ein gesunder Mann. Ich erinnere mich nicht, dass er vor dem Krieg krank gewesen wäre. Am Anfang ging es ihm sehr gut, und er arbeitete wie alle. Einmal wurde ihm bei der Arbeit schlecht, aber der Aufseher sagte, das ist nichts weiter, und er starb vor aller Augen im Wald. Am Abend, nach der Arbeit, brachten sie seine Leiche. Die ganze Nacht standen wir mit Mama bei ihm und verscheuchten die Mäuse. Am Morgen nähten wir aus ein paar Hemden ein Gewand und schrieben seinen Vornamen, Familiennamen und das Datum auf ein Brett.

In der ersten Zeit verkauften wir Kleidungsstücke und bekamen Päckchen von Verwandten aus Weißrussland. Dann hatten wir nichts mehr zum Verkaufen, und es kamen keine Päckchen mehr, und wir erkrankten alle an einer schrecklichen Krankheit, die Zynga heißt. Unser Blut verwandelte sich in Eiter, der Körper war wie eine einzige Wunde, und das Fleisch löste sich stückweise ab.

Mama verkaufte alle unsere Sachen, aber trotzdem konnten wir es uns nicht leisten, uns eine Suppe zu kaufen. Mein größerer Bruder Mojsze konnte nicht arbeiten, weil er sich Hände und Füße erfroren hatte und sie voller Wunden waren, und wir hatten nichts, um sie zu behandeln. Mein Großvater erkrankte an der Ruhr, aber man wollte ihn nicht im Spital aufnehmen, weil er zu alt war, und nach einigen Tagen starb er. Wir begruben ihn im Wald, und Mojsze ritzte seinen Namen in den Baum, damit wir sein Grab besuchen konnten. Wir hatten große Sehnsucht nach Großvater, denn immer wenn uns der Hunger quälte, hatte er uns Geschichten von sich und von Vater erzählt, und wir vergaßen den Hunger.

Mein Bruder Hersz erkrankte, wir wussten nicht an was. Da wir keine ärztliche Hilfe hatten, starb er nach einigen Wochen, und wir begruben ihn mitten im Wald.

Mein jüngstes Brüderchen erkrankte an den Masern. Es gab weder einen Doktor noch Medikamente und der Kleine starb.

Viele Menschen starben an Hunger, besonders die kleinen Kinder.

Vater übte nach der Arbeit das Amt eines Rabbiners und Totengräbers aus und begrub mit Hilfe einiger Juden die Toten. So entstand ein Friedhof, den wir mit einem Holzzaun umgaben.

Der Natschalnik machte sich nichts aus der hohen Sterblichkeit. Er sagte, alle Verbannten müssen in Sibirien sterben.

Als die Nachricht von der Amnestie eintraf

Als der deutsch-sowjetische Krieg ausbrach, mussten wir zwei Stunden länger arbeiten und bekamen weniger Brot.

Mit Kriegsausbruch arbeitete man zwölf Stunden. Die Brotrationen wurden auf sechshundert Gramm für Erwachsene und vierhundert Gramm für Kinder gekürzt, und zwei Tage in der Woche arbeitete man ganz umsonst für die Verteidigung des Staates.

Als der Krieg ausbrach, kürzte man die Brotrationen für Arbeitende auf sechshundert Gramm, der Arbeitstag wurde auf vierzehn Stunden verlängert.

Als der Krieg ausbrach, trieben die NKWDisten die Leute an und ließen sie nicht Atem holen. Meine Eltern kamen halbtot aus der Grube zurück und fielen um vor Erschöpfung.

Als der Krieg ausbrach, kürzte man uns die Brotrationen, und es mussten alle zur Arbeit gehen, sogar meine kranke Mama und ich, obwohl ich erst elf Jahre alt war.

Mit Ausbruch des Krieges kürzte man die Brotrationen und erhöhte die Arbeitsnormen. Mein Vater konnte sich kaum auf den Beinen halten. Ich ging täglich mit ihm zur Arbeit, um ihm zu helfen.

Nach Ausbruch des Krieges bekamen wir nur sechshundert Gramm Brot und die Kinder zweihundert Gramm, und uns drohte der Hungertod.

Als der Krieg ausbrach, erhöhte man uns die Zahl der Arbeitsstunden, und es gab Tage, an denen wir überhaupt kein Brot bekamen.

Nach Ausbruch des Krieges war mehr Arbeit im Lager, und Brot gab es weniger.

Nach Ausbruch des deutsch-russischen Krieges rief uns der Kommandant zu einer Versammlung zusammen und erklärte, wir haben für gemeinsame Ziele zu arbeiten.

Nach Ausbruch des deutsch-sowjetischen Krieges kam eine Kommission mit dem NKWD-Chef, die erklärte, wir sind jetzt Alliierte und müssen noch eifriger für die gemeinsame Sache arbeiten.

Als der Krieg ausbrach, sagte der Natschalnik, wir sind Spione, und man beaufsichtigte uns auf Schritt und Tritt.

Als der Krieg ausbrach, verlängerte man den Arbeitstag um zwei Stunden und kürzte die Brotrationen, und der Päckchenstrom riss ab.

Als der Krieg ausbrach, bekamen wir keine Päckchen von unserer Schwester aus Iwa mehr.

Unsere Lage verschlechterte sich mit dem Ausbruch des Krieges, weil wir die Verbindung zu Mama verloren und unsere Verwandten uns keine Päckchen mehr schickten, dabei kürzte man die Brotrationen und trieb uns ohne Atempause zur Arbeit.

Als der Krieg ausbrach, wurden nicht nur die Brotrationen knapper, sondern auch der Päckchenstrom aus Polen riss ab, und wir dachten, wir gehen am Hunger zugrunde.

Als der Krieg ausbrach, kamen auch keine Päckchen mehr, die Brotrationen wurden auf zweihundert Gramm gekürzt, und man arbeitete zwölf Stunden. Vater sagte, er steht diese Arbeit und den Hunger nicht durch.

Als der Krieg ausbrach, mussten meine Eltern vierzehn Stunden am Tag arbeiten, und der Päckchenstrom riss ab. Wir dachten schon, wir werden alle sterben, als die Nachricht von der Amnestie eintraf.

Nach Ausbruch des deutsch-russischen Krieges verschlechterte sich unsere Lage derart, dass wir dachten, wir kommen nicht lebend davon, als plötzlich die Nachricht von der Amnestie eintraf.

Dass Krieg ist, sagten uns eines Tages die Wachposten, die baten, es für uns zu behalten. Da verstanden wir, warum man die Brotrationen gekürzt hatte.

Dass Krieg ist, erfuhren wir erst nach zwei Wochen.

Vom Ausbruch des Krieges wussten wir gar nichts.

Vom Ausbruch des Krieges wusste keiner in der Siedlung, und erst nach einiger Zeit erfuhren wir von der Amnestie.

Wir waren von der Welt abgeschnitten, aber wir bekamen Päckchen mit Mehl, Schmalz und anderen Sachen, die in Zeitungen eingewickelt waren. Aus diesen Zeitungen erfuhren wir von dem Sikorski-Vertrag und zeigten es dem Natschalnik.

Von dem Vertrag zwischen Russland und Polen erfuhren wir zufällig, weil ein Jude aus Kiew uns ein Päckchen schickte, in das er eine Zeitung mit dieser Meldung gelegt hatte. Der Kommandant wusste seit zwei Monaten darüber Bescheid, aber er hatte es uns verheimlicht. Wir streikten. Man drohte uns an, wenn wir nicht zur Arbeit gehen, dann bekommen wir überhaupt nichts zu essen, aber wir blieben dabei, dass wir wegwollen, und der Streik zog sich hin. Es kamen zwei höhere Beamte des NKWD, die zugaben, dass wir als polnische Staatsbürger das Recht haben, auszureisen, aber sie rieten uns zu bleiben, weil die Deutschen die Züge bombardieren. Wir antworteten, wir wollen trotzdem weg. Darauf sie, es ist Regenzeit, und auf den aufgeweichten Straßen können uns die Autos nicht transportieren. Darauf wir, wir gehen zu Fuß und erheben Beschwerde beim polnischen Konsulat. Da veränderten sich die NKWDisten. Man erlaubte uns, alles mitzunehmen, und zahlte uns den ganzen Lohn für unsere Arbeit aus. Wir bekamen Brot für zwei Tage und Traktoren, die wir schieben mussten, denn die Straßen waren wirklich aufgeweicht. Auf der Bahnstation verlangte man für eine Fahrkarte einhundertachtzehn Rubel pro Person, und niemand hatte so viel Geld. Wir sagten, ihr habt uns ohne Fahrkarte hergebracht, dann bringt uns auch ohne Fahrkarte zurück. Sie wollten uns rauswerfen, weil wir, wie sie behaupteten, den Verkehr stören, aber dort war gerade ein Oberleutnant Epstein aus Krakau anwesend, der uns riet, ein Beschwerdetelegramm an die polnische Vertretung in Busuluk zu schicken. Daraufhin kam aus Moskau der Befehl, uns zu essen zu geben und in den Waggon zu laden.

Als die Nachricht von der Amnestie kam, sagte der Natschalnik, die betrifft nicht die Juden, sondern nur die Polen.

Nach der Verkündung der Amnestie erklärte der Kommandant, sie betrifft nicht die Juden.

Als die Nachricht von der Amnestie eintraf, erklärte der Natschalnik, es geht um die Polen und nicht um die Juden. Erst als wir uns an die Behörden in Swerdlowsk wandten, bekamen wir die Papiere.

Wir kamen zu dem Punkt, von wo die Barken abgingen, aber es war auf keine draufzukommen. Wir arbeiteten zwei Wochen bei den NKWDisten, um einen Platz auf einer Barke zu bekommen, und dann fuhren wir einundzwanzig Tage bis Omsk.

Nach der Verkündung der Amnestie zahlte man meinem Vater den Lohn für vier Monate aus, und wir fuhren nach Teguldet. Dort mussten wir zwei Wochen unter freiem Himmel warten, bis wir auf eine Barke kamen, die nach Asino ging.

Die Leute warteten seit Wochen am Fluss, weil die NKWDler ihnen keine Barken geben wollten. Kornblit fuhr mit einer Delegation aus Warschau nach Tawda und erzwang, dass man uns eine Barke für unsere Sachen gab, aber wir selbst mussten zu Fuß nach Tabori gehen. Dort bekamen wir eine Barke nach Tawda und fuhren vier Tage ohne Brot.

Als unsere Papiere eintrafen, fuhren wir auf dem Fluss bis nach Tawda und hungerten unterwegs fürchterlich.

Als im August die Amnestie für polnische Staatsbürger verkündet wurde, legten wir am selben Tag die Arbeit nieder und begaben uns nach Tscheljabinsk, wo wir auf einen Zug nach Taschkent warteten.

Auf die Kunde von der Amnestie hin legten wir die Arbeit nieder, obwohl der Natschalnik sehr wütend war.

Als die Amnestie verkündet wurde, begann der Natschalnik zu agitieren, dass wir bleiben sollen, aber alle wollten fahren. Wir arbeiteten nicht, und man gab uns kein Brot. Es fuhr eine Delegation zum NKWD, und einen Monat später bekamen wir die Papiere.

Als die Nachricht von der Amnestie kam, versuchte man, uns zu halten, indem man uns Kartoffeln, Holz für den Hausbau und eine Kuh für jede Familie versprach.

Nach der Verkündung der Amnestie für polnische Staatsbürger kam ein hoher Beamter des NKWD und bat, wir sollen bleiben. Er versprach Land, Gerätschaften, Saatgut und versicherte uns, keiner wird uns die polnische Staatsbürgerschaft nehmen, aber niemand wollte auf ihn hören.

Nach der Verkündung der Amnestie bat man uns zu bleiben und versprach, dass es uns besser gehen wird, aber wir wollten nicht bleiben und brachen auf in Richtung Samarkand.

Nach der Verkündung der Amnestie redete der Natschalnik

meinem Vater zu, er soll in der Grube bleiben. Er bot ihm bessere Arbeitsbedingungen an, und er begann ihm zu erklären, dass er mit einem polnischen Pass Russland jederzeit verlassen kann, aber Vater wollte nichts davon hören, und wir brachen nach Usbekistan auf.

Nach der Verkündung der Amnestie fingen die NKWDler an, uns zu erklären, welche Vorteile wir haben werden, wenn wir bleiben, und wie ungewiss unsere Zukunft ist, wenn wir uns auf den Weg machen. Niemand wollte bleiben, und man stellte uns Bescheinigungen aus, mit denen wir nach Ischim aufbrachen, wo sich schon viele Polen befanden.

Von der Amnestie erfuhren wir gegen Ende August. Es kamen höhere Beamte des NKWD und agitierten, wir sollen bleiben, und der Kommandant sprach von den Schwierigkeiten und Gefahren der Reise in den Süden, besonders für Familien mit kleinen Kindern, aber nur wenige blieben.

Nach Jom Kippur benachrichtigte man uns von der Amnestie für polnische Staatsbürger, und wir erhielten Bescheinigungen, die uns erlaubten, in kleine Städte zu fahren. In große Städte ließ man uns nicht hinein.

Im Oktober kam ein Auto in unsere Siedlung, aus dem zwei Offiziere stiegen, ein polnischer und ein russischer, und man teilte uns mit, wir können fahren, wohin wir wollen, die großen Städte ausgenommen.

Eines Tages kam ein polnischer Offizier und man sagte uns, wir können fahren, wohin wir wollen. Wir gingen zu Fuß zur Bahnstation, die sich zwei Tagesmärsche weit von der Siedlung befand und dort trafen wir Tausende von Menschen.

Nach der Verkündung der Amnestie kam eine polnische Kommission. Man lieferte Lebensmittel und Kleidung an, aber das bekamen nur die Polen. Den Juden gab man nichts.

Zu uns kam eine Kommission, die aus Vertretern des NKWD und mehreren polnischen Offizieren bestand, und man erklärte uns, wir sind frei und können fahren, wohin wir wollen. Wir sagten, wir wollen nach Taschkent fahren, weil man dort Brot und Orangen bekommt wie in Palästina.

Als die Nachricht von der Freilassung der polnischen Staatsbürger kam, beschlossen wir, in wärmere Gegenden zu fahren, weil wir keine warme Kleidung hatten.

Als die Nachricht von der Amnestie eintraf, war uns, als kehren wir ins Leben zurück, und der Natschalnik lief beschämt herum.

Es ist schwer zu beschreiben, wie wir uns freuten, als wir von der Amnestie erfuhren. Die russischen Verbannten beneideten uns.

Nach vielen Monaten erhielten wir die Nachricht von der Amnestie, aber als sich alle freuten, bekam mein Vater einen Herzanfall und starb. Wir hatten große Schwierigkeiten mit dem Begräbnis. Meinem Bruder verwirrten sich dadurch die Sinne, und man brachte ihn in eine Irrenanstalt. Ich trug meinen Vater allein auf den Friedhof und begrub ihn allein. Alle waren schon weg, und auch ich wollte fahren, aber es tat mir leid, meinen Bruder allein zu lassen. Ich verkaufte alles, um ihn zu retten, aber nach einigen Wochen starb er. Die Leiche wollten sie mir nicht herausgeben. Ich war sicher, dass man ihn vergiftet hatte.

Alle waren schon fort, aber wir blieben in einer Gruppe von russischen Verbannten zurück, weil mein Vater und mein Onkel als religiöse Verbrecher galten und man uns keine Reiseerlaubnis gab. Erst nach vier Wochen kam ein höherer Beamter vom NKWD, ein Jude, den unser Weinen rührte, und wir bekamen die roten Papiere für Verbrecher und die Erlaubnis, nach Rewda zu fahren.

Nach vierzehn Monaten Verbannung kam eine Kommission, die uns polnische Pässe gab, und wir wurden freigelassen. Wir hatten kein Geld für die Reise und gingen zu Fuß die dreihundert Kilometer nach Tawda.

Wir mieteten ein Fuhrwerk nach Tawda, und dort stiegen wir in einen Zug, der nach Süden fuhr.

Zwei Wochen dauerte unsere Fahrt nach Archangelsk, wo wir mehrere Tage auf den Zug warteten.

Als die Verlautbarung über die Amnestie erschien, fuhren wir nach Rewda. Mein Vater und meine Schwester waren so geschwächt, dass sie nicht arbeiten konnten. Mein Bruder arbeitete Tag und Nacht in einer Ziegelei, aber man zahlte ihm den Verdienst nicht aus. Vater verkaufte seinen Mantel, und wir stiegen in den Zug nach Taschkent.

Nach der Verkündung der Amnestie fuhren wir nach Syktywkar, aber dort gab es weder Arbeit noch Brot, also fuhren wir in Richtung Samarkand.

Als die Nachricht von dem Abkommen zwischen Polen und Russland kam, fuhren wir nach Kasachstan.

Nach der Verkündung der Amnestie fuhren wir mit meinem tuberkulosekranken Vater nach Kasachstan, weil die Ärzte sagten, nur die Ausreise in den Süden kann ihn retten.

Nach der Verkündung der Amnestie löste man die Siedlung auf, und uns verlegte man in eine Stadt, wo wir nach einer gewissen Zeit die Ausreisepapiere bekamen und viele Wochen auf einen Zug warteten, während derer wir den Rest unserer Sachen verkauften.

Mama verkaufte, so wie die anderen Juden, die letzten Hemden, und wir mieteten gemeinsam einen Waggon.

Es dauerte mehrere Wochen, bis wir einen Platz im Zug nach Buchara bekamen.

Für die letzten Hemden kauften wir Fahrkarten nach Samarkand.

Mit einer Gruppe, die aus fünf Familien bestand, mieteten wir einen Waggon nach Buchara, wofür wir fünfundfünfzig Rubel pro Person bezahlten.

Mein Vater mietete gemeinsam mit einer Familie, die wir kannten, einen Waggon, und wir brachen auf in Richtung Buchara.

Als wir von der Amnestie erfuhren, fuhren wir nach Turkestan.

*

Die Reise dauerte fünf Wochen. Für Lebensmittel zahlte man riesige Summen.

Sechs Wochen dauerte unsere Reise. Brot bekamen wir einmal alle vier Tage, und wir waren ständig hungrig.

Auf dem Dokument wurde uns eingetragen, wann wir Brot bekommen hatten. Ich verwischte das Datum mit Brot, um ein zweites Mal welches zu bekommen.

Sieben Wochen fuhren wir von Archangelsk nach Buchara.

Die Reise war sehr lang. Wenn der Zug stehenblieb, holte mein Bruder Kohl und Rüben von den Feldern.

Wir fuhren sehr lange und hungerten. Wenn der Zug anhielt, liefen die Kinder aufs Feld und zogen aus der Erde, was sie nur konnten.

Wenn der Zug haltmachte, rissen wir das Gras von den Feldern und davon ernährten wir uns.

Im Zug saßen Polen, die in Sibirien auf dem Feld gearbeitet hatten, und die hatten Kartoffeln in Körben bei sich, und mein Bruder hatte nichts, und es tat mir schrecklich leid, mitanzusehen, wie sein kleines Kind hungerte. Einmal sah ich auf einer Station russische Soldaten Brot essen. Ich stieg aus und sie gaben mir ein Stück, das ich meinem winzigkleinen Neffen bringen wollte, aber in der Zwischenzeit war der Zug abgefahren. Ich weinte schrecklich, und der Stationsvorsteher bat die Soldaten, sie sollen mich mitnehmen zu der Station, wo die polnischen Transporte halten. Dort fand ich meinen Bruder wieder, der mich ausschimpfte und mir verbot, aus dem Zug auszusteigen. Doch der Hunger machte mir sehr zu schaffen, und auf jeder Station bettelte ich bei den Soldaten. Einmal bekam ich ein Päckchen Zwieback, und der Kleine hatte für mehrere Tage etwas zu lutschen. Dreimal fuhr mir der Zug weg, und ich fand meinen Bruder wieder, aber beim vierten Mal fand ich ihn nicht mehr, und der Stationsvorsteher schickte mich in einen Kolchos.

Auf keiner Station konnten wir etwas zu essen bekommen, und wir aßen Unkraut von den Feldern. Der kleine Heniek erkrankte an Typhus, und Mama musste mit ihm aussteigen, weil die Leute im Zug Angst vor einer Seuche hatten, und wir fuhren allein weiter.

Die Fahrt dauerte lange, wir aßen Unkraut, und viele Leute erkrankten an der Ruhr.

Sechs Wochen dauerte unsere Reise nach Taschkent, und mein Vater wurde unterwegs krank.

In Tscheljabinsk wollte man uns nicht aus dem Zug lassen. Mein Vater und meine Schwester erkrankten an Typhus, und als wir in Tschkalow ankamen, starben beide.

Die Fahrt war lang und beschwerlich, und alle hatten die Ruhr.

Die Reise dauerte zwei Monate. Mehrere Leute aus unserer Gruppe starben.

Sechs Wochen dauerte unsere Reise. Von dem Unkraut, das die Leute von den Feldern aßen, wurden viele krank und starben. Man begrub sie auf dem Feld.

Es war eine schreckliche Reise. Wir standen bis zu achtundvierzig Stunden auf den Stationen, und ein Stück Brot war schwer zu bekommen. Es brach eine Epidemie aus, und alle Kinder bis zu vier Jahren starben.

Viele Menschen starben unterwegs. Man trug sie hinaus, sie lagen auf den Bahnhöfen, und niemand achtete auf sie. Wir Kinder fürchteten uns so sehr vor den Toten, dass wir auf den Stationen nicht hinausgingen, um nach etwas zu essen zu suchen.

In Kisil-Tepe trafen wir unverhofft Onkel Szymon, der aus Komi kam, wo man ihn schrecklich gepeinigt hatte. Er war achtundzwanzig Jahre alt und sah aus wie ein Greis. Er aß die ganze Zeit Ölkuchen, und er hatte einen kranken Magen. Wir erfreuten uns nicht lange an unserem Onkel, denn bald erkrankte er an der Ruhr und starb.

Wir fuhren viele Wochen und hungerten die ganze Zeit, und als wir in Kattakurgan eintrafen, war die Stadt überfüllt mit Flüchtlingen, und wir schliefen auf der Straße. Viele Menschen starben am Hunger.

In Samarkand wollte man uns nicht in die Stadt lassen, und wir lebten zwei Wochen unter freiem Himmel.

In Samarkand war die Bahnstation von Menschen belagert, und wir wussten nicht wohin, und die NKWDisten trieben uns von einer Stelle zur anderen.

In Samarkand hatten wir keine Bleibe für die Nacht, und wir lagen vor der Bahnstation im Schnee.

An einem kalten, regnerischen Tag kamen wir in Samarkand an. Wir übernachteten im Matsch auf der Straße, und es wurde uns alles gestohlen.

In Samarkand trieben sich Tausende von Flüchtlingen auf den Straßen herum.

In Taschkent lagen die Leute dicht an dicht in den Straßen. Man stahl uns den Sack mit Vaters Sachen, und Vater war sehr bekümmert, weil sich in dem Sack sein Tallit befunden hatte.

Wir kamen ohne meine Mutter in Taschkent an, irrten durch die Straßen und konnten nichts zu essen auftreiben.

Als wir in Buchara eintrafen, lagerten die Menschen zu Tausenden unter freiem Himmel, und dazwischen strichen usbekische Diebe herum. Es lagen viele Schwerkranke auf der Straße.

In Buchara übernachteten wir auf dem Bahnhof, weil uns niemand in seiner Wohnung aufnehmen wollte.

In Buchara lagen die Menschen in den Straßen, weil außer uns Flüchtlinge aus allen evakuierten sowjetischen Städten hierherströmten.

In dem mit Flüchtlingen überfüllten Turkestan nächtigten wir im Dreck auf der Straße. Die Menschen starben vor Hunger.

In Kisil-Tepe wohnten wir auf der Straße und starben fast vor Hunger, so fuhren wir nach Kisduban.

Wir kamen nach Turkestan, das überfüllt war mit Flüchtlingen aus den von den Deutschen besetzten Städten.

Wir kamen in Kermine an und irrten durch die Straßen.

Nach zwei Jahren schwerer Arbeit und Hunger hatten wir nicht mehr die Kraft, uns noch auf den Beinen zu halten, und als wir in Taschkent ankamen, ließ man uns nicht aus dem Waggon, weil in der von Flüchtlingen überfüllten Stadt eine Epidemie herrschte und nicht einmal mehr in den Straßen Platz war.

Wir fuhren von Taschkent nach Samarkand, doch auch dort wohnten wir auf der Straße und schliefen im Dreck, und manches Mal wünschten wir uns den Tod.

*

In Samarkand hockten wir eine ganze Woche im Dreck, bevor wir einen Platz in einem kleinen Stall bekamen.

In Buchara gelang es meinem Vater, gegen eine Uhr ein Nachtlager in einem Keller für uns zu bekommen. Die Leute starben in den Straßen an Hunger und Krankheiten.

Nach vielen auf dem Feld verbrachten Nächten bekamen wir

einen kleinen Stall, aber wir hatten nichts, um etwas zu essen zu kaufen.

Wir kamen in Kurkurowsk an, und nach mehreren Wochen Herumstreunen ohne ein Dach über dem Kopf bekamen wir einen Stall zum Schlafen. Aber Vater suchte vergeblich nach Arbeit, und wir aßen Gras, das Mama kochte.

In Turkestan bekamen wir nach langen Bemühungen eine Lehmhütte, aber wir hatten nichts, um Brot zu kaufen. Der Typhus verschonte niemanden, viele von unseren Bekannten starben.

In Samarkand lagen wir zwei Wochen lang unter freiem Himmel, bis Vater ein Loch zum Wohnen fand, und alle hatten wir Typhus.

In Samarkand wohnten wir drei Wochen lang auf der Straße. Mein Vater und meine Mutter erkrankten an Typhus, ich und mein Schwesterchen pflegten sie.

In Taschkent wurden Helenka, Irka und ich krank, und wir lagen mit Fieber auf der Straße, bis man uns ins Spital brachte. Als wir aus dem Spital entlassen wurden, trafen wir Mutter, aber ohne den kleinen Heniek.

In Buchara gab es eine Menge Juden aus Polen, die durch die Epidemie umkamen, und die Leichen lagen täglich zu Dutzenden auf der Straße.

In Samarkand konnte man kein Brot bekommen, und eine Menge Flüchtlinge starb auf der Straße.

Es lagen Hunderte von Menschen in den Straßen, Kranke mit Gesunden, Lebendige mit Toten. Die Leute bestahlen sich gegenseitig, und alle wurden von den Usbeken bestohlen, die man nicht abschütteln konnte. Wir Kinder waren so an den Anblick von Toten gewöhnt, dass wir uns nicht mehr vor ihnen fürchteten.

Als wir in Buchara eintrafen, kostete das Kilo Brot einen Rubel, das Kilo Soja sechs Rubel und dreißig Rubel das Kilo Dörrpflaumen. Nach drei Monaten war der Mehlpreis auf hundert Rubel für das Kilo gestiegen, und Brot wurde nur auf Karten verkauft, nur je vierhundert Gramm und nur an die, die gemeldet waren.

Am Anfang halfen uns die Juden von Buchara, die Hebräisch konnten. Viel konnten sie uns nicht helfen, denn die Reichen hatten sie längst verbannt, und die Armen hatten selber nichts zu essen, aber sie nahmen uns herzlich auf, und wir beteten zusammen. Sie freuten sich sehr über das Zusammentreffen mit Juden, aber sie machten sich Sorgen, dass durch uns die Teuerung zunimmt und mit ihr die Abneigung der einheimischen Bevölkerung gegen die Flüchtlinge.

Mein Vater bekam Arbeit als Lastenträger in einem russischen Waisenheim, und wir wohnten in einem Stall nebenan. Weil Vater das Brot aus der Bäckerei herbeitrug, waren wir nicht hungrig. Wenn die Kinder im Waisenheim Suppe bekamen, stellte ich mich mit meinem Brüderchen auch in der Schlange an. Später wollten die Erzieher uns keine Suppe mehr geben, und Brot gab es immer weniger.

Meine Brüder bekamen Arbeit in einer Ziegelei, und meine Schwester begann als Korsettmacherin zu arbeiten, aber ihr Verdienst reichte nicht für den Unterhalt. Wir freundeten uns mit dem Leiter einer Kooperative an, der mir täglich zwanzig Kilo Brot, ein Päckchen Tee und eine Schachtel Mandeln abtrat. Für ein Hundert-Gramm-Päckchen Tee zahlte ich ihm fünfzig Rubel und verkaufte es für sechzig, für das Brot nahm ich das Doppelte. Eines Tages erwischte mich ein Milizionär, als ich ein Päckchen mit Mandeln bei mir trug. Während des Verhörs aßen die Milizionäre alle Mandeln auf, und dann packten sie mich beim Schlafittchen und warfen mich hinaus. Ich handelte nicht mehr auf der Straße, und die Kunden kamen jetzt zu uns in den Stall, wo wir für über hundert Rubel im Monat wohnten.

Vater kannte den Magaziner in einer Kooperative, von dem wir Brot kauften. Wir zahlten ihm dreißig Rubel für das Kilo und verkauften es zu fünfunddreißig bis vierzig. Ein anderer Magaziner verkaufte uns ein bisschen Mehl und Reis. Die Erwachsenen brachten die Ware, und die Kinder verkauften sie. Ich wurde zehnmal in der Straßenbahn und im Kino verhaftet, als ich Ware verkaufte. Sie schlugen mich auf dem Revier, aber ich verriet unsere Adresse nicht und sagte, ich bin Waise.

Ich stand mit Vater die ganze Nacht vor der Kooperative nach

Fladen an, die dreißig Kopeken das Stück kosteten und die wir für je fünf Rubel verkauften. Als es keine Fladen mehr gab, handelten wir mit Seife, die Vaters Bekannter heimlich herstellte. Ich trug sie an die Kunden aus. Darauf stand Arrest und beim zweiten Mal Verhaftung der Eltern, aber ich entwischte der Polizei immer. Von dem ganzen Handel hatten wir nicht mal was zu essen.

In Buchara befanden sich zwei Ölfabriken, die Rapsöl für das Militär pressten. Aus den Pressrückständen machten die Leute Ölkuchen, und man bezahlte zwei bis drei Rubel für den Kuchen.

Unter den Beamten der Polnischen Vertretung in Buchara trafen wir einen Bekannten, und dank ihm bekamen wir eine Beihilfe, die dreihundert Rubel pro Monat betrug.

Von der Polnischen Vertretung in Buchara bekamen wir einmal pro Monat zweihundert Rubel für die ganze Familie und ein halbes Kilo Mehl pro Person. Kleidung gab man uns nicht. Die Polen bekamen Wäsche und Kleidung.

In Kisduban gab es eine polnische Niederlassung, wo wir jede Woche etwas Mehl und Konserven bekamen.

Wir Kinder bekamen von der Polnischen Vertretung fünfzig Rubel pro Monat und ein paar Lebensmittel. Der höchste Verdienst eines Fabrikarbeiters betrug fünf Rubel pro Tag, und ein Brot kostete auf dem Schwarzen Markt so viel, wie man in einem Monat verdiente.

Vater schickte einen Brief an Präsident Roosevelt und bat ihn um Hilfe für die Flüchtlinge, und in derselben Nacht wurde er verhaftet. Der Einspruch der Polnischen Vertretung und der von Jan Kwapiński halfen nicht. Als Vater im Gefängnis saß, erkrankte Mutter an Typhus und starb.

In Dschisak, hundertzwanzig Kilometer von Samarkand entfernt, herrschte entsetzlicher Hunger, und wir hatten nichts mehr zum Verkaufen. Wir erkrankten alle an Typhus, und man brachte uns ins Spital, wo mein jüngstes Brüderchen starb.

In Buchara wohnten wir in einem Stall und erkrankten alle an Typhus. Meine Schwester Ester starb.

Ich und meine siebenjährige Cousine erkrankten an Bauchtyphus und lagen zusammen im Spital. Sie starb in meinen Armen.

Ganze Tage und Nächte stand man nach vierhundert Gramm glitschigem Brot an. Die Usbeken warfen uns aus der Schlange und beschimpften uns als Juden. Nach einigen Monaten starb mein Vater an Hunger.

Mein Vater starb in der Nacht. Am Morgen kamen Usbeken, packten den Leichnam und fuhren ab. Sie erlaubten mir nicht, mitzufahren, und ich weiß nicht, wo er begraben ist.

Zuerst starb Großmutter an Typhus und dann mein Vater, und wir blieben mittellos zurück.

Wir schliefen auf dem Bahnhof, weil wir kein Nachtlager finden konnten, und wir erkrankten alle an Typhus. Wir wurden im Spital gesund, aber Vater bekam dann eine Lungenentzündung und starb.

Wir schliefen unter freiem Himmel, und meine Eltern erkälteten sich. Ich konnte den Natschalnik des Spitals nicht erweichen, sie aufzunehmen. Es gelang mir, sie bei einem Usbeken unterzubringen, aber ich hatte nichts zu essen für sie. Drei Wochen lang hatten sie hohes Fieber. Schließlich zerrte ich sie in eine Droschke – niemand half mir – und fuhr sie ins Spital. Ich ließ sie vor dem Gebäude stehen, setzte sie einfach aus und lief zu Fuß nach Hause zurück. Es ging mir schlecht, und ich wusste, ich habe Typhus.

Nach der Verkündung der Amnestie dachten wir, wir sind gerettet. Wir wussten nicht, dass diese Etappe die schwerste sein wird.

Es ging uns viel schlechter nach der Amnestie, als wir in Usbekistan ankamen.

Als wir in Samarkand ankamen, ging es uns schlechter als in der Verbannung.

In Samarkand war unsere Situation schlimmer als im Lager.

In Usbekistan begriffen wir, wie falsch wir gehandelt hatten, als wir die Siedlung verließen.

Als wir nach der Verkündung der Amnestie in Usbekistan eintrafen, dachten wir, unser Ende ist gekommen.

Wir wussten, dass wir zugrunde gehen

In Turkestan hielt man uns acht Kilometer von der Stadt entfernt auf der Station fest, und NKWDisten trieben uns alle in den Kolchos.

In Buchara führte man Razzien durch, und diejenigen, die nicht durch Papiere nachweisen konnten, dass sie eine feste Arbeit hatten, wurden in die Kolchosen geschickt.

Wir schliefen auf den Straßen wie Tausende anderer Flüchtlinge. Viele starben auf der Straße, und es gab niemanden, der sie begrub. Wir fürchteten zu verhungern, und nach vielen Mühen gelang es uns, nach Turkestan zu fahren, aber man ließ uns nicht aus dem Zug und schob uns in den Kolchos »Burgen« ab.

Eines Tages verkündete das NKWD, alle polnischen Staatsbürger sollen auf die Station kommen, von wo sie nach England befördert werden. Als wir ankamen, umringten uns bewaffnete Wachen, und wir wurden mit Fuhrwerken in einen Kolchos verschleppt.

In Samarkand hatten wir kein Dach über dem Kopf, und man befahl uns, in einen Kolchos zu fahren.

In Samarkand konnten wir kein Nachtlager finden und wohnten zwei Wochen auf der Station, und als Vater nach Dschambul fuhr, um eine Wohnung zu suchen, wurden wir in einen Kolchos verschleppt.

Wir fuhren nach Leninabad, aber niemand wollte uns in seine Wohnung lassen, und wir irrten durch die Straßen. Schließlich gingen wir selbst zum NKWD, damit sie uns in einen Kolchos schicken.

Als meine Mutter aus dem Spital kam, gingen wir wegen einer Unterstützung zur Vertretung und saßen eine ganze Nacht auf der Treppe, um hineinzukommen. Wir bekamen nur fünfzehn Rubel Beihilfe, und da wir sahen, dass wir verhungern würden, gingen wir zum NKWD, damit sie uns in einen Kolchos schicken.

Wir hungerten, obwohl mein Vater auf der Suche nach einem Verdienst den ganzen Tag auf den Basaren herumlief. Als er anfing, mit Bonbons zu handeln, erwischte man ihn und warf ihn wegen Spekulation ins Gefängnis. Da uns der Hungertod drohte, schrieb sich meine Mutter mit uns für den Kolchos ein.

Wir lagen auf dem Bahnhof. Als wir nichts mehr zu verkaufen hatten, gingen wir in den Kolchos.

In Taschkent schliefen wir unter freiem Himmel und mussten schließlich in einen Kolchos fahren.

In Turkestan war kein Brot zu bekommen, und wir mussten in einen Kolchos fahren.

In Schachrisabs irrten wir durch die Straßen, in denen die Flüchtlinge dicht an dicht lagen, und so fuhren wir in einen Kolchos.

In Samarkand lebten wir einen Monat auf der Straße, und dann fuhren wir in den Kolchos »Woroschilow«.

In Fergana wussten wir nicht wohin, und Mama trug mein Schwesterchen Sabinka auf dem Arm, die in Sibirien geboren war, also gingen wir in den Kolchos. Wir schliefen auf Brettern in einer Kibitka und hungerten täglich.

Wir wurden mit Gewalt in den Kolchos »Janko Tarmasch« nicht weit von Buchara geschafft. Wir wohnten in einer Lehmhütte und schliefen auf der nackten Erde. Am Anfang arbeiteten wir und bekamen vierhundert Gramm Mehl, aber dann gab es keine Arbeit mehr, und wir bekamen nichts. Wir ernährten uns von Gras und Wurzeln.

Meine Mutter, meine beiden Schwestern und mein jüngster Bruder wurden in den einen Kolchos und ich, mein Vater und meine anderen Brüder in einen anderen gebracht, der »Thälmann« hieß. Wir arbeiteten auf dem Feld und pflückten Erdnüsse. Wir nähten uns große Taschen, die wir mit Erdnüssen vollstopften, und so erhielten wir uns am Leben.

Wir mussten in einen Kolchos, der »Usbek« hieß. Wir arbeiteten schwer und wären Hungers gestorben, wenn ich nicht täglich Roggen gestohlen hätte.

Als wir aus dem Spital entlassen wurden, mussten wir in einen Kolchos, und wir arbeiteten in der Baumwolle. Wenn wir vor Schwäche nicht zur Arbeit antreten konnten, gab man uns kein Brot. Wir verkauften unser letztes Kissen und unser letztes Hemd, waren abgerissen und nackt.

Wir gingen in den Kolchos »Utro«. Vater arbeitete auf dem Feld und wir bei der Watteernte. Vater bekam ein Kilo Roggen und wir ein halbes. Mama zerrieb ihn und buk Fladen. Dann wurden die Roggenportionen gekürzt.

Man transportierte uns in einen Kolchos hinter Krasnogwardejsk. Meine Mama ging aufs Feld Rettich verziehen und bekam dafür zweimal täglich Suppe. Ich konnte den Geschmack dieser Suppe nicht ertragen, darum briet mir meine Mama den Rettich in der Asche, die die Kasachen auf dem Feld zurückließen. Die Kasachen kochten in riesigen Kesseln irgendwelches Grünzeug, das sie dann mit den Händen aßen. Im ganzen Kolchos gab es keinen einzigen Löffel.

Im Kolchos waren tausend Usbeken und fünfhundert Flüchtlinge aus Polen. Die Usbeken ernährten sich nicht schlecht, aber sie liefen in Lumpen herum, wohnten in fensterlosen Kibitkas, schliefen auf der Erde und wussten nicht, was Möbel sind. Ich und Hersz hackten Kartoffeln, und Vater pflückte Watte.

Der Kolchos »Kisyl-Juldus« befand sich zehn Kilometer von Taschkent entfernt. Wir arbeiteten bei der Baumwollernte für vierhundert Gramm Mehl, aus dem ich in Wasser Klößchen kochte, und das war unser Morgen- und Abendgericht. Die Lehmhütten ließen bei Regen das Wasser durch, und man lebte buchstäblich im Schlamm.

Im Kolchos »Pjatiletka« arbeiteten Vater, Mutter und meine größeren Schwestern in der Watte, und unsere Familie bekam dafür ein Kilo Mehl.

Im Kolchos »Urtak« bekamen wir zweihundert Gramm Brot pro Tag.

Ich las täglich von tausend Meter Stengeln die Watte und bekam ein halbes Kilo Roggenmehl.

Wir arbeiteten alle auf dem Feld und bekamen vierhundert Gramm Getreide pro Tag.

Mein Bruder und meine Schwester arbeiteten auf dem Feld, und wir bekamen zweihundert Gramm Mehl pro Tag, aber es gab Tage, an denen man uns gar nichts gab.

Im Kolchos »Intala« sagte mein Vater, er ist Schuster. Man

freute sich sehr über ihn, und er setzte sich gleich an die Arbeit, für die wir je eine Handvoll Weizen bekamen.

Für Feldarbeit erhielt man sechshundert Gramm Brot. Ich und meine Mutter bekamen als Nichtarbeitende dreihundert. Die Einheimischen hatten in ihren Hütten nichts außer Bretterbetten. Die Flüchtlinge schliefen auf der Erde.

Wir wohnten in einer Kibitka und arbeiteten alle drei auf dem Feld, wofür wir zweihundertfünfzig Gramm Getreide bekamen.

Wir wohnten in einer Kibitka und schliefen auf dem nassen Lehmfußboden. Wir arbeiteten alle auf dem Feld, wofür wir ein bisschen Getreide bekamen, aus dem Mama Suppe kochte.

Im Kolchos »Maxim Gorki« arbeiteten wir von früh bis abends in der Baumwolle für vierhundert Gramm Mehl. Wir wohnten in Kibitkas zusammen mit Usbeken, damit wir nicht meutern konnten.

Im Kolchos arbeiteten wir zusammen mit Mama in der Watte und bekamen dafür Fladen und manchmal zehn Deka Mehl. Wir hungerten fürchterlich. Die Usbeken setzten uns zu und nannten uns »jüdische Pans«, und sie drohten, sie werfen uns aus dem Kolchos. Mama musste betteln, dass wir bleiben durften.

Der Kolchos hieß »Dimitroff«, und es war dort schlimmer als in der Siedlung. Wir arbeiteten auf dem Feld in der Baumwolle und bekamen zweihundert Gramm Getreide. Es arbeiteten sogar die kleinen Kinder. Als man uns eines Tages ein bisschen Roggenmehl gab, war das für uns ein großes Fest. Nach einigen Wochen erklärten die Usbeken, sie können uns nicht dabehalten, weil sie kein Essen für uns haben, aber wir versuchten sie durch Bitten zu bewegen, noch etwas bleiben zu dürfen.

Unsere Gruppe wurde in den Kolchos »Molotow« geschickt, wo man die ersten zwei Tage jedem zweihundert Gramm Mehl gab, aber dann nur noch hundert. Alle erkrankten an Typhus.

Auf einem mit Kamelen bespannten Fuhrwerk brachte man uns in den Kolchos »International«, wo mein Vater sofort krank wurde.

Im Kolchos »Thälmann« wohnten wir in einer Tschaikana zusammen mit anderen Flüchtlingen, von denen die meisten Typhus, Ruhr und andere Krankheiten hatten. Man wollte sie nicht ins Spital aufnehmen, und die meisten starben dicht neben uns.

Im Kolchos »Molotow« gab es neun jüdische Familien und eine polnische, der Rest waren Usbeken. Am Anfang bekamen wir ein halbes Kilo Brot pro Tag, dann kamen lange Fastentage. Die Usbeken waren selber in einer schrecklichen Situation. Wir arbeiteten schwer auf dem Feld. Ich war zwölf Jahre alt, und meine Hände waren zerkratzt und geschwollen vom Wattepflücken. Dann verlegte man uns in den Lenin-Kolchos, wo es noch schlimmer war, weil man uns zusammen mit fünfundzwanzig anderen Leuten, von denen alle Typhus hatten, in einer winzigen Stube unterbrachte. Zum Glück gelang es uns, eine eigene Holzbude zu bekommen. Die Epidemie war schwer, und nur die Hälfte der Leute kam davon. Von der siebenköpfigen Familie Rotman starben vier am Typhus, und von einer polnischen Familie starben alle. Wenn wir hungrig waren, aßen wir Gras, aus dem Mutter »Koteletts« machte. Dazu gab es nicht mal Salz. Wir schwollen an von diesem Essen.

Als ich krank wurde und sie mich ins Spital schafften, hatten meine kleinen Brüder Abram und Cwi mehrere Tage lang nichts zu essen, dann liefen sie weinend zum Kolchosvorsitzenden. Der gab jedem einen Fladen und sagte, wer nicht arbeitet, kann auch nicht essen. Als ich aus dem Spital entlassen wurde, hatte ich eine Freistellung für vierzehn Tage, aber man wollte mir meine Portion Mehl nicht geben, und nach einigen Tagen musste ich wieder zur Arbeit. Selbst der fünfjährige Cwi musste arbeiten. Ich hatte ihn auf dem Feld neben mir und gab acht, dass er etwas tat, wenn sich der Aufseher näherte.

Mama war so geschwächt, dass sie nicht arbeiten konnte. Ich und mein Bruder arbeiteten bei der Watteernte, und am Anfang bekamen wir je vierhundert Gramm Mehl. Dann kürzte man die Rationen auf zweihundert Gramm, und wir aßen wildwachsendes Grünzeug, von dem man krank wurde.

Die Lage im Kolchos wurde immer schlechter. Mama und meine ältere Schwester erkrankten an Ruhr, und man schaffte sie ins Spital.

Als wir nach vielen Bemühungen in den Kolchos ziehen durften, in dem sich Mama befand, konnte sich mein Vater kaum noch auf den Beinen halten. Mama verkaufte das letzte Hemd für ein bisschen Reis, damit er sich kräftigte, aber er konnte nicht mehr essen, und im März 1942 starb er. Am selben Tag starb Lejbowicz aus Rozwadów, und wir begruben sie beide auf dem russischen Friedhof, weil es keinen anderen gab.

Im Kolchos »1. Mai« brachten wir drei Monate in einer kalten Lehmhütte zu und erhielten für einen Tag Arbeit eine Handvoll Getreide. In diesem Kolchos starb mein kleiner Cousin am Hunger. Danach gingen wir nach Buchara zurück, wo unsere ganze Familie an Typhus erkrankte.

Wir wohnten in einer Lehmhütte und arbeiteten bei der Getreideernte. Während der Ernte bekamen wir ein Kilo Roggen pro Tag, nach der Ernte schrumpfte die Portion auf die Hälfte und später auf dreihundert Gramm. Alle erkrankten an Typhus. Nach der Entlassung aus dem Spital wollten wir nicht mehr aufs Land zurück.

Nach der Entlassung aus dem Spital beschloss ich, lieber auf der Straße zu sterben, als in den Kolchos zurückzugehen.

Im Kolchos »Molotow« wohnten wir in einer Kibitka und arbeiteten bei der Watteernte für vierhundert Gramm Brot. Dann kürzte man die Brotrationen in einem Maße, dass wir nach Samarkand zurückgehen mussten.

Im Kolchos arbeiteten wir alle in der Watte, wofür wir je zweihundertfünfzig Gramm Getreide bekamen, das wir mit Steinen zerrieben, und Mama kochte Suppe. Da wir sahen, dass wir verhungern würden, kehrten wir in die Stadt zurück. Mama bekam Malaria und lag im Spital, und wir streunten umher und ernährten uns von Unkraut vom Feld.

Zuerst wurde Vater krank und dann wir alle. Mutter wollte uns nicht ins Spital geben, sie sagte, im Spital vergiften sie die Leute. Wir blieben in der Kibitka, wo nicht einmal jemand war, der uns Wasser geben konnte, denn Mama arbeitete auf dem Feld. Gott stand uns bei, und wir wurden gesund, aber Rekonvaleszenten wollte man nicht im Kolchos behalten, und wir kehrten nach Taschkent zurück.

Wir kamen aus dem Spital, aber nach dem Typhus waren wir

so geschwächt, dass wir nicht arbeiten konnten, und wir verloren die Möglichkeit zu verdienen. Wir kehrten in die Stadt zurück, wo wir auf der Straße schliefen. Meine Mutter und meine Schwester versuchten, gebrauchte Sachen aus Taschkent heranzuschaffen und sie zu verkaufen, aber in den Zügen gab es ständig Durchsuchungen und Verhaftungen.

Im Kolchos pflügte ich den Boden und riss bei dieser Arbeit meine letzten Schuhe herunter, dabei bekam ich für zehn Tageseinheiten nur ein Kilo Mehl. Ich gab die Arbeit auf und kehrte in die Stadt zurück.

Die Usbeken jagten uns mit den Worten aus dem Kolchos, sie haben selber nichts zu essen, also kehrten wir nach Samarkand zurück. Mutter wurde herzkrank und konnte sich nicht rühren. Wir rannten von Haus zu Haus und bettelten, sie aufzunehmen. Schließlich fanden wir ein Invalidenheim und weinten so lange, bis einer von den Leitern Mitleid hatte und sie aufnahm.

Im Kolchos bekam ich Malaria und die Schwindsucht. Da mein Vater sah, dass ich das nicht lange durchstehe, kehrte er mit mir in die Stadt zurück und begann Handel zu treiben. Er verdiente nicht schlecht, aber er gab alles für den Arzt und die Medikamente für mich aus. Zweitausend Rubel kostete meine Krankheit. Ich bemerkte, dass sich mein Vater den Bissen Brot versagte und alles mir abtrat.

Als wir an Typhus erkrankten, lieferte man uns ins Spital ein. Mama und mein Bruder Meir lagen zehn Tage und ich zwei Monate. Als mein Fieber gefallen war, besuchte mich mein Bruder, und ich bat ihn sehr, mir die kleine Sabinka zu bringen, weil ich mich so sehr nach ihr sehnte, aber der Doktor erlaubte es nicht, und davon bekam ich wieder Fieber. Man verlegte mich in ein anderes Spital, wo man mir trotz der Kälte keine Decke gab, so ging mein Vater in das vorige Spital meine Decke holen und steckte sich mit Typhus an. Sieben Tage lag er im Spital, und als Mama am achten Tag kam, fand sie ihn nicht mehr vor. Sie wollte es uns nicht sagen, aber als sie mich im Spital abholte, erkannte ich an ihrem Gesicht, was passiert war. Als die kleine Sabinka an Ruhr erkrankte, durfte Mama bei ihr im Spital bleiben, und ich blieb mit meinem Bruder im Kolchos. Da wir nicht arbeiteten, gab man uns nichts zu essen, und wir starben fast vor Hunger. Eines Tages sagte Mama, Sabinka hält nicht mehr lange durch. Ich ging mit meinem Bruder ins Spital, und wir sahen Mama und neben ihr zwei Männer mit Spaten. Ich fürchtete mich sehr vor diesen Leuten mit den Spaten, aber ich ging zu Mama, weil ich nicht wollte, dass sie allein dort steht. Man gab mir Sabinkas Kleidchen, und Mama ging mit diesen Leuten mit. Ich weinte bitterlich, denn am meisten auf der Welt liebte ich mein kleines Schwesterchen. Als Mama nach Hause kam, war sie immerzu verzweifelt und konnte nicht mehr arbeiten gehen.

Mein Bruder schleppte sich von der Arbeit nach Hause und legte sich auf den Fußboden. Ich ging täglich zum Arzt, aber ich traf nie einen an. Nach acht Tagen fand ich endlich einen Arzt, und der wies meinen Bruder ins Spital ein, das sich fünfundzwanzig Kilometer vom Kolchos entfernt befand. Nach zwei Tagen ging ich hin, um mich zu erkundigen, wie es meinem Bruder geht. Man sagte, er ist in der Nacht gestorben. Ich saß einen ganzen Tag vor dem Spital, um den Leichnam meines Bruders auf den Friedhof zu bringen. Am Abend sagte man mir, das Begräbnis hat schon stattgefunden, aber man wollte mir keinen Hinweis geben, wo sich das Grab befindet.

Mein Vater lag immerzu im Bett. Der Kolchos war arm, und wir hatten nichts zu essen für Vater. Dann schaffte man ihn ins Spital, und ich sah ihn nicht wieder. Ich weiß nicht einmal, wo er begraben liegt.

Meine Brüder, Szlojme, der zwanzig Jahre alt war, und Aron, der achtzehn Jahre alt war, lagen fünf Tage zu Hause. Szlojme starb auf dem Weg ins Spital und Aron im Spital. Wir wussten, dass wir zugrunde gehen, und zogen vom Kolchos in die Stadt zurück. Wir schleppten Ziegel in der Ziegelei und verdienten je zwei Rubel und dreihundert Gramm Brot pro Tag.

Wir verließen den Kolchos und zogen um nach Krasnogwardejsk, wo wir den größten Teil von Papas Verdienst für die Miete hingaben. Meine Mama kochte für uns Klößchen aus Mehl, vermischt mit Häcksel, der einen beim Essen in die Zunge piekste. Papa schwoll an, und an seinem ganzen Körper bildeten sich Wunden, aus denen der Eiter lief, und von jedem Tropfen entstand eine neue Blase. Sein Hemd war nass von Eiter und Blut. Dann wurde meine Mama krank. Sie weinte nicht, sie stöhnte nicht, sie sank nur aufs Lager und konnte nicht mehr aufstehen, und da musste ich allein Papas Geschwüre ausdrücken. Papa trug mir auf, in die Stadt zu gehen und etwas zu holen, um unsere Mama zu retten. Ich kaufte für seinen Anzug eine Flasche Milch und ein bisschen Marmelade und versuchte, es meiner Mama in den Mund zu stopfen, aber sie biss die Zähne zusammen und wollte nicht essen, und auf einmal ruckte sie so heftig mit dem Kopf, dass ich die Milch verschüttete. Ich sah, wie sie auf ganz seltsame Weise einschlief, und dann wurde sie starr wie ein Stein. Papa sagte, unsere Mama ist entschlafen. Vier Tage saß ich bei ihr und passte auf sie auf, und dann kamen fremde Leute und nahmen sie irgendwohin mit. Eine Russin wollte mich zu sich nehmen, aber ich wollte Papa nicht allein lassen. Ein paar Tage später rutschte Papa vom Strohsack auf den Fußboden. Ich wollte ihn wieder hochziehen, aber er war sehr schwer, jeder Arm wog ein Pud. Ich rief ihn, aber er antwortete nicht, obwohl er die Augen auf hatte. Er hatte immer blaue Augen, aber jetzt hatten sie eine ganz andere Farbe, und es flossen Tränen aus ihnen. Ich fing laut zu weinen an. Die Nachbarin kam angelaufen und versuchte mich zu beruhigen mit den Worten, dass mein Papa schläft, aber das ließ ich mir nicht einreden, und ich rief, wir müssen ihn begraben. Es war kein Geld für das Begräbnis da. Der Mann der Nachbarin grub eine Grube, ich half ihm dabei.

Das erste Opfer der Ruhr war mein zehnjähriges Brüderchen Sender, den man erst nach acht Tagen ins Spital brachte. Für eine große Geldsumme gelang es uns, seinen Leichnam herauszubekommen, und wir beerdigten ihn auf dem jüdischen Friedhof. Drei Wochen später erkrankte Mama. Es gelang uns, sie im Spital unterzubringen, aber am nächsten Tag starb sie. Wir wollten sie beerdigen, aber man sagte uns, der Leichnam wurde in der Nacht an unbekanntem Ort beerdigt.

Mein fünfjähriges Brüderchen Zysl wurde krank, und Vater schaffte es, dass man ihn im Spital aufnahm. Ich ging täglich hin, um mich zu erkundigen, wie es ihm geht. Eines Tages fand ich sein Bettchen leer. Ich holte meinen Vater. Man sagte uns, das

Kind ist gestorben und wurde begraben, aber man wollte uns sein Grab nicht zeigen.

Vater bekam Arbeit bei der Vertretung, aber bald darauf erkrankte er an der Ruhr und starb. Dann starb meine Mutter an derselben Krankheit. Als ich vom Begräbnis meiner Mutter zurückkam, wollte mich der Usbeke nicht in die Wohnung lassen, und ich schlief auf der Straße.

Vater bekam das Fleckfieber, danach bekam es Mama, mein Bruder, meine Schwester und ich. Der eine kam aus dem Spital, der andere ging. Mutter bekam nach dem Typhus die Ruhr, magerte schrecklich ab und starb. Vater quälte sich nicht lange, nach wenigen Tagen starb er.

Den Typhus hatten wir überstanden, aber mein Vater und meine Mutter waren von der Krankheit sehr geschwächt, und ich hatte nichts zu essen für sie. Ein Pole, ein Ingenieur, der in der Nachbarschaft wohnte, half uns sehr. Er stand für uns nach Brot an und verkaufte ein paar Schuhe von meinem Vater, um uns etwas zu essen zu kaufen. Mein Vater war zweiundvierzig und meine Mutter einundvierzig. Ich verkaufte ihre Kleidung, um sie auf dem jüdischen Friedhof in Buchara zu begraben, und ich ließ einen Grabstein für sie setzen.

Meine Mutter erkrankte an Malaria und lag auf dem nassen Fußboden. Erst nach mehreren Tagen schaffte man sie ins Spital. Mein Vater kam sehr traurig zurück und wollte uns nicht sagen, wie es Mama geht. Es stellte sich heraus, dass sie auf dem Weg gestorben war, und statt ins Spital hatte er sie auf den Friedhof gebracht. Nach dem Tod meiner Mutter aßen wir Unkraut vom Feld, bis mein Vater krank wurde. Vergeblich bettelte ich, ihn im Spital aufzunehmen, und nach acht Tagen starb er.

Vater und Mutter erkrankten an Typhus. Man wollte uns kein Fuhrwerk geben, um sie ins Spital zu bringen. Sie starben an einem Tag. Wir weinten eine ganze Nacht, und am nächsten Tag begruben wir sie allein.

Die Situation in der Stadt wurde immer schlimmer, weil die Leute massenhaft aus den Kolchosen flüchteten. Sie starben auf den Straßen, und die Toten warf man in die Abfallkisten. Die schrecklichste Krankheit war die Ruhr. Es hieß, ihre Ursache sind die Ölkuchen. Es kam ein Arzt von der Polnischen Vertretung, aber er war machtlos, denn Medikamente waren auch für alles Geld nicht aufzutreiben.

Es gab keine Ärzte, weil sie an die Front eingezogen worden waren, in den Spitälern gab es nur Zahnärzte. Eines Tages kam ich ins Spital und fragte meine Schwester, wie es Mutter geht, und meine Schwester antwortete, sprich ein Gebet für Vater. Als ich nach dem Gebet nach Hause kam, erfuhr ich, dass Mutter auch schon tot war. Aus Laken nähten wir ein Totenhemd und verkauften die Sachen, um die hundertfünfzig Rubel für einen Platz auf dem jüdischen Friedhof zu bezahlen.

Vater und Mutter bekamen Hungerkrämpfe, aber man wollte sie nicht ins Spital aufnehmen. Es war über die Zeit, dass man sie holte, und Mutter starb am Tag darauf und Vater nach zwei Tagen. Ich weiß nicht, wo man sie beerdigt hat. Dina und ich erkrankten an der Ruhr, und man brachte uns ins Spital. Nach einigen Tagen starb Dina.

In Kasachstan erkrankten wir alle an Typhus, und nach elf Tagen starb Mama. Mein ältester Bruder, der neunzehn Jahre alt war, starb auch. Mit meinem kranken Vater und meinem letzten Brüderchen fuhr ich in das Gebiet Frunse, weil es hieß, dort ist mehr Essen zu bekommen. Dort erkrankte Vater an Ruhr und starb nach acht Tagen im Spital. Nur ich und mein Brüderchen waren von der ganzen Familie noch übrig.

Nach dem Typhus waren wir so ausgehungert, dass wir Gras und Wurzeln fraßen und alle an Ruhr erkrankten. Zuerst starb Großmutter, die sechzig Jahre alt war. In derselben Nacht starb Großvater. Noch bevor die acht Trauertage vorbei waren, starb Vater und zwei Wochen nach ihm Mama. Dann starben mein Onkel und seine zweiundzwanzigjährige Frau.

Mein ältester Bruder Abram, der achtzehn Jahre alt war, starb an der galoppierenden Tuberkulose. Wir durften ihn nicht gebührend begraben, und dann sahen die Leute, wie die Hunde seine Knochen hervorzerrten. Der dreijährige Zysel starb an einer Hirnentzündung wie Mutter, und Beniek, der Jüngste, der im Gefängnis geboren war, erfror. Die Hälfte unserer Familie starb in Frunse.

Der Typhus und die Ruhr richteten schreckliche Verwüstungen unter den Flüchtlingen an. In kurzer Zeit starben mein Großvater, meine Großmutter, meine Tante, ihr Kind und ihr Mann. Als man mich in das polnische Heim aufnahm, erfuhr ich, dass das zweite Kind meiner Tante auch gestorben war.

Zu siebent hatten wir Polen verlassen, drei starben an Hunger und Krankheiten.

Wir waren zu siebent, und übrig blieben nur mein zwölfjähriger Bruder Abram und ich.

Wir waren zu elft nach Russland aufgebrochen, und übrig blieben nur zwei Tanten, meine dreijährige Cousine und ich.

Von den fünfzehn Personen unserer Familie, die nach Russland verbannt wurden, blieben sechs übrig. In anderen Familien war es das Gleiche.

*

Als die Nachricht von der Gründung einer polnischen Armee eintraf, fuhren mein größerer Bruder und mein Onkel Meir nach Samarkand, aber man wollte sie nicht. Mein Onkel war verzweifelt, und er starb an Hunger, und nach ihm starb sein Sohn Motel.

Mein Vater wollte ins polnische Militär eintreten, aber man wollte ihn nicht.

Mein Vater, als Chauffeur, bemühte sich, zur polnischen Armee zu kommen, aber man wollte ihn nicht, weil er Jude war.

Mein größerer Bruder meldete sich zum polnischen Militär, doch als Juden nahm man ihn nicht.

Ich fuhr nach Taschkent, wo eine polnische Armee entstand. Man nahm gern Polinnen zu den weiblichen Truppen, aber keine Jüdinnen.

Viele Leute wollten ins Gefängnis kommen, weil man dort ein Dach über dem Kopf hatte und zu essen bekam, aber die Russen erkannten das Manöver rasch, und es gab immer mehr Freisprüche.

Waisen, Waisen

Mein Vater bekam die Blutruhr, aber man wollte ihn nicht ins Spital aufnehmen, und am nächsten Tag starb er. Zwei Wochen später, als meine Mutter und mein älterer Bruder auf dem Feld arbeiteten, starb mein kleines Schwesterchen Fejga in meinen Armen. Wir hatten Angst, dass das für Mama ein schrecklicher Eindruck sein wird, und wir trugen sie aufs Feld und vergruben sie. Wenn ich daran denke, wie verzweifelt unsere Mutter war, werden mir die Beine steif. Als Mutter an Typhus erkrankte, erbettelten wir vom Natschalnik im Kolchos ein Fuhrwerk, um sie ins Spital zu schaffen, aber sie starb auf dem Weg. Wir brachten sie zurück und beerdigten sie neben Vater und Fejga. Als mein jüngerer Bruder Herszel krank wurde, wollte ich ihn nirgends mehr hinbringen, und nach einigen Tagen schaufelten wir das vierte Grab. Dann verkauften mein älterer Bruder und ich alle Sachen und verließen den Kolchos. Auf der Station Kitab, wo wir auf den Zug nach Schachrisabs warteten, wurde uns alles Geld gestohlen. In Schachrisabs begaben wir uns zur polnischen Niederlassung, wo man uns sofort Decken gab, und am nächsten Tag brachte man uns ins Waisenhaus.

Ich verkaufte im Kolchos die Sachen, die mir von meinen Eltern geblieben waren, und ging nach Schachrisabs, wo ich mich als Vollwaise bei der polnischen Niederlassung meldete. Man gab mir einen Mantel, Schuhe und zwei Decken und sagte, in einigen Tagen wird ein Waisenhaus aufgemacht. Eine Beamtin der Vertretung, eine Jüdin, interessierte sich für mich. Sie fragte, wie viel Geld ich habe und ob ich Angehörige habe, und bot mir an, bei ihr zu wohnen. Sie war freundlich zu mir und nahm täglich ein bisschen Geld von mir. Das Geld war bald alle, und sie begann mich zu schlagen und jagte mich aus dem Haus, wenn Männer zu ihr kamen. Dann erfand sie, ich hätte sie bestohlen, und setzte mich auf die Straße, und ich durfte nicht einmal den Mantel und die Decken mitnehmen, die ich von der Vertretung bekommen hatte. Ich lief weinend zum Leiter. Er gab mir einen anderen Mantel und verschickte mich nach Kasan.

Zuerst erkrankte mein einundzwanzigjähriger Cousin Eliezer an Ruhr, und wenige Tage später starb er. Dann wurde Mutter krank und nach ihr mein Bruder Icchak. Alle starben im Spital. Meinen Vater wollten wir nicht ins Spital geben, aber wir taten es doch, als sein Zustand ernst wurde. Meine Mutter und meinen Cousin begruben wir auf dem jüdischen Friedhof in Buchara, aber wo mein Bruder und mein Vater begraben sind, weiß ich nicht, weil das Spital uns die Leichen nicht herausgab. Dann schaffte man meine taubstumme Schwester in ein russisches Heim und mich ins polnische Waisenhaus.

Mein Vater bekam eine Lungenentzündung. Mama flehte den Arzt vergeblich an, und er erlosch wie eine Kerze. Mama wusch ihn und hüllte ihn in ein Laken, aber das Gebet wurde nicht für ihn gesprochen, es war ja keiner da. Als Mama an Typhus erkrankte und ins Spital geschafft wurde, bekam ich im Kolchos vierhundert Gramm schwarzes Mehl und lernte, auf den heißen Ziegeln Fladen daraus zu backen. Später brachte man mich ins polnische Waisenhaus.

Man verheimlichte uns, dass unser Vater in Buchara gestorben war. Man sagte uns, er ist Arbeit suchen gefahren. Dann wurde meine Mutter schwer krank, und man gab uns nichts zu essen. Der Kolchosleiter sagte, wir sollen uns einen anderen Platz suchen. Wir machten Jagd auf Hunde, aßen Gras. Schließlich verließen wir den Kolchos und gingen zu Fuß nach Samarkand. Dort nahm man Mama ins Spital auf, und wir meldeten uns bei der Polnischen Vertretung und sagten, wir sind Waisen. Mit dem Waisenhaus fuhren wir nach Syrbuljak bei Kermine, wo sich das polnische Militär befand. Dort herrschten Malaria und Typhus, aber allmählich wurde die Situation besser.

Mein Vater und mein jüngster Bruder erkrankten an Typhus, aber es gab kein Fuhrwerk, um sie ins Spital zu bringen, und sie lagen neben uns auf dem Fußboden. Wir hatten nichts, um sie zuzudecken, und nach ein paar Tagen starben sie. Die Usbeken erlaubten uns nicht, sie zu begraben. Sie holten die Leichname ab, und wir wissen nicht, was sie mit ihnen getan haben. Mama wollte nicht länger im Kolchos bleiben, und wir fuhren nach

Turkestan, wo es ihr nach langen Bemühungen gelang, uns im polnischen Waisenhaus unterzubringen.

Weil es im Kolchos keine Arbeit für uns gab, fuhren wir nach Taschkent. Unterwegs wurden meine Mutter und mein Bruder krank, und beide starben. Ich ging ins Waisenhaus.

In Taschkent bekam man sogar für Geld schwer Lebensmittel, und mein Vater starb an Hunger. Meine Mutter wurde krank und starb auch. Ich und mein zwölfjähriger Bruder Abram gingen nach Buchara zurück, wo man uns im Waisenhaus aufnahm.

Mein Vater und meine Mutter wurden ins Spital gebracht. Nach elf Tagen starb Mutter und danach Vater. Ich und mein Schwesterchen kamen ins polnische Waisenhaus.

Meinen Vater nahm ein in Buchara bekannter Bürger zu sich, der so etwas wie eine Wohnung hatte, und Mutter schlief im Bethaus. Wir waren entsetzlich hungrig. Mutter aß Kartoffelschalen, erkrankte an Ruhr und starb im Spital. Vater starb einen Monat später an Typhus. Ich blieb bei einem Juden aus Buchara und weinte tagelang und suchte jemanden aus Tomaszów oder jemanden, der meinen Vater kannte. Ich hatte Glück, denn ich traf Frau Glancer aus unserer Stadt. Sie nahm mich zu sich, ließ mich in ihren Pass eintragen und bekam von der Polnischen Vertretung Geld für mich, für das ich Essen beschaffen konnte. Außerdem wurden diejenigen, die eine Beihilfe von der Vertretung bekamen, nicht ausgesiedelt.

Frau Jakubowicz aus Łódź ließ mich als ihren Sohn eintragen, und auf die Art bekam ich eine Brotkarte. Frau Jakubowicz arbeitete in der Schuhfabrik, und durch sie bekam ich dort Arbeit. Eines Tages sagte sie mir, sie fährt nach Jangi-Julu, um zusammen mit den Polen aus Russland auszureisen. Ich bat sie, mich mitzunehmen, aber sie sagte, es wird schwierig sein, eine Genehmigung für zwei Personen zu bekommen. Ich verkaufte meine Schuhe und umwickelte meine Füße mit Lumpen, und für das Geld, das ich bekam, fuhr ich nach Jangi-Julu. Dort fand ich Frau Jakubowicz wieder, und man setzte mich zusammen mit ihr auf die jüdische Liste. Als sich herausstellte, dass sie Juden nicht mitnehmen, ging Frau Jakubowicz in die Fabrik zurück, und ich blieb allein in Jangi-Julu. Ich starb fast vor Hunger. Bei einem polnischen Soldaten, der Wache stand, erbettelte ich ein Stück Brot. Als ich ihm meine Geschichte erzählte, setzte er sich für mich ein, und man nahm mich im polnischen Waisenhaus auf.

Ich sehnte mich nach meiner Mutter und hockte tagelang im Hof des Spitals, und nachts stahl ich mich hinein und schlief auf dem Fußboden. Dort fand mich eine Ärztin, die sich meiner annahm und sich darum bemühte, dass mich die Polnische Vertretung aus Russland wegschickte.

Ich marschierte vom Kolchos zum polnischen Waisenhaus bei Samarkand. Ich ging barfuß durch den Schnee. Der Leiter hatte Mitleid und nahm mich auf. Von dort aus zog ich oft nach Samarkand, um nach meinem Bruder und seiner Familie zu suchen, aber ich fand sie nicht.

Ich verkaufte ein paar Lumpen und mietete mir einen Winkel, aber der junge Usbeke, bei dem ich wohnte, wollte nachts gewaltsam zu mir herein, also begab ich mich ins Waisenhaus. Viele Kinder beneideten mich, dass ich Vollwaise bin.

Als ich und mein Brüderchen von der ganzen Familie allein übrig geblieben waren, fuhr ich mit ihm nach Turkestan, wo man uns im Waisenhaus aufnahm.

Als ich nur noch ganz allein auf der Welt war, brachte man mich ins polnische Waisenhaus.

Nach dem Tod der Eltern bemühten sich mein Bruder und meine Schwester, dass ich im polnischen Waisenhaus in Turkestan aufgenommen werde, und nach langen Bemühungen kam ich dorthin.

Wir gingen alle drei zum polnischen Waisenhaus und erreichten durch Betteln, dass man uns aufnahm.

Wir gingen ins polnische Waisenhaus, zwanzig Kilometer von dem Ort, wo wir unsere Eltern verloren hatten.

Als Mutter starb, schaffte es Vater nach langen Bemühungen, mich und meinen Bruder im polnischen Waisenhaus unterzubringen. Unsere beiden Schwestern blieben bei ihm in Buchara, und wir sahen sie nicht wieder.

Nach Mamas Tod gab uns Vater ins polnische Waisenhaus.

Nach Vaters Tod erzwang Mama, dass man mich im Waisenhaus aufnahm.

Mama bemühte sich, dass man mich und meine Schwester ins polnische Waisenhaus aufnahm.

Mama brachte uns vier im Waisenhaus unter. Mein ältester Bruder blieb bei ihr.

Nach ihrer Entlassung aus dem Spital begab sich Mama zur Vertretung und erflehte, dass meine jüngeren Brüder im Waisenhaus aufgenommen wurden. Dann wurde unsere Lage so schrecklich, dass Mama auch mich ins Waisenhaus geben musste. Ich wollte sie nicht verlassen, aber es gab keinen anderen Ausweg.

Vater fuhr mit mir nach Taschkent und gab mich ins russische Waisenhaus. Dort waren eine Menge Strolche, die mich »Jewrej« schimpften und mich schlugen. Ich weinte und wollte weg von dort, aber der Erzieher willigte nicht ein, so buddelte ich mich in der Nacht unter dem Zaun durch und riss aus. Unterwegs fiel mich ein bissiger Hund an und richtete mich schrecklich zu. Im Spital sagte ich nicht, von wo ich weggelaufen war, und man brachte mich ins polnische Waisenhaus.

Meinem Vater gelang es, mich im russischen Waisenhaus unterzubringen, wo sich viele polnische Kinder befanden.

Aus dem Spital brachte man uns ins Waisenheim, wo auf hundert polnische Kinder zwölf jüdische kamen.

Vater fuhr oft in die Stadt und unternahm Anstrengungen, bis es ihm gelang, mich, meine Schwester und meinen Bruder im polnischen Waisenhaus unterzubringen, wo es nur jüdische Kinder gab.

Als mein Vater im Spital lag, erzählte mein Cousin, dessen Frau in Komi gestorben war, dass er seine Kinder im polnischen Waisenhaus im Dschalabad untergebracht hat und dass zwei von ihnen mit den Polen nach Teheran fahren. Vater bat ihn, dass er uns auch dort unterbringt, aber mein Cousin sagte, es werden nur Waisen genommen. Ich nahm meine jüngeren Schwestern, und wir fuhren nach Dschalabad. Wir standen ein paar Tage vor dem Waisenhaus und weinten. Sie glaubten uns nicht, gaben uns Bonbons und Spielzeug, damit wir sagen, wo sich unsere Eltern befinden, aber wir wiederholten hartnäckig, dass sie tot sind, und schließlich nahm man uns auf.

Ich und mein Bruder erkrankten an Ruhr, und die Polnische Vertretung holte uns aus dem Spital ins Heim.

Mein jüngerer Bruder Mojszełe erkrankte an Tuberkulose, und die Polnische Vertretung verschickte ihn in ein Sanatorium, von wo man ihn nach ein paar Monaten ins Waisenhaus holte.

Als in Kermine ein polnisches Heim aufgemacht wurde, bemühte sich mein Vater, dass wir alle drei aufgenommen werden.

Als die Eltern hörten, dass sich in Kattakurgan ein polnisches Heim befindet, bemühten sie sich, dass ich und mein Bruder angenommen wurden, und sie selbst zogen in einen Kolchos in der Nähe, damit wir uns sehen konnten.

Als in Samarkand ein polnisches Heim aufgemacht wurde, bekam mein Vater dort eine Stelle, und ich wurde dort untergebracht.

Als die polnischen Vertreter eintrafen, um den Flüchtlingen zu helfen, bekam Mama durch Protektion Arbeit als Köchin in einem Waisenhaus, das für vierhundert jüdische Kinder vorgesehen war. Das Haus wurde schlechter behandelt als andere, man teilte ihm seltener Kartoffeln zu und nur schwarzes Mehl, aus dem Mama in Wasser Klößchen kochte, aber für uns war das auch so schon ein Glück, weil wir zu essen hatten.

Als Mama hörte, dass sich in Karasu ein polnisches Heim befindet, begab sie sich mit uns dorthin. Mein älterer Bruder Mojsze wollte Mama nicht allein lassen und ging mit ihr in den Kolchos zurück. Ich habe sie nie wiedergesehen.

*

Im Heim gab man uns wenig zu essen. Wer wollte, ging in die Stadt, um sich etwas Essbares zu suchen. Die polnischen Kinder zogen in Scharen in die Obstgärten und pflückten unreifes Obst. Viele Kinder wurden krank und starben.

Jeden Tag starben vier, fünf Kinder. Im Laufe von einigen Wochen starben achtzig Kinder.

Im Heim bekam ich Typhus und eine Lungenentzündung, und ich brachte mehrere Monate im Spital zu. Mama verließ den Kolchos und wohnte jetzt in Samarkand in einem Stall, um mich zu besuchen.

Nach sechs Wochen Aufenthalt im Heim erkrankte mein Bruder an Ruhr. Mutter brachte ihm jeden Tag Fladen ins Spital, wo sie ihm zu wenig Essen gaben. Sein Gesundheitszustand besserte sich schnell, und Mutter dachte, in ein paar Tagen holt sie ihn aus dem Spital. Eines Tages kam sie hin und sah mit Entsetzen, dass sein Bettchen von einem anderen Kind belegt war. Man sagte ihr, er ist plötzlich gestorben und schon begraben. Mutter wurde ohnmächtig, und als man sie wieder zu sich gebracht hatte, begann sie zu schreien, sie haben ihr Kind umgebracht. Sie wollten ihr nicht einmal zeigen, wo er begraben liegt. Nach dem Tod meines Bruders wollte Vater mich aus dem Heim nehmen, aber es gelang ihm nicht.

Vater erlaubte mir nicht, ins Heim zu gehen, aber ich war so ausgehungert, dass ich nicht auf ihn hörte. Ich sagte, ich bin ein Waisenkind und wurde aufgenommen. Für die Nacht ging ich immer nach Hause, sodass Vater es nicht wusste.

Mama bemühte sich, dass man uns im Heim annimmt, aber jedes Mal sagte man ihr, es ist kein Platz. Als Mama einmal sehr weinte und bat, gab man ihr einen Zettel, man soll uns in einem Erziehungsheim aufnehmen. Man nahm mich, meine Schwester Cyla, elf Jahre alt, und meinen Bruder Jehoszua, neun Jahre alt. Zu essen hatten wir dort genug, aber man durfte nicht Jiddisch sprechen.

Im polnischen Heim wurden keine Kinder angenommen, die vierzehn Jahre alt waren. Ich sagte, ich bin zehn und meine Eltern sind beide tot.

Frau Glancer erfuhr, dass man in Kasan nur Vollwaisen aufnimmt, und fuhr mit mir dorthin. Man wollte mich nicht nehmen, aber als ich Papiere vorzeigte, dass meine Eltern tot sind und mein Vater Rabbiner war, nahmen sie mich. Ich war in diesem Waisenhaus das einzige jüdische Kind, und im Laufe der fünf Monate, die ich dort zubrachte, hatte ich von den polnischen Kindern nicht wenig zu erdulden, obwohl ich zu allen sehr freundlich war und mich nie beschwerte. Eine von den Erzieherinnen nahm mich dauernd in Schutz.

Nach dem Tod unserer Eltern bemühten sich mein Bruder und meine Schwester lange, dass man mich im polnischen Waisenhaus in Turkestan aufnimmt, und schließlich wurde ich genommen. Die polnischen Kinder behandelten mich schlecht, aber die Erzieherin setzte sich für mich ein.

Als ich hörte, in Kurkurowsk befindet sich ein polnisches Waisenhaus, begab ich mich mit meinen Schwestern Miriam und Cypora dorthin. Wir sagten, wir sind Waisen, und weinten so lange, bis man uns aufnahm. Wir hatten genug zu essen, aber die jüdischen Kinder wurden gezwungen, zusammen mit den polnischen zu beten.

Ich ging mit meinem Brüderchen zum polnischen Waisenhaus, sagte, wir haben weder Vater noch Mutter, und weinte so lange, bis man uns aufnahm. Wir hatten genug zu essen, aber man zwang uns, zusammen mit den polnischen Kindern zu beten und das Kreuzeszeichen zu machen, worauf wir nicht eingehen wollten. Nur die ganz kleinen Kinder willigten ein.

Ich verbrachte ein Jahr im Heim. Die polnischen Kinder ärgerten uns sehr, und man zwang uns, das polnische Vaterunser zu beten, und wer nicht wollte, den schlugen sie.

Die polnischen Kinder erlaubten mir nicht zu beten und beschimpften mich als Juden.

Im Heim beschimpften uns die polnischen Kinder als Juden.

Wir litten sehr unter den polnischen Kindern, die schrien: »Juden nach Palästina!«

Im Waisenhaus hungerten wir auch, aber am schlimmsten war, dass uns die christlichen Kinder dreckige Juden schimpften und spotteten, dass wir nach Palästina geschickt werden. Einmal antwortete ich ihnen, ich hätte überhaupt keine Angst vor Palästina, weil das mein Vaterland ist.

Die polnischen Kinder bekamen eine dicke Suppe, uns gab man ein bisschen Wassersuppe, und wir liefen immer hungrig herum, obwohl die Kommission für uns eine besondere Verpflegung empfohlen hatte.

Den polnischen Kindern gab man jedem drei Teller Suppe und uns nur jedem einen und nur Wassersuppe.

Wir bekamen Essen und Kleidung, aber die polnischen Kinder ärgerten uns entsetzlich.

Wir waren nur zu zehnt in einer großen Schar von christlichen Kindern, die uns entsetzlich ärgerten.

Auf dreihundert polnische Kinder kamen zwanzig jüdische. Man schlug und demütigte uns auf Schritt und Tritt.

Nach Pfingsten nahm man uns in ein polnisches Heim auf, wo von dreihundertzwanzig Kindern zwanzig jüdisch waren. Wir bekamen hundertfünfzig Gramm Brot pro Tag und ein bisschen Wassersuppe zum Mittag. Die polnischen Kinder ließen ihre ganze Wut an den jüdischen Kindern aus und sagten, an allem sind die Juden schuld. Eines Tages fanden die polnischen Kinder ein zerrissenes Heiligenbildchen und klagten Reich und Rozenberg an, sie hätten das Bild zerrissen. Sie wurden so verprügelt, dass sie ein paar Tage krank lagen. Auch uns schlugen sie, und es dauerte lange, bis der Leiter die Kinder beruhigt hatte.

Nach langem Betteln und Flehen gelang es mir, meine jüngsten Brüder, Abram und Cwi, im polnischen Waisenhaus in Taschkent unterzubringen, aber Abram riss nach ein paar Tagen aus, weil ihn die polnischen Kinder schlugen und verspotteten. Dann wurde eine Jüdin Leiterin, und man nahm uns alle auf.

Nach langen Bemühungen kam ich ins polnische Waisenhaus, wo von zweihundert Kindern fünfzig jüdisch waren, und man behandelte mich freundlich.

Im Waisenhaus kamen auf hundert polnische Kinder zwanzig jüdische, und es ging uns sehr gut. Den älteren Jungs erlaubte man zu beten, und der Leiter, Herr Franciszek, ließ nicht zu, dass man uns etwas Böses tat.

Die polnischen Kinder im Waisenhaus ärgerten uns sehr, aber die Erzieherin war sehr gut, und sie ließ nicht zu, dass uns ein Leid geschah.

Im Waisenhaus ging es mir gut. Die Leiterin ließ nicht zu, dass ich geschlagen oder als Jude beschimpft wurde.

Zwar quälten uns die polnischen Kinder sehr, aber die Erzieher waren gut.

Die polnischen Kinder schlugen mich oft, aber ich beklagte mich nicht, weil ich nicht nur satt war, sondern auch jeden

Abend ein Stück Brot nach Hause trug, wodurch sich meine beiden Schwestern am Leben erhalten konnten. Wenn Vater fragte, wo ich den ganzen Tag stecke und woher ich das Brot habe, antwortete ich, ich arbeite bei einem Juden in Samarkand.

Wir bekamen vierhundert Gramm Brot pro Tag, aber wir fürchteten, dass unser Papa an Hunger stirbt, und deshalb aßen ich und mein Brüderchen nur die Hälfte, den Rest gaben wir Papa, und dadurch starb unser Papa nicht.

Wir bekamen jeden Tag dreihundert Gramm Brot und einen Teller Suppe. Einen Teil des Brotes brachten wir unseren größeren Geschwistern, obwohl uns dafür strenge Bestrafung drohte.

Ich stahl mich oft aus dem Waisenheim zu Mutter und brachte ihr das Brot, das ich nicht gegessen hatte. Eines Tages traf ich sie in einem solchen Zustand, dass ich nicht ins Waisenheim zurück wollte, aber sie erlaubte mir nicht zu bleiben.

Die polnischen Kinder ärgerten uns sehr, aber wir machten uns nichts daraus, weil ein Stück Brot und ein bisschen Suppe für uns das Wichtigste war. Wir sparten Brot und gaben es unseren Eltern, wenn sie uns besuchen kamen.

Von Zeit zu Zeit kamen die Eltern heimlich zu uns. Wir legten jeder ein Stück Brot zurück und gaben es ihnen.

Im Heim ging es uns schlecht, und die polnischen Kinder beschimpften uns als Juden, aber von Zeit zu Zeit stahlen wir uns nach draußen und brachten den Eltern, was wir konnten.

Die polnischen Kinder behandelten uns schlecht, aber wir erduldeten alles Unrecht, weil wir wussten, wenn wir im Heim sind, machen wir es unseren Eltern leichter.

Die polnischen Kinder ärgerten uns entsetzlich, aber wir ertrugen alles, weil wir wussten, wir können nicht nach Hause zurück.

*

Als man uns sagte, wir fahren in den Iran, sammelten wir Brot für unsere großen Geschwister, die in Buchara bleiben mussten. Wir hatten Angst, die Leiterin findet das Brot und klagt uns des Diebstahls an, darum sagten wir es ihr. Die Leiterin war nicht gut, sie gab den polnischen Kindern immer größere Brotportionen als den jüdischen Kindern, aber sie erwies sich als verständnisvoll, weil wir ihr die Wahrheit gesagt hatten.

Im Waisenheim waren alle hungrig und schmutzig, und jeder wollte weg. Als man einen Transport nach Indien organisierte, wollten alle Kinder fahren. Man wählte nur fünfunddreißig Kinder aus, davon drei jüdische.

Als man die Liste der Kinder für die Ausreise aus Russland zusammenstellte, setzte man nur zehn jüdische Kinder darauf. Der jüdische Heimleiter erhob vergeblich Einspruch. Es wurde gelost, wer fahren soll, und ich zog ein Los, und neunzig andere jüdische Kinder blieben zurück. Meine beiden Brüder weinten schrecklich, dass sie dableiben. Ich erklärte, dass ich mich nicht von ihnen trenne, aber der Leiter redete mir zu, zu fahren, und schließlich brachte er mir einen Brief von Vater, in dem er schrieb: »Wenn ich schon selbst nicht das Glück habe, nach Palästina zu fahren, so soll mir doch wenigstens der Trost beschieden sein, dass sich mein Sohn dort befindet.«

Bei uns im Heim waren wir nur vier jüdische Kinder. Als man Vorbereitungen zur Ausreise traf, erklärte man uns, uns nehmen sie nicht mit. Wir weinten sehr und baten, sie sollen uns mitnehmen. Eine von den Erzieherinnen hatte Mitleid und nahm uns mit auf eine kleine Station bei Kattakurgan, wo wir einen ganzen Tag warteten. Als der Zug mit den polnischen Kindern einfuhr, rannte die Erzieherin von Waggon zu Waggon und bettelte die Leiter an, uns hineinzulassen. Schließlich kamen wir in einen Waggon und fuhren ohne Sachen und ohne Abschied von den Eltern los.

Unser Waisenhaus befand sich sechzehn Kilometer vor der Stadt. Als man uns sagte, wir fahren nach Teheran, gingen wir uns von den Eltern verabschieden. Als wir zurückkamen, trafen wir die Kinder nicht mehr an, weil sie schon zum Bahnhof gefahren waren. Mama lief mit uns hin. Der Zug stand auf dem Bahnhof, aber der Leiter wollte uns nicht hineinlassen, die Erzieherin konnte ihn erweichen. Wir waren so durcheinander, dass wir uns nicht mal von Mama verabschiedeten.

Als man anfing, die Kinder für die Ausreise zu registrieren, ging ich zu einem von der Vertretung und bat ihn, dass man mich mitschickt. Er sagte, Juden nehmen sie nicht mit, aber er wird sich bemühen. Ich verabschiedete mich nicht von Mutter. Ich hatte sie nur einmal gesehen, seit ich ins Waisenhaus gegangen war. Ich hatte Angst, sie entdecken, dass ich keine Vollwaise bin, und werfen mich hinaus.

Eines Tages erfuhren wir, dass die Kinder aus dem Waisenhaus, in dem sich mein Bruder Mojszełe befand, nach Persien evakuiert werden. Ich ging auf die Station und sagte, ich will mich von ihm verabschieden. Wir tauschten die Mützen, und ich stieg mit dem polnischen Adler an der Baskenmütze in den Zug. Ich kam bis Kasan. Dort überprüfte man die Kinder und stellte fest, dass ich nicht zur Gruppe gehöre. Ich bettelte, aber es half nichts, man warf mich aus dem Waggon. Ein polnischer Soldat, der sah, dass ich weinte, schob mich in letzter Minute in den anfahrenden Zug. Zu meinem Unglück war ausgerechnet in diesem Waggon der polnische Vertreter. Er hielt den Zug an, und ich musste nach Buchara zurück. Dann erbettelte mein Vater bei einem Bekannten in der Vertretung, dass man mich im polnischen Heim aufnahm, aber für den Transport waren nur polnische Kinder vorgesehen. In letzter Minute beschloss man, vier jüdische Kinder dazuzugeben, und ich befand mich unter ihnen.

Am Tag der Ausreise gab man uns neue Pullover. Mein jüngster Bruder, Saul, trug sie zu meinen Eltern, damit sie sich dafür Brot kaufen konnten. Unterwegs überfielen ihn Strolche und wollten ihm die Pullover wegnehmen. Sie schlugen ihn, aber er ließ sich die Pullover nicht entreißen, weil er wusste, das ist unsere letzte Hilfe für die Eltern.

Als die Zeit der Evakuierung herankam, kamen meine Eltern und wollten, wir sollen bleiben, aber wir wollten nicht bleiben.

Vater sagte, wir sollen nach Hause zurückkommen, weil er sich nicht von uns trennen wollte. Es tat mir leid, aber ich erinnerte mich, wie schrecklich wir gehungert hatten, und beschloss, daß wir nicht zurückgehen. Sie kamen zum Sammelplatz. Meine Stiefmutter hielt mein kleines Schwesterchen auf dem Arm. Die Kleine streckte die Ärmchen nach uns aus, dass wir sie mitnehmen. Wir weinten alle.

Der erste Transport bestand aus neunzig Kindern, davon fünfzehn jüdischen. Ich fuhr mit dem zweiten, in dem sieben jüdische Kinder waren. Mein Bruder Jehoszua erkrankte an Typhus und blieb da.

Man brachte uns mit dem dritten Transport nach Aschchabad. Mit dem ersten und zweiten waren die polnischen Kinder gefahren.

Meine beiden Brüder fuhren, mich ließ man in Aschchabad an der persischen Grenze zurück, weil ich krank war.

Aus unserem Waisenhaus fuhren nur zehn Kinder nach Persien, Vollwaisen.

Von vierzig Kindern wählte man nur acht aus, Vollwaisen.

Auf dem Bahnhof verabschiedeten uns die Flüchtlinge, die uns beneideten, dass wir aus Russland herauskommen.

Dauernd gingen Transporte ab, aber mich und meine Schwesterchen nahm man nicht mit.

Drei Gruppen mit Kindern fuhren, aber in keiner nahm man jüdische Kinder mit. Ein neuer Transport, der aus dreihundertzwanzig Kindern bestand, sollte zwanzig jüdische Kinder mitnehmen.

Nach vier Monaten reiste eine Gruppe Kinder aus, aber uns nahm man nicht mit, und bei jedem Verschulden drohte man uns, dass sie uns in Russland lassen.

Mehrere Male gingen Partien ab, aber wir wollten nicht mit, weil es hieß, sie evakuieren auch die Eltern. Wir fuhren mit dem letzten Transport, als wir erfahren hatten, die Bolschewiken lassen die Juden nicht raus.

Wir erfuhren, dass neben Angehörigen des Militärs auch verdiente Rabbiner Russland verlassen können, also begab sich eine Abordnung von Rabbinern nach Jangi-Julu zu General Anders. Der General versprach, ihre Bitte zu erfüllen, aber es fuhren nur einige, unter anderem mein Onkel.

Mein Vater brachte ganze Tage in der Vertretung zu und versuchte, mit den Militärtransporten rauszukommen, aber es gelang ihm nicht. Juden wollte man nicht nehmen. Selbst die Frauen jüdischer Militärangehöriger mussten in Russland bleiben.

Um die Papiere zu bekommen, ging ich eine fiktive Ehe mit einem polnischen Soldaten ein, und dadurch kam ich nach draußen.

Für viertausend Rubel bekam ich eine fiktive Trauung mit einem polnischen Soldaten, und am 7. August 1942 reiste ich mit den Familien der Militärangehörigen nach Teheran aus.

An der Grenze nahmen mir die Russen den goldenen Trauring weg, das einzige Andenken an meine Eltern, das ich noch hatte.

Weil ich blond bin und nicht wie eine Jüdin aussehe, gelang es mir, in das polnische Heim in Jangi-Julu zu kommen, und dadurch rettete ich mich aus Russland. Ich fuhr als Tochter eines polnischen Militärangehörigen nach Krasnowodsk, und ich vergesse ihm nie, was er für mich getan hat.

Mehrere Kindertransporte waren abgegangen, aber mich hatte man dagelassen, weil ich Jude war. Schließlich erkrankte ich an Typhus und lag zwei Monate im Spital. Als ich erfuhr, dass der letzte Transport abgeht, floh ich aus dem Spital. Dank der Erzieherin, die mir Sympathie entgegenbrachte, gelang es mir, mit auf den Transport zu kommen, und ich fuhr mit den Kindern nach Krasnowodsk.

Die polnischen Kinder wurden mit Fuhrwerken zum Bahnhof gebracht, und uns, zweiundsiebzig jüdischen Kindern, befahl man, zu Fuß zu gehen. Als man die polnischen Kinder in den Waggons untergebracht hatte, sagte der Transportleiter, die jüdischen Kinder bleiben. Wir dachten, das ist ein Scherz und sie nehmen uns schließlich mit. Als der Zug anfuhr, fingen wir schrecklich zu weinen an. Einen Priester rührte unser Weinen, er ließ den Transport anhalten und redete lange mit dem Transportleiter, bis man uns schließlich in den Waggon stieß und wir nach Krasnowodsk fuhren. Wir litten unterwegs sehr, weil man uns kein Wasser zu trinken gab.

Wir hörten auf, untereinander Jiddisch zu sprechen, damit unterwegs niemand wusste, dass wir Juden sind. Als der Zug in Buchara haltmachte, sahen wir auf der Station die jüdischen Kinder vom ersten Transport, die man rausgesetzt und der Gnade Gottes überlassen hatte. Sie weinten, weil sie mit unserem Transport mitgenommen werden wollten, manche wollten sich vor die Räder werfen.

Die Kinder, die später eintrafen, sagten, sie haben gesehen, wie sich Kinder vor die Lokomotiven warfen, wenn man sie nicht mitnehmen wollte.

*

Wir kamen mit dem Zug in Krasnowodsk an, wo es kein Wasser gab und wir drei Tage lang Meerwasser tranken, das salzig war und stank wie Benzin.

Wir kamen in Krasnowodsk an, wo wir vor Durst fast starben, und ich kaufte mir für die letzten Rubel Wasser. Nicht besser war es mit Wasser auf dem Schiff.

Nicht alle Kinder standen die Reise nach Krasnowodsk durch.

Hundert Kinder starben unterwegs.

In Krasnowodsk übernachteten wir am Hafen. Zuerst nahm man das Militär aufs Schiff und dann die Kinder.

Wir kamen mit dem Zug in Krasnowodsk an, und von dort brachte uns ein Schiff nach Pahlevi.

Mit der »Kaganowitsch« fuhren wir bis nach Pahlevi, wo uns das Polnische Rote Kreuz erwartete.

Wir fuhren von Krasnowodsk nach Pahlevi, wo wir neue Kleidung bekamen.

Wir fuhren mit Autos nach Buchara, dann nach Kasan und Aschchabad, wo man uns badete und umkleidete.

Man brachte uns nach Aschchabad an der iranischen Grenze.

Man schickte mich nach Aschchabad, wo auf dreihundert polnische zwanzig jüdische Waisen kamen.

In Aschchabad empfingen uns die polnischen Kinder mit dem Ruf: »Die Judengören sind da!«

In Aschchabad untersuchte uns eine Kommission, die feststellte, dass fünf Kinder das sechzehnte Lebensjahr überschritten hatten, und man beschloss, sie zurückzuschicken. Unter ihnen befand sich mein Bruder Hersz, wir flehten die Ärzte vergeblich an. Die polnischen Kinder, die über sechzehn waren, schickte man nicht zurück.

Die polnischen Kinder schlugen uns, verspotteten uns, spuckten uns ins Gesicht, und in der Nacht stopften sie uns Seife in den Mund.

In unserem Transport waren dreihundertzwanzig Kinder und nur zwanzig jüdische. Die polnischen Kinder schurigelten uns, sie stießen uns das Essgeschirr aus der Hand, gossen uns Wasser ins Bett und schlugen uns im Dunkeln. Der Leiter wurde nicht mit ihnen fertig. Wir ertrugen das alles, weil wir glaubten, bald sind unsere Qualen vorbei, und außerdem war es im Kolchos schlimmer.

Man schlug uns, beleidigte und demütigte uns auf Schritt und Tritt, und für jedes kleinste Vergehen drohte man uns, dass sie uns in Russland lassen. Erst nach acht Monaten schickte man uns nach Maschhad und von dort nach Teheran.

Nach vier Monaten schickte man uns von Aschchabad nach Teheran.

Sechs Monate brachten wir in Aschchabad zu, die größeren Kinder in Zelten, die kleineren in Baracken. Dann nahm uns das polnische Militär mit nach Teheran.

Von Aschchabad fuhren wir mit dem polnischen Militär in den Iran.

In Aschchabad brachte ich ein Jahr zu. Es ging uns gut, man unterrichtete uns, und wir hatten genug zu essen, aber dann, als das polnische Militär weg war, verhafteten die Russen den Leiter und die Lehrer und wollten das Waisenhaus schließen.

Wir waren dreihundert polnische Kinder und zwanzig jüdische, und die Russen drohten, sie verteilen uns auf die Kolchosen.

Als die Beziehungen zwischen Polen und Russland abgebrochen wurden, bekamen wir nur vierhundert Gramm Brot und eine Suppe. Der Leiter reiste mit der Botschaft aus, und ständig kamen NKWDler, um das Waisenhaus zu schließen und uns in die Kolchosen zu schicken. Der neue Leiter, Herr Orłowski, schob den Termin hinaus, so gut er konnte. Die NKWDler machten Haussuchungen und suchten nach größeren Jungs. Der Leiter hielt sie im Keller versteckt und zeigte nur die kleineren Kinder vor. Wenn sie uns fragten, wo unsere Eltern sind, sagten wir, wir sind Waisen. Wenn sie uns zuredeten, den sowjetischen

Pass anzunehmen, sagten wir, wir haben unsere Väter beim polnischen Militär im Ausland, und wir wollen zu ihnen. Wir jüdischen Kinder gaben uns als christlich aus, weil wir Angst hatten, sie lassen uns sonst nicht aus Russland hinaus. Der Leiter verbot uns, auf die Straße zu gehen, damit man uns nicht wegfing.

Nach dem Abbruch der polnisch-sowjetischen Beziehungen zwang man alle vom sechzehnten Lebensjahr an, den sowjetischen Pass anzunehmen, und die sich widersetzten, sperrte man ins Gefängnis. Aus unserem Heim verhaftete man fünfundzwanzig Erzieher und malträtierte sie im Gefängnis, wo viele starben. Man nahm uns die Wagen weg, die Lebensmittelvorräte und die Kleidung. Man wollte das Heim räumen und uns in die Kolchosen schicken, und ich glaubte nicht mehr daran, dass wir aus Russland herauskommen, aber in letzter Minute, am 21. Juli 1943, setzte man uns in Autos und brachte uns nach Maschhad jenseits der Grenze.

Als wir von General Sikorskis Tod erfuhren, weinten alle Kinder schrecklich, dass unser Vater gestorben ist und wir ohne ihn alle zugrunde gehen. Acht Tage dauerte die Trauer, wir trugen schwarze Schleifen am Arm, die Kinder wollten nicht essen. Der Leiter und die Erzieherin trösteten uns, dass uns die polnische Regierung in London nicht vergisst und sich bemüht, uns von hier wegzuholen. Drei Wochen später bekamen wir die Nachricht, sie kommen uns in der Nacht holen und schaffen uns in den Kolchos. Wir weinten und beschlossen, wir gehen nicht freiwillig. Der Leiter tröstete uns, dass er alles tun wird, um uns zu retten. Als das NKWD erschien, verbarrikadierten sich die Kinder. Die NKWDisten erklärten, sie schaffen uns mit Gewalt weg, aber der Leiter ließ sich nicht einschüchtern. Die Verhandlungen dauerten den ganzen Tag, der Leiter fuhr zu verschiedenen Stellen und erhob Einspruch. Als er in der Nacht zurückkam, weckte man die Erzieher, und die Maschinen fingen an zu klappern, man stellte die Liste der Kinder zusammen. Wir schliefen die ganze Nacht nicht und immer wieder lief eins von den Kindern zur Erzieherin und küsste ihr die Hände, damit sie uns das Neueste sagte, aber sie sagte nur immer wieder: »Es wird alles gut.« Erst am Morgen sagte man uns, dass wir aus Russland ausreisen. Wir sprangen in die Luft vor Freude, tanzten und sangen, es ist schwer zu beschreiben, was da los war. Wir bekamen jeder drei Decken und mehrere Laken, Schuhe, Pullover und andere Sachen. Zur Nacht legten wir uns in den Kleidern hin, weil man uns sehr früh wecken wollte, aber keiner schlief. Um vier Uhr morgens ertönte der Weckruf, es war der 21. Juli 1943. Wir stiegen in Militärwagen, die von russischen Fahrern gefahren wurden. An der Grenze wollten uns die Russen unsere Sachen wegnehmen. Am meisten gefielen ihnen unsere Decken, aber wir kämpften um jedes Ding und ließen uns nichts wegnehmen. Die Kontrolle dauerte den ganzen Tag, und erst gegen Abend waren wir in Maschhad.

*

In Maschhad nahmen uns die persischen Juden zu sich, gaben uns zu essen, beschenkten uns, und die jüdischen Kinder fuhren gesondert nach Teheran.

In Maschhad bereiteten uns die persischen Juden einen stürmischen Empfang, sie gaben uns zu essen, beschenkten uns, und am vierten Tag kamen Autos und brachten die jüdischen Kinder nach Teheran.

In Maschhad empfingen uns die persischen Juden sehr gastfreundlich, und man schickte die jüdischen Kinder nach Teheran und die polnischen nach Afrika.

In Maschhad empfing man alle polnischen Kinder, aber uns sagte man, sie schicken uns nach Russland zurück. Wir waren verzweifelt und weinten, bis ein polnischer Offizier kam, ein Jude, der uns versicherte, dass wir nach Teheran fahren.

In Pahlevi empfingen uns die Perser sehr gastfreundlich. Sie gaben uns Kuchen und, das Wichtigste, Wasser.

In Pahlevi wohnten wir drei Wochen im Zelt und bekamen herrliches Essen: Brot, Eier, Milch, Kakao und gekochte Speisen.

In Pahlevi hielt man uns viele Tage unter freiem Himmel, bevor man uns nach Teheran transportierte.

Vier Wochen war ich im polnischen Lager in Pahlevi, bevor man mich nach Teheran brachte.

Vier Wochen brachte ich im Lager in Pahlevi zu. Ich war sehr geschwächt, und man musste mich besonders pflegen.

In Pahlevi untersuchte uns eine englische Ärztekommission. Bei meinem Anblick sagte der Arzt: »Wen schickt ihr hierher, Kinder oder Leichen?«, und man gab mich in ein englisches Spital.

Ich verbrachte einen Monat im englischen Sanatorium in Pahlevi, bevor man mich nach Teheran schickte.

In Pahlevi wurden die Kinder in gesunde und kranke eingeteilt, aber wir stahlen vier kranke, damit sie mit uns nach Palästina fahren konnten.

Wir fuhren in großen Autos übers Gebirge.

Wir fuhren durch hohes Gebirge hinunter in die Täler. Ich sah russische Autos daliegen, die zertrümmert waren. Vor Teheran war das Wasser im Kühler alle, und wir konnten nicht weiter. Zum Glück blieben wir in der Nähe eines polnischen Lagers liegen, und Militärautos nahmen uns mit.

Wir gehörten zur letzten Partie Kinder, die Russland verlassen durften.

Meine Brüder kamen mit dem letzten Transport nach Teheran.

Ich verließ Russland mit dem letzten Kindertransport in den Iran.

In Teheran blieben wir im Lager Nr. 3, wo es hieß, man schickt uns nach Afrika. Wir hatten Angst vor einer neuen langen Reise, aber es kam ein Vertreter der Jüdischen Agentur und holte dreihundert Kinder ab, die für Palästina bestimmt waren.

In Teheran betreuten uns am Anfang die Polen, aber dann schickte man von der Jüdischen Agentur Lehrer, die uns für das Leben in Palästina vorbereiteten.

In Teheran befand ich mich zuerst in einem gemeinsamen Lager, aber dann wurde ich in das jüdische Waisenhaus verlegt.

In Teheran kam ich in das Lager Nr. 2, das unter der Obhut der Jüdischen Agentur stand.

In Teheran hielt ich mich kaum noch auf den Beinen, und man schickte mich ins englische Sanatorium. Von dort holte man mich ins Lager Nr. 1 für polnische Kinder, und später verlegte man mich ins Lager Nr. 2 für jüdische Kinder, wo ich zu meiner großen Freude meinen kleinen Bruder Mojszełe traf.

In Teheran brachte man mich im englischen Waisenhaus unter, und als ich wieder gesund war, verlegte man mich ins jüdische Waisenheim.

In Teheran hatte ich Typhus und lag im Spital.

In Teheran hatten viele Kinder Bauchtyphus.

Wir wohnten in einem Lager bei Teheran. In diesem Lager starben viele Kinder trotz der liebevollen Betreuung.

In Teheran bewarfen uns die polnischen Kinder mit Steinen und riefen: »Die Mojsches sind da!« Genauso war es in den Baracken.

In Teheran wohnte ich mit polnischen Kindern im Lager Nr. 1, dann kam ich ins jüdische Waisenhaus, das die Sochnut betreute. Als Kleidung aus Indien und aus Amerika kam, wurde sie zuerst unter die Polen aufgeteilt, und die schlechtesten Sachen gab man den Juden. Von diesen schlechteren nahm sich das Personal des Waisenheims das Beste, und für die Kinder ließ man die Lumpen übrig. Während meines Aufenthaltes in Teheran lief ich die ganze Zeit im Nachthemd herum, erst einen Tag vor der Abreise bekam ich ein zerrissenes Kleid.

Man verpflegte uns gut, aber wir trugen nach wie vor Lumpen.

In Teheran war ich sieben Monate im jüdischen Waisenhaus. Unterricht fand nur einmal die Woche statt, und man gab uns keine Kleidung. Erst einen Tag vor der Abreise kleidete man uns ein.

Acht Monate war ich in Teheran, und ich bekam nie einen Kreuzer für einen Brief an Vater. Sie nahmen mir meine Briefe weg und versprachen, sie schicken sie ab, aber ich erhielt nie eine Antwort. Die polnischen Kinder, denen man Briefmarken gab, erhielten Antwort aus Russland.

Von Teheran reisten die polnischen Kinder nach Indien aus und die jüdischen nach Palästina.

Im Januar 1943 wurde ich von Teheran nach Palästina gebracht.

In Teheran waren wir bis zum Januar 1943. Im Februar trafen wir in Palästina ein.

Von Teheran aus traf ich im Februar 1943 zusammen mit Miriam und Cypora in Palästina ein.

Nach mehreren Monaten kamen wir im Februar 1943 von Teheran nach Palästina.

Nach drei Monaten schickte man uns von Teheran nach Palästina.

Nach sechs Monaten reiste ich von Teheran ab nach Palästina.

Mehrere Monate war ich in Teheran, dann kam ich mit einer Gruppe jüdischer Kinder nach Palästina.

Nach acht Monaten in Teheran kam ich mit meinen beiden jüngeren Schwestern in Palästina an.

In Teheran verbrachte ich sieben Monate, und am 28. August 1943 traf ich mit einer Gruppe von hundert Kindern in Palästina ein.

Am 15. August verlud man alle hundertundsieben jüdischen Kinder aus Polen, die sich in Teheran befanden, auf Lastautos und transportierte sie als christliche Kinder durch den Irak. Am 28. August 1943 trafen wir in Palästina ein.

Ich kam mit einer Gruppe von hundertundacht jüdischen Kindern an, die man auf Militärwagen durch den Irak nach Palästina transportiert hatte.

Von Teheran kam ich über Indien nach Palästina.

Nach acht Monaten in Teheran brachte man mich nach Karatschi, von wo ich die lange Reise nach Palästina machte.

Über Karatschi kam ich mit meinem jüngeren Bruder Mojszełe nach Palästina.

Ich kam mit meinem elfjährigen Bruder Josef nach Palästina. Mein jüngster Bruder, Saul, blieb in Teheran, weil er schwer krank war.

Ich war krank, und erst im September 1943 brachte man mich nach Palästina. Wie groß war meine Freude, als ich hier meine beiden jüngeren Brüder erblickte.

*

Als ich aus Russland abfuhr, befand sich mein Vater im Gefängnis, verurteilt zu sechs Jahren wegen Spekulation. Zum letzten

Mal sah ich ihn unter Bewachung auf der Straße, auf dem Weg ins Gefängnis. Er war unrasiert und abgerissen. Eines Tages schickte er mir einen Blechlöffel, in den er die Worte geritzt hatte: »Rettet mich, ich verhungere.« Im März bekam ich einen Brief von Mutter, in dem sie schrieb, ich soll für Vater das Kaddisch sprechen.

Ich wollte Vater nicht verlassen, aber ich begriff, dass ich eine Last für ihn war. Vor der Abreise brachte ich ihm meine Kleider und Decken. Wir weinten sehr beim Abschied. Er sagte mir, ich soll ein guter Jude sein und ihn nicht vergessen.

Mama stand auf dem Bahnhof, als wir abfuhren. Wie schwer war es, sie dort zurückzulassen, krank und allein in dem fremden Land.

Mein Papa blieb allein in Samarkand.

Mein Vater gab uns einen Zettel für Verwandte in Palästina, er flehte sie an, ihn zu retten. Als das Auto anfuhr, sank er zu Boden. Was mit ihm ist, weiß ich nicht.

Wir bekommen Briefe von Vater, der über den Hunger klagt. Wir haben ihm ein Päckchen geschickt.

Wir haben einen Brief von Mutter bekommen. Von Vater wissen wir nichts.

Wir wissen nichts von unseren Eltern und von unserer großen Schwester.

Meine Schwester, die zwanzig Jahre alt war, blieb in Turkestan, und ich weiß gar nichts von ihr.

Wir verabschiedeten uns weder von Vater noch von Mutter, und wir haben sie nie wiedergesehen.

Wir sahen Mama nicht, weil wir nicht nach draußen gehen durften, als man uns sagte, dass wir abfahren.

Von Mutter habe ich mich nicht verabschiedet, weil ich Angst hatte, man entdeckt, dass ich keine Vollwaise bin. Was danach mit ihr passiert ist, weiß ich nicht.

Ich weiß bis heute nicht, ob mein Vater lebt und wo er sich befindet.

Wo meine Eltern und meine Brüder sind – ich weiß es nicht.

Ich sah mit an, wie meine Mama starb und dann mein Vater. Beide starben an Hunger.

Mein Bruder bekam Malaria, und man ließ ihn in Russland zurück, nur ich und mein Schwesterchen Sara trafen in Palästina ein.

Zu Hause waren wir vier Geschwister, und nur ich kam in Palästina an.

Wir waren sieben Geschwister, nur ich konnte mich retten.

Seit der Abreise aus Teheran weiß ich nichts von meiner Familie, und mir scheint, ich bin der Einzige, der sich retten konnte.

Ich hatte sechs Brüder und drei Schwestern. Fünf von uns flüchteten zu den Bolschewiken, drei gingen zu den Deutschen zurück, jetzt bin ich allein.

Von meiner ganzen Familie gelangte nur ich nach Palästina.

Als ich nur noch allein auf der Welt war, brachte man mich nach Palästina.

Wenn man mich fragt, von wem ich abstamme, dann sage ich immer – vom Eisen.

Anmerkungen

S. 7 *Bracker*] Zu *bracken*: Untaugliches aussortieren, ausmerzen.

S. 8 *Bet ha-Midrasch*] Hebr.: Haus des Studiums; jüdisches Lehrhaus, in dem die Heiligen Schriften studiert werden; ursprünglich von der Synagoge räumlich getrennt, später häufig mit ihr identisch.

S. 9 *Jeschiwa*] Hebr.: Setzen, Sitzung. Die Jeschiwa ist eine Art theologische Hochschule, sie dient der Gelehrten- und Rabbinerausbildung.

S. 13 *Cheder*] Hebr.: Zimmer; religiöse Grundschule, die Knaben ab dem dritten Lebensjahr besuchten.

Rosch ha-Schana] Hebr.: Kopf des Jahres; das jüdische Neujahrsfest; fällt auf den ersten und zweiten Tag des Monats Tischri (gewöhnlich im September).

S. 18 *Regierung in Lublin*] Während der deutschen Luftangriffe auf Warschau im September 1939 beschloss die polnische Regierung eine partielle Evakuierung ihrer Vertreter und der Zentralämter aus der Hauptstadt nach Lublin. Nach der sowjetischen Aggression am 17. September 1939 setzte sich die Regierung nach Rumänien ab, wo sie trotz polnisch-rumänischen Allianzvertrages interniert wurde. Am 30. September berief der Staatspräsident Ignacy Mościcki seinen Nachfolger in Frankreich, der eine Exilregierung bildete. Ihren Sitz hatte sie zunächst in Paris und dann in Angers und wurde nach Frankreichs Niederlage nach London verlegt, wo sie als eine legale Fortsetzung der polnischen Vorkriegsregierung amtierte. Im Juli 1945 entzogen ihr die westlichen Alliierten die Anerkennung.

S. 22 *Torarollen*] Tora (hebr.: Lehre, Unterweisung): Bezeichnung des Pentateuch, der Fünf Bücher Mose; für den gottesdienstlichen Gebrauch vom Toraschreiber in hebräischer Quadratschrift auf eine Pergamentrolle (Torarolle, hebr.: Sefer Tora) geschrieben.

S. 26 *Jom Kippur*] Hebr.: Versöhnungstag; höchster jüdischer Feiertag und Höhepunkt der zehn Bußtage vom 1. bis 10. Tischri (September/Oktober).

S. 31 *Talmud-Tora*] Wird hier für *Jeschiwa* benutzt. Talmud (hebr.: Studium, Belehrung, Lehre): neben der hebräischen Bibel das Hauptwerk des Judentums, entstanden aus vielhundertjähriger mündlicher Überlieferung, abgeschlossen um 500.

Mikwe] Hebr.: Ritualbad, Tauchbad; seit ältesten Zeiten obligatorische Institution jeder jüdischen Gemeinde.

S. 32 *Sukkoth*] Hebr.: Laubhüttenfest zur Erinnerung an den Durchzug des Volkes Israel durch die Wüste und das angebliche Leben in Hütten; nach dem julianischen Kalender im September/Oktober.

S. 33 *Bundeslade*] Offenbar der Toraschrein, der die Bundeslade (das Zentralheiligtum des israelitischen Stämmebundes und Zeichen des Bundes zwischen Gott und Israel) in der jüdischen Synagoge versinnbildlicht.

S. 35 *Schofar*] Hebr.: Widderhorn. Das aus dem Krummhorn eines Widders gefertigte Blasinstrument wird zu Rosch ha-Schana sowie zum Abschluss von Jom Kippur geblasen.

S. 38 *»Höre, Israel.«*] Der Anfang des Deut. 6, 4, des Bekenntnisses Israels zum ewigen einzigen Gott. Wird beim Ausheben der Tora sowie in der Sterbestunde rezitiert.

S. 39 *Tallit*] Hebr.: Gebetsschal, auch Gebetsmantel genannt. Die Farbe ist weiß, meist aber mit einigen blauen Streifen. Wird heute von männlichen Personen nur beim Morgengottesdienst getragen. Auch die Toten werden in den Tallit gehüllt.

S. 59 *Żydowska-Straße*] Poln.: Jüdische Straße.

S. 61 *Oblast*] Russ./Ukr.: größere Verwaltungseinheit.

NKWD] Russ.: Volkskommissariat für Inneres, darin die Hauptverwaltung für Staatssicherheit; so bezeichnet von 1934 bis 1946.

S. 64 *treife*] Jidd.: unrein; nach dem jüdischen Speisegesetz verboten.

S. 69 *Bundisten*] Angehörige des Bundes, der jüdischen sozialistischen Partei, die in Polen zwischen den beiden Weltkriegen und unter der deutschen Besatzung große politische Bedeutung hatte.

Legionäre] Gemeint sind ehemalige Soldaten der Polnischen Legionen (1914–1918), die im Ersten Weltkrieg als Teil der k.-u.-k.-Armee, ab 1916 unter deutschem Kommando, gegen das zaristische Russland kämpften. Die 1. (legendäre) Brigade wurde von Józef Piłsudski (1867–1935) befehligt. Nach der Wiederherstellung des unabhängigen polnischen Staates 1918 bildeten die Offiziere der Legionen eine Basis für das polnische Heer. Einige der ehemaligen Legionäre bekamen von der Regierung in Anerkennung ihres Einsatzes Landgüter in den östlichen Regionen des Landes.

Revisionist] Der Revisionismus war eine radikale bürgerliche und antisozialistische Strömung innerhalb des Zionismus.

S. 74 *Krieg mit Rumänien*] Rumänische Truppen kämpften ab dem 22. Juni 1941 an der Seite der deutschen Wehrmacht gegen die Rote Armee. Ab Anfang 1943 nahm Rumänien sein Engagement im Krieg aber zurück. Am 31. August 1944 besetzte die Rote Armee schließlich Bukarest und ein Separatfrieden wurde geschlossen, nachdem rumänische Soldaten an der Seite der Sowjets kämpften.

S. 81 *Challot*] Pluralform von *Challa* (hebr.: Teighebe). Im Volksmund Bezeichnung des Weißbrots in Zopfform, das am Sabbat gegessen wird.

S. 84 *Buffet*] Hier: Bahnhofsgaststätte.
S. 85 *Pans*] Poln.: Herren.
S. 90 *ASSR*] Für: Autonome Sozialistische Sowjetrepublik.
S. 91 *Natschalnik*] Russ.: Leiter, Vorgesetzter, Chef.
S. 93 *Komi*] Eigenbezeichnung mehrerer finno-ugrischer Bevölkerungsgruppen im nordöstlichen Europa (Russland).
S. 100 *Go-lodno, cho-lodno, dom daleko.*] Russ.: »Ich bin hungrig, mir ist kalt, das Zuhause ist weit.«
S. 101 *Stalino*] Heute Donezk (Ukraine).
Grusowik] Russ.: (eigtl.) Lastkraftwagen.
S. 103 *Zynga*] Avitaminose; durch völliges Fehlen von Vitaminen verursachte Mangelkrankheit.
S. 104 *Trotzkisten*] Anhänger von Lew Dawidowitsch Trotzki (eigtl. Lejb Bronstein; 1879–1940), die den Stalinschen »Säuberungen« zum Opfer gefallen waren.
S. 112 *Pessach*] Hebr.: Überschreitung, Verschonung; wird vom 14. bis 21. Nissan (März/April) zum Gedenken an den Auszug der Israeliten aus Ägypten gefeiert.
Matze] Hebr.: ungesäuertes Brot, das während des Pessach-Festes gegessen wird und an den eiligen Auszug aus Ägypten erinnern soll.
S. 116 *Feldscher*] Hier: Bezeichnung für die medizinischen Hilfskräfte, die in der Sowjetunion (und bis heute in Russland) in ländlichen Gebieten die medizinische Grundversorgung gewährleisten.
S. 117 *Kaddisch*] Hebr.: Totengebet, das von männlichen Verwandten des Verstorbenen elf Monate lang nach dessen Tode täglich gesprochen werden soll.
S. 121 *Sikorski-Vertrag*] Eigtl. Sikorski-Maiski-Vertrag, der am 30. Juli 1941 zwischen der polnischen Exilregierung, vertreten durch deren Ministerpräsidenten, Władysław Sikorski, und der Sowjetunion, vertreten durch den sowjetischen Botschafter im Vereinigten Königreich, Iwan Maiski, geschlossen wurde. Der Vertrag sah eine »Amnestie« für alle polnischen Kriegsgefangenen, Häftlinge und Verschleppten vor sowie die Bildung einer polnischen Armee in der Sowjetunion und formulierte eine gemeinsame Absicht, gegen das Deutsche Reich zu kämpfen.
S. 132 *Jan Kwapiński*] Eigtl. Piotr Chałupka (1885–1964), polnischer Unabhängigkeitsaktivist, der als Minister (u. a. für Finanzen) der polnischen Exilregierung in London angehörte.
S. 134 *Leninabad*] Heute Chudschand (Tadschikistan).
S. 135 *Kibitka*] Russ.: Zelt, Jurte der Nomadenvölker. Hier: Wohnraum aus Lehm.
S. 136 *Watteernte*] Gemeint ist Baumwollernte.
S. 137 *Tschaikana*] Kirgis.: Teestube bzw. Teehaus; wahrscheinlich existierte eine solche Einrichtung auch in einer Kolchose, denn

der Tee ist für die Kirgisen und andere Völker Zentralasiens eines der täglichen Grundprodukte.

S. 142 *Pud*] Altes russisches Gewichtsmaß, etwa 16,4 Kilogramm.

S. 145 *Gründung einer polnischen Armee*] Im Sikorski-Maiski-Vertrag war geregelt, dass die Sowjetunion aus den ehemals in die UdSSR deportierten polnischen Kriegsgefangenen eine eigene Armee aufstellte, die an der Seite der Roten Armee gegen die deutschen Truppen kämpfte. An ihrer Spitze stand General Władysław Anders, die Truppe unterstand aber dem sowjetischen Oberkommando. Später wurden die Einheiten in den Nahen Osten verlegt, in deren Gefolge auch die jüdischen Kinder über Teheran nach Palästina gelangten.

S. 150 *»Jewrej«*] Russ.: Jude.

S. 161 *zwischen Polen und Russland abgebrochen wurden*] 1943 wurden die Beziehungen zwischen der Sowjetunion und Polen wieder abgebrochen, nicht zuletzt nachdem das Massaker von Katyn bekannt geworden war. Letztlich war aber die Aufgabe Polens durch die Westalliierten der Preis, den sie bereit waren zu zahlen, um Stalin von einem Separatfrieden mit Hitler abzuhalten.

S. 162 *General Sikorskis Tod*] Am 4. Juli 1943 stürzte das Flugzeug Sikorskis vor Gibraltar ab. Bis heute gibt es Vermutungen, dass der Unfall auf ein Attentat zurückzuführen sei.

S. 164 *Jüdische Agentur*] Siehe Anmerkung zu Sochnut.

S. 165 *Sochnut*] Hebräische Bezeichnung für die 1929 gegründete Jewish Agency for Palestine (heute: for Israel). In den Jahren 1920 bis 1948 handelte sie als jüdische Vertretung gegenüber der britischen Mandatsverwaltung in Palästina und leistete Hilfe bei der Einwanderung.

Verzeichnis der Protokolle

Die Protokolle befinden sich im Archiv der Hoover Institution, Stanford (Sammlung *Poland – Ministerstwo Informacji i Dokumentacji, Box 197, Folders 1–4, Polish Information Center – Jerusalem, Reports of Jewish deportees*).

Nr. 31: Aussage von *Eliezer Haltman*, 15 Jahre, aus Izbica, Gebiet Lublin.
Nr. 32: Aussage von *Mordechaj (?)owszowicz*, 19 Jahre, Sohn des Chaim Izrael und der Rachel, geb. in Iwa bei Lida. Wohnte in Nowogródek (ul. Piłsudskiego 45).
Nr. 36: Aussage von *Cywia Elsan*, 15 Jahre, Tochter des Henoch und der Pesa, geb. im Städtischen Kurzan (? – wahrscheinlich Różan) bei Łomża. Kam mit ihrem Bruder Nisan, 12 Jahre, nach Palästina.
Nr. 37: Aussage von *Judyta Patasz*, 15 Jahre, Tochter des Fiszel und der Chaja aus Goworowo bei Łomża. Kam mit einer Schwester und zwei Brüdern nach Palästina.
Nr. 40: Aussage von *Chaim Dawid Cwibel*, 16 Jahre, Sohn des Jehoszua und der Saba aus Kraków (ul. Dietlowska 36).
Nr. 50: Aussage von *Josef Hurwicz*, Sohn des Jehoszua und der Sara aus Wieliczka bei Kraków. Kam mit seinem elfjährigen Bruder Mojsze nach Palästina.
Nr. 53: Aussage von *Mordechaj Szmulewicz*, 15 Jahre, Sohn des Izrael und der Adela aus Łódź (ul. Piotrkowska 276).
Nr. 65: Aussage von *Josef Rozenberg*, 15 Jahre, aus Krzeszów, Wojewodschaft Lublin.
Nr. 74: Aussage von *Nachum Teper*, 15 Jahre. aus Nachal (?) bei Lwów.
Nr. 76: Aussage von *Mojsze Gliksberg*, 17 Jahre, Sohn des Szmuel Jakub und der Judyta aus Różan.
Nr. 77: Aussage von *Gitla Rabinowicz*, 17 Jahre, Tochter des Rabbiners Jechiel aus Biała, geb. in Siedlce.
Nr. 79: Aussage von *Boruch Flamenbaum*, 14 Jahre, Sohn des Abraham und der Sara aus Biłgoraj.
Nr. 83: Aussage von *Szymon Turner*, 13 Jahre, Sohn des Icchak und der Lea aus Osiany Dolne.
Nr. 88: Aussage von *Helena Ajzenberg*, 25 Jahre, aus Warszawa.
Nr. 102: Aussage von *Dawid Auschibel*, 14 Jahre, Sohn des Josef und der Małka aus Leżajsk.
Nr. 107: Aussage von *Jechoszua Frydman*, 16 Jahre, Sohn des Rabbiners Abraham aus Tomaszów Lubelski.
Nr. 108: Aussage von *Josef Barten*, 14 Jahre, Sohn des Wolf und der Rebeka aus Majdan Kołbuszewski.
Nr. 109: Aussage von *Izrael Ferster*, 15 Jahre, Sohn des Symcha und der

Gitla aus Majdan Kołbuszewski. Kam mit zwei Schwestern nach Palästina.

Nr. 110: Aussage von *Dina Stahl* (Sztark), 11 Jahre, Tochter des Josef und der Estera aus Rabka.

Nr. 111: Aussage von *Lunia Akerman*, 13 Jahre, aus Warszawa, der Vater hatte ein Kleidergeschäft in der ul. Wołowa. Kam mit ihrem achtjährigen Bruder nach Palästina.

Nr. 112: Aussage von *Sima Siebcesser* (Zibcener), 13 Jahre, Tochter des Mendel und der Rajzla aus dem Dorf Tarnówka bei Łańcut.

Nr. 113: Aussage von *Eliezer Hochmeister*, 15 Jahre, Sohn des Dawid und der Noemi, aus Warszawa (ul. Pawia 41).

Nr. 114: Aussage von *Eliezer Kretner* (Kreitner), 13 Jahre, Sohn des Bencjon und der Elka aus Małopolska (?).

Nr. 115: Aussage von *Luba Milgram*, 12 Jahre, aus Kałuszyn bei Warszawa.

Nr. 116: Aussage von *Mojsze Lipowicz*, 11 Jahre, Sohn des Zelik und der Rojza aus Pułtusk.

Nr. 117: Aussage von *Chaim Cymerman*, 13 Jahre, Sohn des Michał und der Perla aus Hrubieszów. Kam mit seiner Schwester Małka nach Palästina.

Nr. 118: Aussage von *Sara Mławer*, 12 Jahre, Tochter des Michał und der Rywka aus Przasnysz. Kam mit einem Bruder nach Palästina.

Nr. 119: Aussage von *Estera Barasz*, geb. 1926, aus dem Städtchen Liski (?) bei Sokal Wojewodschaft Lwów.

Nr. 120: Aussage von *Meir Szpalter*, 14 Jahre, aus Przeworsk.

Nr. 121: Aussage von *Zeev Frenkel*, 14 Jahre, Sohn des Rabbiners Menasze und der Miriam aus Leżajsk.

Nr. 122: Aussage von *Frajda Celnikier*, 11 Jahre, Tochter des Mojżesz und der Noemi aus Warszawa (ul. Niska 35).

Nr. 123: Aussage von *Józef Wajdenfeld*, 14 Jahre, aus Bielsko.

Nr. 124: Aussage von *Saul Gliksberg*, 15 Jahre, aus Różan.

Nr. 127: Aussage von *Arie-Lejb Klajncaler*, 15 Jahre, aus Czarny Dunajec, Wojewodschaft Kraków.

Nr. 131: Aussage von *Jakub Rabinowicz*, 16 Jahre, Sohn des Jechiel aus Siedlce.

Nr. 132: Aussage von *Szoszana Elkes* (Elkies), 12 Jahre, Tochter des Josef und der Chana aus Pułtusk. Kam mit drei Schwestern und einem Bruder nach Palästina.

Nr. 134: Aussage von *Judel Dembowicz*, 13 Jahre, aus Suwałki.

Nr. 135: Aussage von *Motel Gejer*, 15 Jahre, aus Łaszczów, Wojewodschaft Lublin.

Nr. 136: Aussage von *Miriam Lipowicz*, 13 Jahre, Tochter des Zelik und der Rojza aus Pułtusk.

Nr. 140: Aussage von *Jakub Piwko*, 12 Jahre, Sohn des Berisz und der Hinda aus Brok am Bug.

Nr. 142: Aussage von *Cipora-Fela Enoch*, 13 Jahre, aus Bielsko.
Nr. 143: Aussage von *Chawa Wowerman*, 10 Jahre, aus Biała Podlaska.
Nr. 144: Aussage von *Miriam Krambajn*, 13 Jahre, Tochter des Natan und der Dwojra aus Łańcut. Kam mit ihrer elfjährigen Schwester Chawa nach Palästina.
Nr. 151: Aussage von *Jafa Iras* (Irom), 13 Jahre, Tochter des Josef und der Bracha aus Zagórz in Galizien.
Nr. 152: Aussage von *Abram Elkan* (Elkies); 11 Jahre, Sohn des Josef und der Chana aus Pułtusk.
Nr. 155: Aussage von *Alter Zajdman*, 13 Jahre, aus Kałuszyn.
Nr. 156: Aussage von *Gedali Niewiadomski*, 13 Jahre, aus Siedlce.
Nr. 157: Aussage von *Ida Bauminger*, 15 Jahre, aus Kraków.
Nr. 163: Aussage von *Rebeka Frenkel*, 25 Jahre, aus Limanowa.
Nr. 165: Aussage von *Gita Wagszal*, 14 Jahre, aus Nowy Sącz.
Nr. 170: Aussage von *Ludwik Ferster*, 16 Jahre, Sohn des Józef und der Pola aus Warszawa (ul. Koszykowa 39).
Nr. 171: Aussage von *Abram Frenkel*, 16 Jahre, Sohn des Rabbiners Efraim aus Mielec.
Nr. 172: Aussage von *Rut Lefler*, 18 Jahre. Tochter des Salomon und der Waleria aus Bielsko.
Nr. 175: Aussage von *Estera Barasz*, 16 Jahre, aus Liski bei Lwów.
Nr. 176: Aussage von *Jakub Płońzski*, 16 Jahre, Sohn des Manes und der Tauba aus Wilno.
Nr. 178: Aussage von *Ida Kowen*, 17 Jahre, aus Jarosław.
Nr. 181: Aussage von *Josef Geller*, 13 Jahre, Sohn des Mordechaj und der Miriam aus Oświęcim.
Nr. 185: Aussage von *Guzel Zaf*, 16 Jahre, Sohn des Lejb und der Rachela aus Wyszków.
Nr. 186: Aussage von *Tauba Tuchsznajder*, 13 Jahre, Tochter des Zajnwil und der Fryda aus Chełm Lubelski. Kam mit drei Schwestern und einem Bruder nach Palästina.
Nr. 186 A: Aussage von *Hala Kirszbraun*, 12 Jahre, Tochter des Dawid aus Warszawa.
Nr. 187: Aussage von *Mojsze Sznal*, 14 Jahre, Sohn des Matiasz und der Gitla aus Tarnów.
Nr. 188: Aussage von *Abram Rozenband*, 14 Jahre, Sohn des Hipolit und der Estera aus Warszawa (ul. Wolska 100).
Nr. 192: Aussage von *Sara Zylberfaden*, 13 Jahre, Tochter des Mordechaj und der Rywka aus Warszawa.
Nr. 195: Aussage von *Izrael Wajner*, 13 Jahre, Sohn des Josef und der Chaja aus Włodawa.
Nr. 196: Aussage von *Mojsze Szrajber*, 13 Jahre, Sohn des Pinchas und der Lea aus Rozwadów.

Nr. 200: Aussage von *Mojsze Sznajder*, 13 Jahre, Sohn des Jakub und der Perla aus Tomaszów Lubelski.

Nr. 204: Aussage von *Abram Rajf*, 14 Jahre, aus Krasnobród, Wojedwodschaft Lublin.

Nr. 210: Aussage von *Sara Broder*, 12 Jahre, aus Pułtusk.

Nr. 214: Aussage von *Jakub Kalman*, 17 Jahre, aus Bochnia.

Nr. 240: Aussage von *Mojsze Grajcer*, Sohn des Dawid und der Sara aus Stoczek Lubelski.

Nr. 254: Aussage von *Miriam Kołdra*, 16 Jahre, aus Warszawa (ul. Czerniakowska).

Nr. 302: Aussage von *Szlomo Beglikter*, 18 Jahre, aus Köln.

Aussage von *Chaim Besser*, geb. 1927, Sohn des Icchak und der Miriam aus Łuków, Wojedwodschaft Lublin.

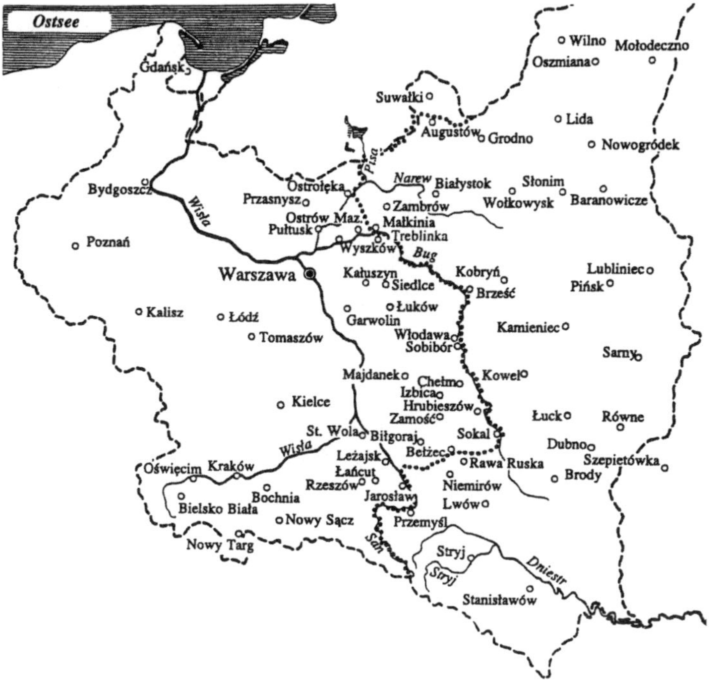

Die wichtigsten im Text erwähnten Orte in Polen

– – – die polnische Grenze im August 1939
...... die sowjetisch-deutsche Demarkationslinie
vom 28. September 1939

Die wichtigsten im Text erwähnten Orte in der UdSSR

– – – damalige Grenze der UdSSR

(Die Entfernungen konnten nicht in allen Fällen maßstabsgetreu wiedergegeben werden.)

Karten aus der polnischen Originalausgabe.

Nachwort
Die Kinder von Teheran – ein unbekanntes Kapitel des Holocaust

Die mitteleuropäische Angst schwankt historisch zwischen zweierlei Sorge hin und her: Die Deutschen kommen, die Russen kommen. Der mitteleuropäische Tod, das ist der Tod im Lager oder im Gefängnis, ein kollektiver Mord. Massenmord. Säuberungen. Die mitteleuropäische Reise, das ist die Flucht. Aber woher, wohin? Vor den Russen zu den Deutschen? Oder vor den Deutschen zu den Russen?[1]

Juri Andruchowytsch

Henryk Grynberg ist ein literarischer Wächter des Shoah-Gedächtnisses. Seit Jahrzehnten widmet er sein gesamtes Schaffen ausschließlich diesem Thema. Seine auf persönlichen Erlebnissen basierende Erzählung *Der jüdische Krieg*, 1965 in Polen erschienen, gehört zu den besten Schilderungen des Überlebens auf der ländlichen »arischen Seite« des besetzten Polen, wo der junge Grynberg sich zusammen mit seiner Mutter versteckt hatte. Seine weiteren Bücher reflektieren nicht nur das Überleben wider das bedingungslose Todesurteil, das über das ganze jüdische Volk verhängt wurde, sondern auch das Leben danach: die Stigmatisierung durch das Trauma permanenter Todesgefahr, die Schwierigkeiten bei der Anpassung an die Nachkriegsrealität der Volksrepublik Polen, die Konfrontation mit dem immer wieder aufkommenden Antisemitismus, den die kommunistische Regierung der Volksrepublik 1968 zum Instrument einer politischen Kampagne machte.

Indem Grynberg nach und nach auch die Geschichten anderer Überlebender aufgriff und literarisch bearbeitete, wurde er – wie er sich selbst bezeichnet – zum »Chronisten des Schicksals der polnischen Juden«. Seine nüchterne Prosa stützt sich immer auf authentische Tatsachen und Zeugenberichte. Damit steht er in der Tradition der »authentischen« bzw. »dokumentarischen« Prosa, der essentiellen Erzählform der polnischen Holocaustliteratur.

---

1 Juri Andruchowytsch: *Mittelöstliches Memento*. In: ders. und Andrzej Stasiuk: *Mein Europa. Zwei Essays über das sogenannte Mitteleuropa*. Aus dem Ukrainischen von Sofia Onufriv und aus dem Polnischen von Martin Pollack. Frankfurt am Main 2004.

1994 nahm er sich ein besonderes Thema vor: den Lebens-, Leidens- und Todesweg Zehntausender polnischer Juden, die 1939 vor dem deutschen Krieg und Terror in die sowjetisch besetzten Gebiete Polens geflüchtet oder von den Deutschen dorthin vertrieben worden waren. Auf der Grundlage der Berichte Überlebender komponierte er seine Erzählung *Dzieci Syjonu* (*Kinder Zions*), ein Werk, das innerhalb der polnischen Holocaustliteratur größte Beachtung verdient.

Anfang 1943 ist im besetzten Polen noch immer die »Aktion Reinhardt« in vollem Gange, die Zahlen jüdischer Menschen, die in den deutschen Vernichtungslagern ermordet werden, steigen unablässig. Unterdessen kommen im Februar rund 700 jüdisch-polnische Kinder im britisch verwalteten Palästina an. Im August folgen weitere 100. Eine wundersame Rettung; ein hochkomplexes, von politischem Kalkül bestimmtes Geschehen; vor allem aber: ein bis heute in der deutschen Gedenkkultur weitgehend unbekanntes Kapitel der Shoah.

Nach ihrer Ankunft wurden die Geretteten sogleich als »Kinder von Teheran« bezeichnet, da die iranische Hauptstadt die wichtigste Station ihres Weges nach Palästina war. In der Fülle der Arbeiten zur Shoah blieb ihr Schicksal jedoch über Jahrzehnte hinweg weitgehend unbeachtet. Erst in den letzten Jahren ist ein gewisses öffentliches Interesse zu beobachten: Zwei Dokumentarfilme entstanden, in denen Überlebende zu Wort kommen, Buchpublikationen arbeiteten das Geschehen auf.[2] Persönliche Dokumente und Erinnerungsstücke der »Kinder von Teheran« befinden sich im Archiv von Yad Vashem.[3] Einige der jüdischen Kinder wurden 1943 unmittelbar nach ihrer Ankunft von einer Kommission der polnischen Exilregierung über ihre Verfolgung befragt; die in polnischer Sprache protokollierten Berichte werden im Archiv der Hoover Institution Stanford aufbewahrt, mittlerweile sind sie auch in Buchform zu-

---

2 *Die Odyssee der Kinder*. Ein Film von Werner C. Barg und Stephan M. Vogel. Deutschland 2007; *The Children of Teheran*. A film by Dalia Guttman, David Tour, Yehuda Kaveh. Israel 2007; Jutta Vogel: *Die Odyssee der Kinder: Auf der Flucht aus dem Dritten Reich ins Gelobte Land*. Frankfurt am Main 2008; Mikhal Dekel: *Die Kinder von Teheran. Eine lange Flucht vor dem Holocaust*. Aus dem Englischen von Tobias Gabel. Darmstadt 2021.

3 https://www.yadvashem.org/yv/en/exhibitions/bearing-witness/travel-diary.asp

gänglich.[4] Von den Befragten kommen 71 Menschen – damals im Alter von 11 bis 18 Jahren – in Grynbergs Erzählung zu Wort.

Um ihre Geschichte nachvollziehen zu können, bedarf es einer historischen Kontextualisierung, einer Erklärung der politischen und ideologischen Entscheidungen, die über die Menschen hinweg getroffen wurden und sie instrumentalisierten. Der Weg der Kinder, der sich über mehr als 20.000 Kilometer erstreckte, führte sie zunächst aus den Städten und Städtchen Vorkriegspolens in die polnischen Ostgebiete, die mit dem 17. September 1939 unter sowjetische Besetzung gerieten. Dann folgte die Deportation ins nordöstliche Sibirien, und schließlich, nach der »Amnestie« 1941,[5] ging der Weg über die südlichen Sowjetrepubliken – Usbekistan, Kasachstan, Tadschikistan – und den persischen Hafen Pahlavi (heute Bandar-e Anzali) nach Teheran.

Die überlebenden Kinder, Waisen zumeist, eröffnen mit ihren Erzählungen den Raum eines historischen Geschehens, der bis heute nur unvollständig erschlossen ist. Die Liste ihrer Heimatorte ist lang und deckt nahezu das gesamte polnische Vorkriegsgebiet ab: von Warschau, Krakau, Lodz über Bielsko-Biała, Nowy Sącz, Wilna, Przemyśl, Lemberg, Suwałki bis zu Städtchen und Dörfern, deren Namen kaum geläufig sind. Breit ist auch die Palette der Berufe der Eltern: Ärzte und Anwälte, Rabbiner und Schächter, Handwerker und Händler – ein Querschnitt der jüdischen Gemeinschaft Polens. Unabhängig von der materiellen Lage der einzelnen Familien riss der deutsche Krieg all diese Menschen brutal aus den Bindungen ihres friedlichen Lebens.

Der deutsche Angriff auf Polen am 1. September 1939 und die mörderische Wucht der ersten Kriegstage stellten den brutalen Auftakt für die spätere Tragödie dar. Die Wehrmacht ging mit »größter

---

4 *Widziałem Anioła Śmierci. Losy deportowanych Żydów polskich w ZSRR w latach II wojny światowej: Świadectwa zebrane przez Ministerstwo Informacji i Dokumentacji Rządu Polskiego na Uchodźstwie w latach 1942–1943* [Ich habe den Todesengel gesehen. Schicksale deportierter polnischer Juden in der UdSSR in den Jahren des Zweiten Weltkriegs: Zeugnisse, gesammelt vom Ministerium für Information und Dokumentation der polnischen Exilregierung 1942–1943]. Bearbeitung und Vorwort: Maciej Siekierski, Feliks Tych; Zusammenarbeit: Magdalena Prokopowicz, Adam Rok. Warszawa 2006.

5 Vgl. dazu die Anmerkung zum Sikorski-Maiski-Vertrag auf S. 171 des vorliegenden Bandes.

Härte«[6] gegen die polnische Bevölkerung vor, insbesondere aber gegen deren jüdischen Teil. Fast vier Jahre später erinnerten sich die Kinder an ihre Erlebnisse: »Mein Vater musste sich verstecken, weil die Deutschen Juden zur Arbeit einfingen, sie schlugen und ihnen die Bärte samt ganzen Gesichtsstücken abschnitten.« »Dem Rabbiner schnitten sie den Bart ab und ließen ihn mit den bloßen Händen das Klosett scheuern. Deutsche und Polen sahen dabei zu, und alle lachten sie laut.« »Als die Bombenangriffe vorbei waren, wollte mein Vater in seinen Laden. Die Deutschen hielten ihn auf der Straße fest, schnitten ihm den halben Bart ab, verletzten ihm das Gesicht, dass er blutete, und nahmen ihm die Ware aus dem Laden weg.«

Geradezu ikonisch wurden die Bilder von deutschen Soldaten – oft genug Milchgesichtern –, die sich amüsierten, während sie orthodoxe Juden quälten, sie zu »Gymnastik« zwangen, sie auf einem Fass »tanzen« ließen, ihnen die Schläfenlocken abschnitten. Und die Wirklichkeit war noch weit schlimmer, als diese Fotos es erahnen lassen: Die Gewaltexzesse gegenüber der jüdischen Bevölkerung in Polen sind – von den ersten Kriegstagen an – eine Chronik der Barbarei.

»Meine Schwester hatte auch Angst, weil sie den Mädchen befahlen, sich auszuziehen und mit ihrer Unterwäsche den Fußboden aufzuwischen.« »Die Deutschen besetzten Łańcut acht Tage nach Kriegsausbruch. Sie gingen von Haus zu Haus, schlugen, rissen die Bärte aus und holten zur Arbeit fort, von der viele nicht wiederkamen.« »Am zweiten Tag von Rosch ha-Schana steckten die Deutschen die Synagoge und die Talmud-Tora in Brand, und dann standen sie da und passten auf, dass keiner löscht.« »Die Deutschen führten uns aufs Feld und ließen uns mehrere Stunden stehen. […] Plötzlich fuhr ein Auto mit einem Maschinengewehr vor, und die Menschen fielen um wie umgemäht. Ich stürzte mit den anderen. Ich wusste nicht, bin ich tot oder lebendig.«

Die Dimension dieser ersten Verbrechen an den Juden, überlagert von der späteren planmäßigen Vernichtung, die 1941 mit dem gezielten Morden durch die Einsatzgruppen begann und nach der »Wannsee-Konferenz« vom 20. Januar 1942 zu einem industriellen Vorgang wurde, bleibt bis heute ungenügend erforscht und beleuchtet. Das

---

6 *»Größte Härte«. Verbrechen der Wehrmacht in Polen, September/Oktober 1939.* Ausstellungskatalog. Redaktion und Konzeption Jochen Böhler. Osnabrück 2005.

Gedächtnis der Kinder bewahrte Bruchstücke des Geschehens auf: »Die Deutschen besetzten Przemyśl am 14. September, und am nächsten Tag verhafteten sie Herrn Herszfeld, bei dem ich wohnte. Nach einigen Tagen kam er malträtiert nach Hause und quälte sich noch zwei Wochen, bevor er starb. Im selben Haus wohnte ein Arzt, der lange Zeit nicht wiederkam, und dann erkannte ihn seine Familie unter den Ermordeten, weil er ein Thermometer in der Tasche hatte.« Vom 16. bis zum 19. September 1939 veranstalteten deutsche Einsatzgruppen, unterstützt von Angehörigen der Wehrmacht, in Przemyśl ein grausames Massaker, bei dem sie bis zu 800 jüdische Männer ermordeten.[7]

Angesichts des deutschen Terrors ging eine riesige Fluchtwelle durch das überfallene Land. Zu Beginn war das Schicksal der nichtjüdischen und der jüdischen Bevölkerung Polens ein gemeinsames – alle wollten den drohenden oder bereits am eigenen Leib erfahrenen Grausamkeiten entkommen. Doch nirgends mehr war sicherer Unterschlupf zu finden. Mit gezielten Angriffen auf die Flüchtlingskolonnen richtete die deutsche Luftwaffe fürchterliche Blutbäder an. Alle Wege führten gen Osten, wo die Rettungssuchenden ab dem 17. September mit dem zweiten Aggressor konfrontiert wurden: der Sowjetunion. Kraft des als Hitler-Stalin-Pakt bekannten deutsch-sowjetischen Vertrags vom 23. August 1939 und seines geheimen Zusatzprotokolls wurde Polen in zwei Einflusssphären geteilt. Die erst später festgelegte deutsch-sowjetische Grenze variierte in diesen ersten Tagen mehrfach, sodass die Flüchtenden sich mal unter deutscher, mal unter sowjetischer Besatzung wiederfanden.

Neben der Fluchtbewegung Richtung Osten setzte bald »die erste massenhafte Vertreibung dieses Krieges« (Tomasz Szarota) ein. Die Kinder erinnern sich: »Einen Monat nach ihrem Eintreffen in Włodawa erließen die Deutschen die Verfügung, dass sich alle Juden vor der Stadt zu versammeln haben, von wo sie zur sowjetischen Grenze gebracht werden.« Dies geschah besonders in den grenznahen Orten, wobei die Sowjets ihrerseits oft die Aufnahme der Vertriebenen verweigerten, sodass die Flüchtlinge manchmal tagelang zwischen den beiden Besatzungszonen umherirrten.

Die Ankunft in den polnischen Ostgebieten – in den nun sowjetisch besetzten Städten und Städtchen – bedeutete zunächst die Rettung vor der unmittelbaren Bedrohung durch den deutschen

---

7 Jochen Böhler: *Der Überfall. Deutschlands Krieg gegen Polen.* Frankfurt am Main 2009, S. 199 ff.

Terror. Doch die Verschnaufpause – von harter materieller Not geprägt – war nur von kurzer Dauer.[8] Die jüdischen Flüchtlinge und Vertriebenen, Staatsbürger Polens, galten den Sowjets als »Klassenfeind«, verächtlich wurden sie als polnische »Pans« (Herren) bezeichnet.[9] Zudem gehörten sie einer nationalen Minderheit an, was ihre Lage zusätzlich erschwerte, weil die sowjetischen Behörden ihnen das Recht auf die polnische Staatsbürgerschaft absprachen. Und immer wieder begegneten ihnen unverhohlen antisemitische Äußerungen und Haltungen. Bald kam der Druck der Behörden hinzu, sowjetische Pässe anzunehmen, was die meisten jüdischen Flüchtlinge ablehnten. Viele wollten zurück nach Hause, und sei es in die deutsch besetzten Gebiete. Sie trugen sich in eigens vorbereitete Listen ein. Doch war das scheinbare Entgegenkommen der sowjetischen Seite nichts anderes als kaltblütige Perfidie. Die Menschen, die sich für den Rücktransport in die deutsche Einflusssphäre hatten registrieren lassen, wurden vom NKWD abgeholt, und anstatt nach Westen setzten sich die Züge Richtung Osten in Bewegung – in die Tiefen der Sowjetunion. So folgte auf die unmittelbare Mordbedrohung durch die Deutschen die Todesgefahr durch Verschleppung ins Ungewisse. Der Generalvorwurf gegenüber den Verschleppten lautete – ebenso simpel wie absurd: »antisowjetische Propaganda«.

Schon die mitunter wochenlangen Fahrten in den Güterzügen, die unter grauenhaften Bedingungen stattfanden, forderten zahllose Todesopfer, die oft genug ohne die Möglichkeit eines Begräbnisses irgendwo an den Gleisen zurückgelassen werden mussten.

»Am 28. Juni, mitten in der Nacht, umzingelten NKWDler unser Haus und trieben uns zur Station, sie sagten, wir fahren nach

---

8 Vgl. Jan Gross: *Und wehe, du hoffst … Die Sowjetisierung Ostpolens nach dem Hitler-Stalin-Pakt, 1939–1941*. Aus dem Amerikanischen von Anni Pott. Freiburg i. Br. 1988.

9 Da die alte Rzeczpospolita von der Kultur des polnischen Adels geprägt worden war, galt der bolschewistischen Propaganda alles Polnische generell als Ausdruck einer »klassenfeindlichen« Haltung. Dieses Deutungsmuster lässt sich auch an etlichen Stellen in der russischen Literatur finden – so etwa auch bei Isaak Babel, dessen Prosa durchdrungen ist von antipolnischen Akzenten. Dass sich diese Vorwürfe – wie in Grynbergs Buch zu sehen – auch an die Adresse der polnischen Juden aus dem Schtetl richteten, die wahrhaftig oft genug unter äußerst bescheidenen Verhältnissen lebten, offenbart einmal mehr die Verstiegenheit des Ideologischen.

Lida […]. Aber in Lida ließ man uns nicht aussteigen, sondern koppelte uns an einen langen, mit Menschen vollgestopften Güterzug an, und in Mołodeczno setzte man uns um in Breitspurwaggons.«

Im Mai und Juni 1940 wurden rund 80.000 Menschen (anderen Schätzungen zufolge etwa 220.000), fast ausschließlich polnische Juden, in die nordöstlichen Gebiete der Sowjetunion deportiert, wo sie unter verheerenden Bedingungen Zwangsarbeit in ländlichen Siedlungen, Kolchosen und Lagern leisten mussten. Die vorangegangenen Verschleppungen im Februar und April 1940 sowie die nächste im Juni 1941 betrafen vor allem die nichtjüdischen Polen; die Gesamtzahl der deportierten polnischen Staatsbürger betrug laut Schätzungen bis zu 800.000.[10]

»Fast alle im Waggon waren an der Ruhr erkrankt, und anstatt eines Aborts hatten wir ein Loch im Fußboden. Die Stelle war sehr verschmutzt, und die Luft im Waggon war mörderisch. Wir bettelten auf den Stationen, dass man uns hinauslässt, aber unsere Bitten waren erfolglos.« »Mehrere Personen starben. Der Zug hielt auf freiem Feld, und man begrub sie am Bahndamm.«

An den Bestimmungsorten der Deportation dezimierten sich die Reihen der Verschleppten immer mehr. Es war ein entsetzliches Mar-

---

10 In Polen sind mittlerweile zahlreiche Erinnerungsberichte sowie wissenschaftlich fundierte Arbeiten erschienen, die die Verschleppungen der polnischen Staatsbürger in der Sowjetunion nach 1939 zum Thema haben. Sie befassen sich aber fast ausschließlich mit den Verfolgungen nichtjüdischer Polen und beachten kaum die Spezifik der jüdischen Schicksale; vgl. dazu: Irena Grudzińska-Gross, Jan. T. Gross: *W czterdziestym nas matko na Sybir zesłali. Polska a Rosja 1939–1942* [Im Jahre 1940 hat man uns, Mutter, nach Sibirien verschleppt]. Dennoch gibt es bedeutende Werke, in denen der Leidensweg polnischer Juden in der Sowjetunion aufgegriffen wird, hier sei vor allem Aleksander Wats *Mój wiek* genannt [dt. Übersetzung in Auszügen: *Jenseits von Wahrheit und Lüge. Mein Jahrhundert. Gesprochene Erinnerungen 1926–1945*]. Jüdische Gulag-Häftlinge kommen auch in Gustaw Herling-Grudzińskis berühmtem literarischen Zeugnis vor: *Inny świat* (dt. Titel: *Welt ohne Erbarmen*), doch wird ihre Verfolgung nicht explizit thematisiert. Auf ein weiteres herausragendes Werk sollte noch hingewiesen werden: die aus jüdischer Perspektive verfassten Erinnerungen von Julius Margolin. Das unmittelbar nach dem Krieg entstandene Buch erschien erst vor Kurzem sowohl in polnischer als auch in deutscher Übersetzung; vgl. Julius Margolin: *Die Reise in das Land der Lager*. Aus dem Russischen von Olga Radetzkaja. Berlin 2013.

tyrium – Hunger, Kälte, Krankheit, katastrophale Unterkünfte, die oft nicht einmal die Bezeichnung »Baracken« verdienten, Zwangsarbeit, die über die Kräfte der ohnehin schon ausgezehrten Menschen ging. Als grausamer Refrain klingt das Sterben aus den Berichten der Kinder: »Das Fieber stieg, Mama wurde immer schwächer, und am Sonnabendmorgen starb sie. Sie wurde im Wald begraben, dort bei den anderen Verbannten.« »Am Sonnabend starb Vater und vier Tage darauf Mama. Nun war ich der einzige Ernährer und Beschützer meiner kleinen Schwestern.« »Mein Bruder Hersz erkrankte, wir wussten nicht an was. Da wir keine ärztliche Hilfe hatten, starb er nach einigen Wochen, und wir begruben ihn mitten im Wald.«

Dass dieses Geschehen nur im Konnex der beiden Totalitarismen verstanden werden kann, gehört zu den wesentlichen Botschaften von Grynbergs Erzählung. Die nüchterne Abfolge der Kapitel – »Die Deutschen, die Deutschen, die Deutschen«, »Die Russen, die Bolschewiken« – entspricht der faktischen Verschlingung der Ereignisse. Auch der Wendepunkt ist Teil dieses Konnexes, und er offenbart einmal mehr, dass die sowjetische Führung Menschen als schiere »Masse« ansah, die nach Bedarf und Belieben einmal in diese, einmal in jene Kategorie geworfen werden konnte.

Zu dieser Wende kommt es im Juni 1941, nach dem deutschen Überfall auf die Sowjetunion. Durch den Angriff in Bedrängnis gebracht, suchte Stalin nach neuen Verbündeten – und erließ eine »Amnestie« für alle polnischen Verschleppten und Gulag-Häftlinge. Der Beschluss, der Sikorski-Maiski-Vertrag, trat am 30. Juli 1941 in Kraft.

»Nach Ausbruch des deutsch-russischen Krieges verschlechterte sich unsere Lage derart, daß wir dachten, wir kommen nicht lebend davon, als plötzlich die Nachricht von der Amnestie eintraf.« »Wir mieteten ein Fuhrwerk nach Tawda, und dort stiegen wir in einen Zug, der nach Süden fuhr.«

Dass die »Klassenfeinde« nun zu potenziellen Verbündeten werden sollten, bedeutete freilich nicht, dass sich die Dinge zum Besseren gewandelt hätten. Die Lage der befreiten Menschen war nach wie vor katastrophal, auch wenn die 20 in verschiedenen Städten errichteten Vertretungen der reaktivierten polnischen Botschaft sich um Hilfeleistungen bemühten. So entstanden 83 Waisenhäuser, in denen polnische und auch jüdische Kinder Schutz fanden.[11] Nicht

11 Vgl. Katarzyna Odrzywołek, Piotr Trojański: »Dzieci Teheranu – od mrozów Syberii do słońca Palestyny. Rola delegatur Ambasady RP

selten war die Verleugnung der eigenen Identität die Bedingung für die Aufnahme in einer solchen Einrichtung: »Zu essen hatten wir dort genug, aber man durfte nicht Jiddisch sprechen.« »Wir hörten auf, untereinander Jiddisch zu sprechen, damit unterwegs niemand wusste, dass wir Juden sind.«

Ab August 1941 formierte sich auf sowjetischem Gebiet eine polnische Armee, deren Befehlshaber General Władysław Anders war.[12] Angesichts der sich verschlechternden polnisch-sowjetischen Beziehungen – u.a. wegen der unzureichenden Versorgung der Armee und nicht zuletzt des ständigen Streits um die Definition der polnischen Staatsbürgerschaft – wurde Anfang 1942 beschlossen, die neu rekrutierten Soldaten sowie Zehntausende von Zivilisten aus der Sowjetunion über den Iran in die britischen Mandatsgebiete im Nahen Osten zu evakuieren,[13] was letztendlich bis August rund 116.000

---

w ZSRR i Armii gen. Andersa w ratowaniu dzieci żydowskich.« [Die Kinder von Teheran – aus dem Frost Sibiriens in die Sonne Palästinas. Die Rolle der Vertretungen der Botschaft der Polnischen Republik in der UdSSR sowie der Armee von General Anders bei der Rettung jüdischer Kinder] In: *Zagłada Żydów. Studia i Materiały*, Nr 11 (2015), S. 144–172 [https://www.zagladazydow.pl/index.php/zz/article/view/467/487; Zugang: 6.7.2022].

12 Als komplementäre Erzählung zu Grynbergs *Kinder Zions* kann Józef Czapskis *Na nieludzkiej ziemi* (dt. Titel: *Unmenschliche Erde*) angesehen werden. Czapski, der als Offizier um Haaresbreite dem sowjetischen Massenmord in Katyn entging, schloss sich nach der Amnestie und seiner Entlassung aus dem sowjetischen Lager der Armee von General Władysław Anders an. Sein Buch erzählt das Geschehen aus polnischer Perspektive – mit den Augen eines Offiziers, der den gesamten Weg der Anders-Armee bis ans Mittelmeer zurücklegt, wobei er sich unermüdlich bemüht, etwas über den Verbleib der etwa 15.000 polnischen Offiziere zu erfahren, die ebenfalls amnestiert worden sein müssten, aber verschollen bleiben. Czapskis Buch, eines der Schlüsselwerke der polnischen Exilliteratur nach 1945 (erstmals 1949 in Paris publiziert), erschien bemerkenswerterweise bereits 1967 in deutscher Übersetzung (aus dem Polnischen von Willy Gromek, mit einem Vorwort von Manès Sperber). Heute ist es bedauerlicherweise weitgehend in Vergessenheit geraten.

13 Die Vereinbarung über die Evakuierung eines Teils der polnischen Armee wurde im März 1942 zwischen General Anders und Stalin getroffen; im Juni/Juli besprach Winston Churchill mit Stalin den vollständigen Abzug der polnischen Armee in den Iran. Nach einer

Menschen betraf. Unter ihnen waren 6000 bis 7000 Juden (3500 bis 4000 als Soldaten der polnischen Armee). Einen winzigen Bruchteil der Evakuierten stellten jüdische Kinder dar: 871 an der Zahl.

Doch bis es dazu kam, mussten etliche Hindernisse überwunden werden. Die jüdischen Kinder hatten nicht das Recht, als polnische Staatsbürger evakuiert zu werden, da sie einer nationalen Minderheit angehörten; entsprechende Vereinbarungen wurden auf höchster politischer Ebene getroffen. Hinzu kam der Antisemitismus in Teilen der polnischen Armee, den General Anders zu dämpfen versuchte. Es grenzt daher an ein Wunder, dass die jüdischen Kinder und Jugendlichen überhaupt die Sowjetunion verlassen durften.

In Teheran entstand auf Initiative Dawid Laubergs, eines jüdischen Soldaten der Anders-Armee, ein gesondertes Heim, in dem jüdische Kinder unter der Obhut von Vertretern der Jewish Agency eingesammelt, betreut und auf das Leben in Palästina vorbereitet wurden.

Doch auch der Weg von Teheran nach Palästina gestaltete sich alles andere als einfach. Der Landweg war ausgeschlossen, da die irakischen Behörden die Durchreise der jüdischen Kinder durch ihr Staatsgebiet ablehnten. So mussten sie den langen Umweg über Pakistan, Indien, den Suez-Kanal und die Sinai-Wüste nehmen, bis sie im Einwandererlager Atlit an der Mittelmeerküste ankamen. Nur ein Teil von ihnen (etwas mehr als 100) durfte dank der Bemühungen Władysław Sikorskis, des Premiers der polnischen Exilregierung, das irakische Territorium durchqueren, allerdings unter der Bedingung, dass die Schützlinge nach dem Krieg nach Polen überführt werden.[14]

Alle »Kinder von Teheran« blieben in Palästina, aufgenommen in Kibbuzim, Moschawim oder jüdischen Pflegefamilien. Diejenigen, die heute noch leben, unterhalten Kontakt zueinander. Als Überlebende des Holocaust werden sie vom israelischen Staat offiziell nicht anerkannt.

So weit die Hintergründe dieser wundersamen Rettung, die Henryk Grynberg mit seinem Buch erzählt. Im Sinne der dokumentarischen Prosa hält er sich eng an die authentischen Berichte der Überlebenden, in die er inhaltlich nicht eingreift. Die Literarisie-

---

notwendigen Erholung wurden die Truppen weiter nach Palästina und Ägypten geleitet und später bei den Kämpfen in Italien eingesetzt.

14 Vgl. Katarzyna Odrzywołek, Piotr Trojański, a. a. O., S. 167.

rung besteht in der Bündelung zu Kapiteln, in der chronologischen Anordnung, die den Ablauf der Ereignisse wiedergibt, sowie im Arrangement der Stimmen, die Grynberg gleichsam im Chor sprechen lässt. Durch die refrainartigen Wiederholungen bzw. die variierenden Abwandlungen in der Schilderung der einzelnen Etappen des Geschehens entsteht der Eindruck einer überwältigenden Präsenz. Hat Grynberg in *Drohobycz, Drohobycz* – einem weiteren bedeutenden Werk der dokumentarischen Prosa – die Wucht der Shoah in der minutiösen Wiedergabe einzelner Lebensläufe festgehalten, so vermittelt er mit *Kinder Zions* die Gewalt einer kollektiven Erfahrung, der sich der Leser/die Leserin nicht entziehen kann. Diese vielstimmig gewaltige Klage ist von einer erdrückenden Intensität. In jeder Geschichte ist das gleiche Muster sichtbar, das die individuelle Tragödie als Teil der kollektiven Tragödie kenntlich macht. Und doch bleiben die einzelnen Stimmen erkennbar, die jeweils als Ich-Erzähler/innen von den sterbenden Vätern, Müttern, Brüdern, Schwestern, Tanten und Onkeln sprechen. Es ist ein massenhaftes Elend, das dokumentiert wird, ohne dass die Erzählung die einzelnen Menschen in der anonymen Masse zum Verschwinden brächte.

Ewa Czerwiakowski und Lothar Quinkenstein
Berlin, im August 2022

Die Übersetzerin Roswitha Matwin-Buschmann

Roswitha Matwin-Buschmann wurde 1939 in Trier geboren. Sie studierte Slawistik an der Universität Leipzig, arbeitete als Verlagslektorin für slawische Literaturen in Ostberlin (Aufbau-Verlag, Eulenspiegel-Verlag, Verlag Das Neue Berlin). Von 1970 bis zur Wende war sie freiberuflich als Übersetzerin polnischer und russischer Literatur tätig.

Ihre Übersetzungen umfassen mehr als 70 Werke polnischer Autoren: von Romantikern (Juliusz Słowacki), Klassikern des 20. Jahrhunderts (Stanisław Ignacy Witkiewicz, Czesław Miłosz, Tadeusz Różewicz, Stanisław Lem, Hanna Krall, Józef Hen, Janusz Korczak) bis zu Autoren der Postmoderne (Janusz Rudnicki, Adam Wiedemann, Magdalena Tulli). Sie übersetzte auch Literatur zum Holocaust (Henryk Grynberg, Dawid Sierakowiak).

Für ihre translatorische Tätigkeit wurde sie in der DDR mit zwei Verlagspreisen und 1993 mit dem Johann-Heinrich-Voss-Preis ausgezeichnet. Seit 1995 ist Roswitha Matwin-Buschmann Mitglied der Deutschen Akademie für Sprache und Dichtung in Darmstadt.

Editionsnotiz und Dank

Die vorliegende Edition stützt sich im Wesentlichen auf die Ausgabe, die 1995 bei Reclam Leipzig erschienen ist und ihrerseits auf der polnischen Originalfassung (*Dzieci Syjonu*, Wydawnictwo KARTA 1994) beruht. Die Übersetzung wurde für die vorliegende Neuausgabe leicht überarbeitet, die Anmerkungen wurden aktualisiert und erweitert.

Für ihr intensives Lektorat sei den Mitarbeiterinnen der Arbeitsstelle Holocaustliteratur, insbesondere Jennifer Ehrhardt und Elisabeth Turvold, herzlich gedankt. Unserem Lektor bei Wallstein, Philipp Mickat, ein herzliches Dankeschön für die intensive und stets zuverlässige Betreuung der Texte.

Die Herausgeberin und die Herausgeber bedanken sich beim Auswärtigen Amt der Bundesrepublik Deutschland und beim Förderverein der Arbeitsstelle Holocaustliteratur e.V. für die großzügige Unterstützung der Reihe »Bibliothek der polnischen Holocaustliteratur«.

Inhalt

Die »Bibliothek der polnischen Holocaustliteratur«
wird gefördert aus Mitteln des Auswärtigen Amtes
der Bundesrepublik Deutschland

Auswärtiges Amt

und durch den Förderverein der Arbeitsstelle
Holocaustliteratur e. V.

Titel des Originals:
Dzieci Syjonu,
Wydawnictwo KARTA, Warszawa 1994

Bibliografische Information der Deutschen Nationalbibliothek
Die Deutsche Nationalbibliothek verzeichnet diese
Publikation in der Deutschen Nationalbibliografie;
detaillierte bibliografische Daten sind im Internet
über http://dnb.d-nb.de abrufbar.

www.wallstein-verlag.de

Vom Verlag gesetzt aus der Bona Nova von Andrzej Heidrich
Umschlaggestaltung: Günter Karl Bose, Berlin
Umschlagabbildung: © Zoltan Kluger, 1943
Druck und Verarbeitung: Pustet, Regensburg

978-3-8353-5282-7